DOUCE, DOUCE VENGEANCE

Jonas Jonasson

DOUCE,
DOUCE VENGEANCE

*Traduit du suédois
par Laurence Mennerich*

Les Presses de la Cité

Publié en Suède sous le titre original HÄMNDEN ÄR LJUV AB par Piratförlaget en 2021.

Cet ouvrage a été publié avec l'accord de l'agence Partners in Stories, Stockholm, Suède.

Les Presses de la Cité, un département Place des Éditeurs
92, avenue de France 75013 Paris

© Jonas Jonasson, 2020. Tous droits réservés.
© Presses de la Cité, 2021, pour la traduction française.

ISBN 978-2-258-19347-5
Dépôt légal : octobre 2021

Presses
de   un département **place des éditeurs**
la Cité

place
des
éditeurs

Le patriotisme est la vertu des brutes.

Oscar Wilde

Dites à Oscar de ma part qu'il pense trop.

Tata Klara

Prologue

Il était une fois, en Autriche-Hongrie, un peintre raté. Répondant au nom d'Adolf, il devait devenir célèbre pour d'autres accomplissements.

Selon le jeune Adolf, l'Art avec un grand A représentait le monde tel que l'œil le percevait. Un peu comme une photographie, mais en couleurs. « Le réel est le beau », affirmait-il, citant un Français dont il ne voulait, d'ordinaire, pas entendre parler.

Des années plus tard, alors qu'il n'était plus si jeune, Adolf avait entrepris de brûler des livres, des œuvres d'art et même des gens, au nom de la bonne représentation du monde. Cela conduisit, de fil en aiguille, au plus grand conflit qu'on ait vu de mémoire d'homme. Adolf perdit la guerre et la vie.

Son idéologie, elle, entra dans une phase de latence.

Partie I

1

Il ignorait qui était Adolf et n'avait jamais entendu parler de l'Autriche-Hongrie. Non pas que ce fût une grosse lacune. Homme-médecine dans un village reculé de la savane africaine, il laissa si peu d'empreintes dans la terre rouge et ferreuse qu'aujourd'hui plus personne ne se souvient de son nom.

Il était compétent dans le domaine médicinal, mais sa réputation se répandit aussi peu hors de sa vallée que les événements du monde y pénétrèrent. Il vécut modestement et mourut prématurément. Malgré ses talents, il ne put se soigner lui-même quand le besoin s'en fit sentir. Il fut pleuré par un groupe de patients réduit, certes, mais fidèle.

Son fils aîné était encore trop jeune pour reprendre le flambeau, mais telle était la coutume, et il en irait toujours ainsi.

Âgé de 20 ans seulement, il avait une réputation encore plus insignifiante que celle de son pere, dont il avait hérité le talent relatif, mais pas la moindre once de bonhomie. Se contenter de pas grand-chose jusqu'à la fin de ses jours, très peu pour lui.

La transformation du jeune homme commença par la construction d'une hutte avec salle d'attente pour accueillir les patients, se poursuivit par la substitution du *shúkà* par une blouse blanche, et s'acheva par le choix de nouveaux nom et titre. Le fils de l'homme-médecine au nom tombé dans l'oubli se présenta dès lors comme le docteur Ole Mbatian, s'inspirant du guide mythique et visionnaire du même nom, le plus grand de tous les Massaï. La version originale, morte depuis longtemps, n'émit aucune protestation depuis l'au-delà.

Le vent du changement balaya également les coûts des soins pratiqués par son père. La nouvelle tarification se voulait digne du grand guerrier. Un paquet de thé ou un morceau de viande séchée ne suffisaient plus pour être reçu par le docteur. Pour le traitement d'une affection simple, il demandait désormais une poule ; pour les plus compliquées, une chèvre. Dans les cas vraiment difficiles, le docteur exigeait une vache. Mais pas trop difficiles, faut-il préciser. Quand le patient mourait, c'était gratuit.

Le temps passa. Dans les villages alentour, les hommes-médecine fermèrent leurs cabinets, délaissés parce qu'ils s'appelaient comme ils s'étaient toujours appelés, et soutenaient mordicus qu'un vrai Massaï ne portait pas de blanc. La réputation du docteur Ole Mbatian grandissait au même rythme que sa liste de patients. Il fallait sans cesse étendre l'enclos des vaches et des chèvres. Les occasions de tester ses décoctions étaient si nombreuses qu'Ole acquit la compétence qu'on avait commencé à lui prêter.

L'homme-médecine au nom volé était déjà fortuné lorsqu'il fêta la naissance de son fils premier-né. Le garçon survécut à la période critique de la petite enfance et, comme l'exigeait la coutume, fut formé au métier de son père. Ole le second passa de nombreuses années à ses côtés, avant que son maître quitte ce bas monde. Quand survint l'inéluctable, il conserva le nom volé, mais barra son titre et brûla sa blouse blanche. Des patients venus de loin lui avaient appris que, à la différence des hommes-médecine, les docteurs pouvaient entretenir des liens avec la magie noire. Un homme-médecine que la rumeur disait sorcier n'avait pas beaucoup d'avenir dans la profession, ni beaucoup d'avenir tout court.

Au docteur Ole Mbatian succéda ainsi Ole Mbatian l'Ancien, qui transmit le flambeau paternel à son fils premier-né, connu sous le nom d'Ole Mbatian le Jeune.

C'est avec lui que commence notre récit.

2

Ole Mbatian le Jeune, comme nous le savons, hérita d'un nom, d'une fortune, d'une réputation et d'un talent. Dans d'autres endroits du monde, on appelle cela naître avec une cuillère en argent dans la bouche.

Comme les autres garçons de son âge, il fut formé au maniement des armes. Outre sa profession d'homme-médecine, il était aussi un guerrier massaï très estimé. Personne n'en savait plus que lui sur les propriétés médicinales des herbes et racines, et rares étaient ceux qui montraient autant d'adresse avec la lance, le casse-tête et le couteau.

Il avait fait sa spécialité du traitement contre la surabondance d'enfants. Les femmes affligées venaient le consulter depuis Migori à l'ouest jusqu'à Maji Moto à l'est, à plusieurs jours de route. Afin de pouvoir toutes les prendre en charge, il posait la condition d'un minimum de cinq enfants vivants par femme, dont deux garçons. L'homme-médecine ne dévoila jamais ses recettes, mais on décelait le goût du melon amer parmi les ingrédients du breuvage trouble que la patiente devait absorber à chaque ovulation. Une papille aiguisée devinait aussi un soupçon de racine de cotonnier.

Dans tout le village, il n'y avait pas plus riche qu'Ole Mbatian le Jeune, pas même le chef Olemeeli le Voyageur. En plus de toutes ses vaches, il possédait trois huttes et deux femmes. Pour le chef, c'était l'inverse : deux huttes et trois femmes. Ole n'avait jamais compris comment il se débrouillait.

L'homme-médecine n'avait jamais tenu son chef en grande estime. Tous deux avaient le même âge et savaient depuis l'enfance quels rôles ils endosseraient un jour.

— Mon papa commande ton papa, le raillait Olemeeli quand ils étaient petits.

Ce qui était parfaitement exact, mais Ole junior détestait avoir à s'incliner devant lui. Sa solution consista à asséner au futur chef un coup de masse en pleine poire. Ole Mbatian l'Ancien n'eut pas d'autre choix que d'administrer une fessée retentissante à son fils, tout en lui murmurant des louanges à l'oreille.

À l'époque, la vallée était dirigée par Kakenya le Beau. Il souffrait en secret de savoir que son surnom était non seulement mérité, mais au fond son unique qualité. Il n'était pas moins affligé de voir que le garçon qui lui succéderait un jour avait hérité de ses défauts, mais pas de sa beauté incontestable. Le physique du jeune Olemeeli ne s'améliora pas quand le gamin de l'homme-médecine lui fit sauter deux incisives.

Kakenya le Beau éprouvait des difficultés infinies à décider. De temps à autre, il laissait le choix à ses épouses, mais elles étaient malheureusement en nombre impair. Chaque fois qu'elles étaient en désaccord (c'est-à-dire presque toujours), il se retrouvait à devoir rendre un verdict, sans savoir lequel.

Sur ses vieux jours, et avec le soutien de toute la famille, Kakenya parvint tout de même à accomplir une action dont il pouvait être fier. Il imposa à son fils aîné de voyager, plus loin que quiconque avant lui, et de revenir riche d'impressions du vaste monde. Cette sagesse lui serait bénéfique le jour où il succéderait à son père. Olemeeli ne serait jamais aussi beau, mais il deviendrait un chef déterminé, tourné vers l'avenir.

C'était le plan.

Il va sans dire que les choses ne se passent pas toujours comme prévu. Conformément aux ordres de son père, le premier long voyage d'Olemeeli – qui fut aussi le dernier – le mena jusqu'à Loiyangalani, au nord. Pas seulement parce qu'il était difficile de trouver ville plus distante, mais aussi parce que, à en croire la rumeur, on y avait développé une nouvelle méthode de filtration de l'eau de mer. Le sable chauffé et les plantes riches en vitamine C combinés à des racines de nénuphar étaient connus depuis longtemps. Mais à Loiyangalani, on avait visiblement inventé plus simple et plus efficace.

— Rends-toi là-bas, mon fils, décréta Kakenya le Beau. Apprends de chaque chose nouvelle que tu croiseras en chemin. Puis reviens-nous et prépare-toi. Je sens qu'il ne me reste plus beaucoup de temps.

— Mais, papa…, protesta Olemeeli.

Il ne put en dire plus. Les mots n'étaient pas son fort. Pas plus que les pensées.

Le voyage lui prit presque une éternité. Soit une semaine entière. Sur place, Olemeeli découvrit que Loiyangalani était très en avance dans de nombreux domaines. Pour le traitement des eaux, certes. Mais on avait également fait installer une chose appelée « électricité » et, pour écrire des lettres, le maire utilisait une machine au lieu d'un stylo ou d'une craie.

Olemeeli n'avait qu'une envie : rentrer chez lui, mais les paroles de son père résonnaient encore dans sa tête. Il étudia donc la première nouveauté et la seconde, c'était le moindre de ses devoirs filiaux. Malheureusement, il s'y prit si mal avec l'électricité qu'une décharge lui fit perdre connaissance plusieurs minutes d'affilée.

En revenant à lui, il s'accorda un répit avant de passer à la machine à écrire. Mais alors, il s'arrangea pour se coincer l'index gauche entre le D et le R… Olemeeli fut si effrayé qu'il retira brusquement sa main, se cassant le doigt en deux endroits.

C'en était trop. Le fils du chef Kakenya ordonna à ses assistants de préparer leurs bagages pour le laborieux retour. Il savait déjà quel rapport il ferait à son père. Se faire mordre par l'électricité juste parce qu'on plante un clou dans le mur est déjà chose

19

terrible. Mais la machine à écrire, elle, était carrément meurtrière.

Les prophéties de Kakenya le Beau se réalisaient rarement. Cependant, le pressentiment que ses jours ici-bas étaient comptés se révéla fondé. Son fils édenté lui succéda, terrifié.

Le lendemain de l'enterrement de son père, le nouveau chef instaura sur-le-champ trois décrets.

Un : la chose appelée électricité serait interdite à tout jamais dans la vallée que dirigeait Olemeeli.

Deux : les machines servant à écrire n'en franchiraient jamais les limites.

Trois : le village ferait l'acquisition d'un tout nouveau dispositif de traitement de l'eau.

Voilà comment Olemeeli se retrouva bientôt à diriger pendant quatre décennies la seule vallée du Masai Mara qui ne possédait pas l'électricité, de machines à écrire ni, par extension, d'ordinateurs. Celle où ne vivait aucun des 6 milliards de propriétaires de téléphones portables de la planète.

Celui qui se présentait sous le nom d'Olemeeli le Voyageur était aussi impopulaire que son père en son temps. Les sobriquets dont on l'affublait dans son dos étaient moins flatteurs. Le préféré d'Ole Mbatian le Jeune était « Chef édenté ».

Le chef impopulaire et l'éminent homme-médecine étant les deux hommes les plus importants du village, ils ne pouvaient se permettre de se chamailler comme lorsqu'ils étaient gosses. Ole Mbatian s'accommoda de voir le pire rétrograde du village à sa tête. Olemeeli le Voyageur, quant à lui, faisait la sourde oreille quand l'homme-médecine lui rappelait lequel des deux avait le plus de dents.

Le chef était une épine dans le pied d'Ole Mbatian, fâcheuse mais supportable. Son unique chagrin était ailleurs : chacune de ses deux épouses lui avait donné quatre enfants. Huit filles, aucun fils. Dès la quatrième, il avait commencé à tenter des expérimentations avec ses herbes et racines, mais ce défi médical resta insurmontable. Les filles continuèrent de se suivre, jusqu'au jour où elles ne vinrent plus du tout. Sans l'aide de melon amer ni cotonnier.

Après quatre générations d'hommes-médecine, le suivant ne serait pas un Mbatian, ou Dieu sait quel patronyme ils portaient avant cela. Comme le nom l'indiquait, les femmes hommes-médecine, ça n'existait pas.

Longtemps, Ole s'était consolé en songeant que Chef édenté n'avait pas beaucoup plus de chance. Olemeeli avait six filles.

Seulement, il avait une épouse de plus. Avant d'être trop vieille, celle-ci, la plus jeune, donna un fils à son chef et mari. L'événement fut l'occasion d'une grande fête dans le village ! Le fier papa annonça que les festivités dureraient la nuit entière. Et c'est ce qui se produisit. Tout le monde festoya jusqu'à l'aube, sauf l'homme-médecine, qui avait mal à la tête et alla se coucher de bonne heure.

Cela remontait à de nombreuses années, bien plus qu'Ole pensait en avoir encore devant lui. Pourtant, il n'était pas encore prêt à rencontrer le Tout-Puissant. Il avait encore tant à donner. Il ignorait son âge exact mais avait conscience qu'il ne maniait plus l'arc et les flèches avec autant d'adresse, n'atteignait plus tout à fait sa cible à la lance, au casse-tête et au couteau. Quoique, au casse-tête, il y parvenait encore, tout bien réfléchi. Après tout, il était le champion en titre du village.

Il n'avait pas non plus vraiment de problème de souplesse, se mouvant plus ou moins avec autant de facilité qu'avant. Seule l'envie de bouger déclinait. Il commençait à ramollir. Il avait des maux de dents. Et le remède adapté. Sa vue était plus trouble, mais cela importait peu. Ole avait vu tout ce qui en valait la peine, et il parvenait encore à trouver son chemin pour aller là où il voulait.

En somme, des indices révélaient qu'une page de sa vie s'était tournée. Ou alors, Ole Mbatian était déprimé. Quand le chagrin causé par l'absence de fils lui pesait trop, il s'administrait un macérat de mille-pertuis et de racine de rosier dans de l'huile de tournesol. En général, c'était efficace.

Ou encore, il retournait se balader dans la savane, en quête de nouvelles racines et herbes pour son armoire à pharmacie. Il partait lorsqu'il faisait encore nuit et effectuait sa cueillette avant que le soleil soit trop chaud. Attentif au bruit des lions presque silencieux qui achevaient leur chasse.

À ce propos, son pas se faisait-il plus court ? Un jour, Ole avait marché jusqu'à Nanyki, soit l'équivalent d'une ascension du Kilimandjaro, de la base jusqu'au sommet. À présent, le village voisin lui semblait distant. Rien ne laissait présager que, dans un avenir pas si éloigné, Ole Mbatian le Jeune allait causer une belle pagaille à Stockholm, en Europe et dans le reste du monde. Le Massaï, pour qui les propriétés médicinales offertes par la savane n'avaient aucun secret, ne savait rien sur la capitale suédoise ni même sur le continent où elle se situait. Quant au reste du monde, il savait seulement qu'il avait été créé par En-Kai, le dieu suprême, qui vivait sur le mont Kirinyaga. Ole Mbatian se considérait comme chrétien, mais certaines vérités échappaient au pouvoir de la Bible. Le récit des origines notamment.

— Bon, souffla-t-il.

Cela lui prenait parfois : il s'exhortait à faire encore un effort. Et en y mettant du cœur à l'ouvrage, tout bien considéré.

3

Plus de 10 000 kilomètres au nord du territoire massaï, dans la banlieue de la capitale suédoise, Lasse tendit les clés de l'œuvre de sa vie au nouveau propriétaire. L'heure de la retraite avait sonné.

L'ancien gérant de la baraque à saucisses s'en émouvait peu. On naissait, faisait son boulot, cédait la place, puis on mourait. Ni plus ni moins.

En revanche, si quelqu'un s'en émouvait – et pas qu'un peu –, c'était l'un de ses habitués. Rendez-vous compte, Lasse vendait son affaire à un Arabe. Un type qui ne connaissait pas la moutarde Västerviks. Qui ne comprenait pas qu'on posait la saucisse *sur* la purée de pommes de terre. Et qui avait ajouté le kebab à son menu.

Bref, le genre de chose qui affecterait n'importe qui. À l'époque, Victor n'avait pas plus de 15 ans. Après cela, traîner près de la baraque avec son scooter n'était plus pareil. Ses copains élurent la pizzeria de l'autre côté de la place comme nouveau Q.G., sauf qu'évidemment elle était tenue par un autre Arabe.

Il y avait un truc avec ces gens. Et les Iraniens. Les Irakiens. Les Yougoslaves. Aucun d'entre eux ne connaissait la moutarde Västerviks. Ils s'habillaient bizarrement. Ils parlaient bizarrement. Ils ne pouvaient pas apprendre le suédois comme tout le monde ?

Tel était le premier problème. Le second était que ses copains ne voyaient pas les choses comme lui. Ils ne délaissaient pas la baraque à saucisses parce que c'était devenu une baraque à kebabs, mais parce qu'il faisait meilleur à la pizzeria. Quand Victor avait tenté de leur démontrer que la Suède était en train de changer, ils avaient rigolé. Un Yougoslave par-ci ou un Iranien par-là, ça mettait un peu de nouveauté, non ?

Victor se retrouvait seul avec ses réflexions. Pendant que ses camarades sortaient en boîte, il restait dans sa chambre. Quand ils jouaient au foot le week-end, il allait au musée. Il trouvait du réconfort dans l'authentiquement suédois, à savoir le rococo français et le néoclassicisme rapporté d'Italie par Gustave III. Mais ce qu'il préférait par-dessus tout, c'était le nationalisme romantique. Il n'y avait rien de plus beau que le *Bal d'été* d'Anders Zorn. De plus solennel que les *Funérailles de Charles XII de Suède* par Gustaf Cederström.

Aux antipodes du kebab.

Le lycée fut un calvaire. Les garçons de sa classe trouvaient bizarre ce camarade qui apprenait par cœur la liste des rois de Suède, du Xe siècle à nos jours. Lui, en retour, les trouvait sans intérêt. Quant aux filles… Eh bien, il y avait quelque chose qui n'allait pas. Certaines portaient un voile autour de la tête, et il ne voulait rien avoir à faire avec elles. Mais même les vraies Suédoises étaient difficiles à aborder. D'ailleurs, de quoi pourrait-il bien leur parler ? Comment se liait-on avec une autre personne sans devenir trop proche ?

Le service militaire fut une délivrance. Douze mois de discipline au service de la nation. Toutefois, l'armée suédoise elle-même n'était pas à l'abri des étrangers. Ni des femmes.

Devenu adulte, Victor envisagea une carrière politique. Il s'abonna à la revue *Folktribunen*, qui dans l'ensemble affirmait les mêmes vérités que lui. Il se rendit à une assemblée avec de potentiels camarades, mais ne se sentit pas à l'aise. Les autres entendaient opérer le changement par la violence, ce qui signifiait que vous deviez être prêt à vous battre, et donc à prendre des coups. Or Victor était très familier du concept de douleur depuis le jour où son père avait découvert qu'il manquait 300 couronnes dans son portefeuille. Bien qu'il n'y ait eu aucune preuve, il ne s'était pas privé d'administrer une raclée à son fils de 15 ans. Par la suite, le garçon n'eut aucune envie de réfléchir à sa part de responsabilité dans l'incident.

Le parti qui éveilla le plus l'intérêt de Victor était dirigé par un président et un vice-président. Lui-même, tout en bas de l'échelle, était supposé obéir et collaborer. Y compris avec des femmes. Comment s'y prenait-on pour coopérer avec ces créatures ? Et pour leur obéir ?

Victor parvint à la conclusion que la Suède était perdue si ses nouveaux amis du Mouvement ne procédaient pas à leur révolution. À moins qu'il ne prenne lui-même les choses en main – sans se faire démolir ou arrêter. La Suède avait beau être en pleine décadence, ils pouvaient encore y parvenir. Pas comme ce parti, où tout ce qui comptait était de montrer des *égards*.

C'était peut-être le pire de tous les mots. Des égards envers le président, son vice-président, sa femme et son chat. Ce n'était pas avec des égards mais avec de la fermeté qu'on protégerait la Suède des parasites.

Le misanthrope de 20 ans ne devait rien à personne. Il grimperait jusqu'au sommet, d'où il donnerait libre cours à son irrespect. Cela prendrait le temps qu'il faudrait, et qu'importe s'il lui fallait piétiner des gens au passage. Le choix du sommet ne comptait pas non plus, pourvu qu'il soit suffisamment élevé.

Il entama son ascension en obtenant un poste dans la galerie d'art la plus renommée de la capitale. Il connaissait assez bien le sujet et, lors de l'entretien, il parvint à convaincre le marchand d'art Alderheim de son admiration pour le répugnant courant moderne. Par mesure de sécurité, il bûcha avant l'entrevue et put notamment déclarer, citant le fondateur du surréalisme :

— Il est peu aisé, face au plus grand marchand d'art de la ville, d'exprimer le fonctionnement réel de la pensée.

Heureusement, son futur employeur ne posa pas de question, car Victor avait oublié le nom du personnage. Il se souvenait seulement que l'homme était un poète de gauche et l'initiateur d'un groupe antifasciste. Bref, un imbécile.

Le choix du milieu de l'art n'était pas fortuit. Pour provoquer un réel changement, Victor avait besoin d'une *position*. Tabasser un homo ou flanquer la trouille de sa vie à un étranger était honorable, mais n'apporterait pas de grand bouleversement. Sauf pour l'homo ou le basané en question.

Victor devait intégrer les bons cercles, ceux touchant à l'argent et au pouvoir. Sachant que partir du bas de l'échelle de l'entreprise s'avérerait aussi vain que dans le milieu politique.

La galerie d'art était le tremplin parfait. Si une chose unissait les membres de l'élite socio-libérale, c'était bien l'opéra, le théâtre – l'art. De préférence cette cochonnerie moderne que proposait Alderheim. En tissant des liens avec la clientèle, une meilleure chance ne manquerait pas de se présenter.

Sa tâche consistait à accueillir les clients. Victor négocia le droit de s'appeler gérant. Alderheim pensait plutôt à un assistant, mais il était vieux, fatigué et malléable. La première mission du gérant était d'amener les visiteurs à aimer l'art en l'aimant, lui.

— Je suis un Cézanne dans l'âme, pouvait dire Victor avec un sourire à la fois naturel et timide. Mais je dois avouer que Matisse me fascine.

Et il ajoutait une bêtise comme :

— Ce bon vieux Matisse…

Il gardait pour lui la fin de la phrase (« … qu'il brûle en enfer »).

Les clients croyaient peut-être que le gérant était resté coincé quelque part entre l'impressionnisme et l'expressionnisme, alors qu'il s'en tenait simplement à son plan.

Alderheim, lui, tomba sous le charme. Son employé lui apparaissait de plus en plus comme le fils qu'il n'avait jamais eu.

À l'époque, Victor portait encore le patronyme banal de Svensson, mais il lui arrivait tout de même parfois d'être invité par des clients à un vernissage ou autre événement du genre, aussi répugnant qu'important. Il s'agissait d'être au bon endroit au bon moment. Victor attendait son heure, attentif à chaque occasion favorable dans son inaltérable ascension.

Il se donnait deux ans pour toucher le gros lot, sans quoi il devrait repartir de zéro. Il n'aurait jamais cru que l'avenir lui tomberait tout cuit dans le bec. Elle s'appelait Jenny.

Cette *femme* était tout ce que Victor méprisait : irrationnelle, faible et émotive. Plutôt que profiter des seuls atouts qu'elle possédait, il préférait donner rendez-vous, une fois par semaine, à une prostituée de luxe dans un des plus beaux hôtels de Stockholm. L'avantage du luxe, c'est que Victor pouvait obtenir une facture. La prestation devenait cadre, huile sur toile et ainsi de suite. Il ne voyait pas quel autre plaisir pouvait apporter le sexe opposé. À moins que…

Victor s'était aperçu que le vieil Alderheim avait formé très tôt des projets pour sa fille. À l'arrivée de Victor, elle savait à peine marcher. Avec leurs dix-neuf ans et neuf mois d'écart, le gérant devrait s'armer de patience. Et espérer que le vieux continuerait à l'encourager. Lui-même avait vingt-cinq ans de plus que la harpie méfiante qui était son épouse.

Jenny grandit, mais ne devint pas le moins du monde attirante. La jeune fille, mal fagotée, rasait les murs et n'avait aucun éclat.

Cependant, elle s'appelait Alderheim et hériterait un jour de la galerie. Une union avec elle offrirait à Victor un nom respectable et, à terme, l'affaire.

Restait la question de la harpie. Victor la soupçonnait de voter à gauche, car elle disait que Jenny devait trouver l'amour par elle-même. Elle doutait des sentiments et de la loyauté du gérant. On ne pouvait lui donner tort sur ce point. Une chance qu'elle ait fini par rendre l'âme.

Ce fut l'affaire de quelques jours. Le corps assailli de toutes parts par le cancer, la harpie n'avait jamais laissé entendre qu'elle souffrait. Simplement, le lundi, elle ne se leva pas de son lit. Le mercredi, sa dépouille fut emportée. Et, une semaine plus tard, on l'enterrait.

Dès lors, le vieil Alderheim resta dans son appartement à l'étage durant la journée, pleurant une époque révolue. Le soir, il demandait à Jenny d'allumer la cheminée dans la bibliothèque qui abritait les fauteuils en cuir, ses œuvres d'art préférées et le grand aquarium.

C'est là qu'il invitait son gendre potentiel à partager un cognac. Cela pouvait donner lieu à de nombreux verres par semaine, mais l'eau-de-vie était aussi agréable que l'objectif stimulant. En journée, Victor recevait la clientèle avec toujours plus de mensonges et d'élégance, tandis qu'il intimidait prudemment la petite Jenny.

La fille d'Alderheim fêta ses 12, 14 et 15 ans. Placide, solitaire, elle accueillit ses nouvelles responsabilités de son habituelle expression neutre. Avec le temps, elle fut chargée du ménage dans la galerie et dans l'appartement à l'étage. Victor put ainsi économiser un salaire à temps partiel et s'offrir un peu plus de sexe sans déséquilibrer les comptes à la fin du mois. Il lui refourgua aussi l'archivage barbant au sous-sol, où elle passait de toute façon le plus clair de son temps. Elle *sentait* carrément les archives.

Alors qu'enfin tout semblait sourire à Victor, la foudre frappa en la personne d'une prostituée fréquentée autrefois et qui surgit dans la galerie, accompagnée par un adolescent.

— Voici Kevin, annonça-t-elle.

— Et donc ? répondit Victor.

La femme demanda au garçon de l'attendre à l'extérieur. Quand il se fut éloigné, elle expliqua :

— C'est votre fils.

— Mon fils ? Mais il est noir !

— Si vous me regardez bien, vous comprendrez peut-être comment une telle chose est possible.

La femme ne se reprocha rien. Dans son métier, impossible d'évaluer chaque client au préalable. Après, il n'y avait qu'une règle : les violents ne revenaient pas, et ceux qui ne l'étaient pas restaient les bienvenus tant qu'ils payaient. L'homme qui se tenait devant elle appartenait à la dernière catégorie.

Victor dut fermer temporairement la boutique et emmener la menteuse et son garçon avant que Jenny remonte des archives. Le vieux, reclus comme toujours dans son sept-pièces, n'entendit et ne vit rien.

Le très probable jeune papa poussa la mère et le fils jusqu'à un café, à quelques pâtés de maisons de là (c'est fou ce qu'elle s'était laissée aller en l'espace de quelques années), et demanda ce qu'elle attendait de lui.

Elle voulait la pire des choses : qu'il assume ses responsabilités. Elle avait gardé secrète la naissance de Kevin pendant des années, mais sa vie difficile l'avait consumée et à présent elle espérait de l'aide. Le garçon, lui, avait besoin d'un père.

Si seulement ça n'avait été qu'une histoire de fric.

— Comment ça, de l'aide ? la questionna Victor.

— Je suis malade.

— C'est-à-dire ?

La femme se tut un instant. Kevin les ignorait, ses écouteurs dans les oreilles mais, par précaution, sa mère l'envoya s'acheter des bonbons au kiosque sur le trottoir d'en face.

— Je vais mourir.

— Comme tout le monde.

Bref silence autour de la table, puis la femme ajouta :

— J'ai le sida.

Victor rejeta sa chaise en arrière.

— Bordel de merde !

Victor aurait voulu tout nier en bloc, mais il fallait bien admettre que les circonstances avantageaient la pestiférée. Elle avait fait irruption au moment le plus inopportun de son grand projet d'ascension sociale.

Impossible de la chasser. Tant qu'elle serait en vie, elle pourrait rendre une petite visite surprise à la galerie pour cracher du sang ou parler de sa paternité avec n'importe qui. Heureusement, elle n'en avait plus pour longtemps.

La stratégie de Victor consisterait à *gagner du temps* et *limiter les dégâts*.

Au cours des négociations qui suivirent, il promit de veiller sur le garçon jusqu'à sa majorité, à condition que la femme ne prononce jamais le mot « papa » devant le gamin. Ni devant qui que ce soit, d'ailleurs.

— Le gamin ? dit-elle. Il a un prénom : Kevin.

— Inutile de pinailler.

4

La mère de Kevin toute à son agonie, Victor prit une semaine de congé. Alderheim devrait bouger son cul de vieux décrépit pour la première fois depuis des années. Le gérant dégota un studio dans la banlieue reculée au sud de Stockholm, afin d'y dissimuler son problème subit. Dix-huit mètres carrés, un lit, une kitchenette, deux chaises et une table.

Il installa le gosse sur une chaise, s'assit sur l'autre et énonça les règles.

Primo, que Kevin ne s'imagine pas que Victor était son père. Celui-ci avait accepté cette responsabilité par pure bonté d'âme, parce que la mère de Kevin, cette irresponsable, avait prévu de mourir. *Tuteur* conviendrait mieux, mais s'il trouvait cela trop bizarre, *chef* suffirait.

Le garçon hocha la tête, lui qui n'avait jamais eu de chef. Ni de tuteur, d'ailleurs. Et pas le moindre père.

Secundo, Kevin avait l'interdiction formelle de rendre visite à Victor en ville. Il vivrait ici, à Bollmora, irait chaque jour au lycée de quartier puis regagnerait ses pénates. S'il coopérait, le chef veillerait à toujours remplir le frigo de pizzas.

Kevin demanda où était sa mère.

— On s'en fout. Écoute-moi bien, c'est important.

La crise avait été provisoirement évitée. Quand, environ une semaine plus tard, l'importune mourut, tout revint à la normale. Kevin se conduisait bien, était bon élève, ne se plaignait pas de la nourriture et, surtout, il ne venait jamais à la galerie. Presque comme s'il n'existait pas, ce qui bien sûr aurait été encore mieux.

Jenny fêta ses 16, 17, puis 18 ans, sans que Victor trouve une seule raison de la toucher. De toute façon, le sexe n'avait rien à voir là-dedans. Ils allaient simplement se marier.

Le vieux fut un remarquable entremetteur. Il consacrait chaque jour à convaincre sa fille quasi passive. Parfois, Victor l'entendait. Le principal argument d'Alderheim était le souhait que son œuvre lui survive, responsabilité que Jenny était trop jeune et inexpérimentée pour endosser, tandis que Victor était un adulte responsable. Un gage de sécurité, tout simplement. Jenny croyait-elle pouvoir développer quelques sentiments pour lui ?

En revanche, la réponse de la jeune fille était inaudible depuis la pièce voisine. Pour trouver plus taciturne que Jenny, il fallait chercher dans l'aquarium du vieux.

Si tout semblait s'arranger de ce côté, le bâtard de Bollmora était une vraie plaie pour Victor. Les 18 ans de Kevin approchaient, et alors il ne pourrait plus le contrôler. Le gérant n'avait aucune confiance dans la bonté intrinsèque de l'humain, il ne se fiait qu'à lui-même. Impossible de prédire si cela prendrait un, six ou douze mois. Sa seule certitude était qu'un jour Kevin viendrait lui réclamer de l'argent. D'abord quelques billets de 100 couronnes pour une babiole, puis plus pour un vélo, puis encore plus pour une voiture, pour des études à l'étranger, une maison… Une fois que le gosse aurait appris à considérer Victor comme son guichet automatique, cela n'en finirait jamais.

Merde.

Le gérant devait s'appliquer à charmer le vieux, flirter vaguement avec Jenny et, au moment propice, demander la petite dinde en mariage en se débrouillant pour qu'elle réponde oui. Une *toux* de Kevin à Bollmora, et l'édifice s'écroulerait.

Recourir au meurtre était hors de question. Mais si le garçon mourait quand même ? Ce serait une autre histoire. Le problème, c'était que les garçons de 18 ans ne mouraient pas comme ça, du jour au lendemain. Kevin allait avoir besoin d'aide.

Victor songea au Mouvement de résistance qu'il avait fréquenté de nombreuses années auparavant. Il fallait le reconnaître, ils étaient tenaces. À intervalles réguliers, un ou plusieurs d'entre eux se retrouvaient derrière les barreaux pour coups et blessures, émeutes, incitation à la haine raciale, port illégal d'arme et autres chefs d'accusation du même acabit. Le reste du temps, ils peaufinaient leur programme politique. Dans l'ensemble, ils avaient les idées claires. L'une des premières mesures qu'ils mettraient en application une fois au pouvoir serait de renvoyer chez eux ceux qui n'avaient rien à faire ici. Les Iraniens en Iran, les Irakiens en Irak, les Yougoslaves en… bon, là, ça se compliquait. Kevin, lui, finirait avec certitude en Afrique.

Une bien belle perspective. Malheureusement, Victor ne pouvait attendre la révolution du Mouvement. Combien de membres recensait-il ? Cent ? Deux cents ? Dont la moitié en prison ?

Non. Comme toujours, Victor ne pouvait compter que sur lui-même.

Il repensa à l'Afrique.

Allant chercher un vénérable atlas géographique dans la bibliothèque du vieil Alderheim, il fit lentement glisser son index sur la carte du continent africain, où son doigt s'arrêta comme de lui-même. Sa décision était prise.

Une place pour chaque chose et chaque chose à sa place.

5

— Bonjour, Kevin. Je vois que tu as fini tes pizzas.

— Bonjour, chef.

Victor hocha la tête, satisfait. Le garçon respectait leur accord. Un brave garçon. Noir, mais gentil.

— Tu vas bientôt fêter tes 18 ans.

— Aujourd'hui, en fait.

— Ça alors. Je me disais que nous pourrions partir en voyage pour célébrer ta majorité. La semaine prochaine. Ça ne doit pas être drôle, de ne jamais quitter Bollmora.

Un voyage ? Fantastique. Cependant, Kevin se plaisait dans cette commune de banlieue et, de toute façon, le chef lui avait défendu de s'approcher de la ville.

— Bien, tu as tout compris. Mais, vois-tu, je dois me rendre à Nairobi pour le travail. Tu n'aurais pas envie de m'accompagner ? De voir du pays ?

— Nairobi ? s'étonna le garçon.

— Au Kenya.

Kevin éprouva soudain le sentiment qu'un lien les unissait, comme si le chef était bien plus que cela. De premier abord, le personnage était revêche, parfois franchement antipathique, mais peut-être n'était-ce qu'une façade. L'homme et le garçon allaient partir pour un long voyage. Découvrir le monde. *Ensemble*.

— Merci, papa…, laissa échapper Kevin.

Il ne se leurrait pas, mais n'avait jamais pu appeler personne ainsi.

— Je te défends de m'appeler papa !

Il fallut quelques jours pour débarrasser les cartons à pizza qui encombraient l'appartement et se procurer passeports et billets d'avion. Victor réserva un aller-retour en classe affaires pour lui et un aller simple, tarif économique, pour Kevin.

Puis il annonça à Jenny et son père à moitié sénile qu'il se rendait à Londres pour s'occuper d'un client potentiel.

— Je serai vite de retour. Tu devras te charger de la galerie en mon absence.

— Mais…, fit Jenny.

— Parfait. Bisous.

Impossible de déterminer de quel pays d'Afrique Kevin était originaire. Victor s'était donc appuyé sur d'autres critères pour choisir leur destination : assez civilisée pour ne pas courir lui-même de risques, donc pas la Somalie, et assez sauvage pour qu'il puisse s'y débarrasser du garçon, donc pas un parc national desservi par un bus. En bref, cela voulait dire à 550 kilomètres de Nairobi en direction de nulle part.

Jusqu'ici, le voyage n'avait pas fourni à Kevin l'occasion de découvrir un cœur en or sous l'épaisse carapace de Victor. Malheureusement, ils avaient été séparés pendant le vol. Si bien qu'ils n'avaient pas pu avoir ce dont rêvait le garçon de 18 ans, à savoir une conversation légère à propos de la vie et de l'avenir. Pour apprendre à se connaître. À s'aimer.

Une voiture de location les attendait à l'aéroport. Victor invita le garçon à s'asseoir sur le siège passager. À côté de lui, comme un égal. Était-ce sa chance ? Pourvu que le voyage soit long.

— Où allons-nous, papa ? demanda Kevin.

— Je t'ai dit de ne pas m'appeler papa.

La conversation était close.

Le chef ne prononça pas le moindre mot tandis qu'il conduisait la Range Rover, s'orientant grâce au GPS. Cap à l'ouest. Kevin garda le silence pendant trois heures. Qu'aurait-il bien pu dire ? Il finit tout de même par se lasser.

— Tu ne veux pas me dire où nous allons ? J'aimerais bien savoir.

— Tu n'as pas bientôt fini de jacasser ! Admire le paysage, bon sang.

À l'A104 succéda la B3, puis la C12. À mesure de leur progression, les routes devenaient plus étroites, moins praticables. Quand le ciel commença à s'obscurcir, l'asphalte fit place au gravier. Depuis un moment déjà, Victor et Kevin se trouvaient dans l'immensité de la savane. Le long de l'équateur, le crépuscule se changeait vite en nuit noire. Elle venait de tomber tout à fait quand Victor arrêta la voiture au pied d'un acacia, laissant le moteur tourner.

— Nous sommes arrivés.

— Où ça ?

— Là où est ta place. Descends.

Kevin s'exécuta. Au lieu de l'imiter, Victor roula jusqu'à un endroit de la piste assez large pour faire demi-tour. En repassant devant Kevin, il baissa la vitre pour un mot d'adieu.

— Ne m'en veux pas. Tu seras bien ici. Tu as ça dans le sang.

— Mais, papa...

— Oh, et puis va te faire voir, lâcha Victor avant de s'éloigner.

Le garçon était chez lui. La nature prendrait soin du reste. Qui pourrait adresser des reproches à Victor si elle se montrait cruelle ?

Une bonne journée plus tard, il poussait la porte de la galerie d'art. Avec un voyage de plus à son actif et un problème de moins à gérer.

— C'était comment, Londres ? demanda Jenny.

— Chaud.

On était le 25 février.

L'administration refusa de reconnaître Kevin comme mort. Après le signalement de sa disparition à la police, on réclama à Victor le formulaire 7695, « demande de certificat de décès d'une personne disparue », et on lui annonça qu'il faudrait encore cinq ans pour clore le dossier. *Cinq ans !* Les lions n'avaient sans doute pas mis plus de cinq minutes.

Heureusement, le reste se déroula comme prévu. Le vieil homme éternellement endeuillé à l'étage céda la direction de la galerie à sa fille et à Victor, et Jenny répondit oui quand, avec une grande inspiration, celui-ci la demanda en mariage. S'il avait dû retenir son souffle, c'était par dégoût, non par inquiétude. Jenny ne refusait jamais rien.

En rapportant la bonne nouvelle à son futur beau-père, il annonça son intention d'adopter leur nom de famille et non l'inverse.

— En retour de ce que vous avez fait pour moi, dit-il, sincère pour une fois.

Son beau-père se mit à pleurer à la pensée que les choses s'arrangeaient à merveille pour sa fille chérie. Bientôt, tout reviendrait à Victor. Il ne restait plus qu'à coucher cela sur le papier.

Comme elles furent longues, les quelques années que mit le vieux à mourir. Il évoquait régulièrement, autour d'un cognac, son souhait d'avoir un petit-fils. Victor esquivait habilement le sujet. Pour résister à toute tentation purement charnelle, il effectuait deux visites hebdomadaires auprès de prostituées de luxe. Avec des préservatifs. Il refusait de voir surgir d'autres bâtards sur son chemin, authentiques ou non.

Enfin, il arriva, le plus beau jour de la vie de Victor. Dire que c'était le soir de Noël. Impossible d'imaginer plus beau cadeau !

— Ma chère Jenny, mon cher Victor, je vais bientôt rejoindre ma tendre Hillevi, annonça le vieux.

— Qu'est-ce que tu racontes, papa ? demanda Jenny, effarée.

— Je suis rongé par le cancer, exactement comme ta mère.

Alléluia, alléluia, grâce soit rendue au ciel, pensa Victor.

— C'est terrible, déplora-t-il.

La voie était libre. Son ascension de rien à tout avait duré vingt ans et onze jours.

Victor donna à peine le temps au corps de son beau-père de refroidir avant de s'occuper du reste. Il fonda une société par actions (La Victoire ou la mort Immobilier SA), s'en attribua le monopole grâce au contrat de mariage, amena Jenny à lui céder la galerie, le sept-pièces et son patrimoine – qu'il revendit à la nouvelle société pour une couronne. Dès lors, en cas de divorce, son épouse pourrait prétendre à 50 öre. Tout le reste reviendrait à l'époux.

Comme toujours, Jenny signait tout ce que Victor lui tendait. Parfois, elle posait une question, mais rien qu'il ne puisse éluder. Quand elle avait demandé pourquoi tout céder à la nouvelle société, Victor avait répondu qu'il ne voulait pas l'embêter avec les formalités administratives maintenant qu'ils allaient avoir des enfants (partant du principe qu'elle ignorait comment on les faisait).

Certes, elle pourrait dénoncer l'arrangement devant un tribunal, mais Victor savait qu'elle n'en aurait pas le cran. De toute façon, ce n'était pas avec 50 öre qu'on se payait un avocat.

Le travail ne manquait pas. Après toutes ces années dans cette galerie d'art antisociale, une mesure d'urgence s'imposait. Victor brada 12 œuvres modernistes et en lacéra une treizième, un Erich Heckel à 180 000 couronnes. Ou plutôt « Erich Dégueule », comme le surnommait Victor en secret. Le tableau représentait une femme à demi nue, au visage androgyne et aux lèvres vertes, une insulte si abjecte à la notion de beauté et à l'ordre établi que Victor, au nom de l'intérêt général, refusa de donner cette merde.

Après cette purge artistique, il fit domicilier Jenny dans l'appartement de Bollmora sans la consulter. Il n'était pas certain que cela soit nécessaire, mais dans ce monde où tout n'était que procédures, deux précautions valaient mieux qu'une.

Enfin, le moment arriva de s'occuper du divorce.

— Tu préfères du saumon ou du poulet au dîner ? demanda un jour Jenny.

— Du poulet, s'il te plaît, répondit Victor. Et puis, je veux divorcer.

Sa réaction fut conforme à ce qu'il prévoyait.

— Du poulet, acquiesça Jenny.

Son père était mort. Pourquoi s'acharnerait-elle à ressusciter une relation qui l'était elle aussi ?

La procédure ne dura que quelques semaines car, fidèle à elle-même, Jenny signa une fois encore tout ce qu'il lui présenta. Victor pensait qu'elle était demeurée. En vérité, elle voulait simplement être débarrassée de lui.

Son vœu fut exaucé. Du moins en partie. Après une vie de somnolence, elle se réveilla un beau matin dans un studio à Bollmora, avec pour toutes possessions les 50 öre de son héritage, les vêtements qu'elle portait et quelques milliers de couronnes dont Victor lui avait fait cadeau par pure grandeur d'âme.

En réalité, Jenny n'était pas aussi apathique que le croyait Victor. Elle avait choisi très tôt de s'entourer d'abord d'art, puis de gens si elle en trouvait le temps. Victor et les circonstances avaient fait en sorte qu'elle n'en trouve aucun.

Certes, elle s'était occupée avant tout de son vieux père, puis des archives au sous-sol. Pourtant, elle ne souffrait pas de la solitude au milieu des dossiers et des documents. Elle avait pour amis Franz Kafka et August Strindberg, qui logeaient dans une petite bibliothèque, et elle habillait les murs de reproductions abordables à taille réelle d'œuvres de Vincent Van Gogh, Max Beckmann, Isaac Grünewald, Marc Chagall, Ernst Ludwig Kirchner, Irma Stern et d'autres.

Au milieu de ces artistes, elle s'était essayée à la peinture à l'huile. Ses productions étaient si médiocres que le génie de ses amis lui apparaissait plus clairement chaque jour. Jenny l'archiviste peignait, puis Jenny la critique d'art étrillait le résultat. Somme toute, une existence agréable. Recluse dans son sous-sol sans fenêtre, elle était heureuse dans son malheur. Sentiment qu'elle partageait avec son ami Kafka, qui s'était arrangé pour n'avoir aucun point commun avec quiconque, pas même avec lui.

Parfois, Jenny se demandait comment elle parvenait à se satisfaire de si peu. Elle surfait sur Internet en quête de réponses et, peut-être, de similitudes avec ses amis géniaux. Bien qu'elle ne puisse s'attribuer une psychose comme Munch (qui peignait ses angoisses), Goya (qui souffrait d'hallucinations) ou Chalepas (qui sculptait, puis détruisait son œuvre à peine achevée), un « dysfonctionnement neuropsychiatrique » n'était pas exclu. Cela ferait l'affaire.

Quel que fût ce très hypothétique dysfonctionnement, cela ne l'avait pas empêchée de remarquer que le gérant la courtisait. Il était beaucoup plus vieux qu'elle et semblait ignare en matière d'art moderne, qui était tout son univers. Cependant, son cher papa approuvait Victor, certain qu'il protégerait la galerie d'art. Il n'avait pas songé un seul instant que sa fille pourrait en être capable. Il y avait peu, elle n'était encore qu'une enfant. À présent, elle n'était guère plus qu'une jeune femme.

De toute façon, qu'était-ce que l'amour ? En dehors de celui qu'elle portait aux regrettés modernistes éternels.

Elle avait accepté sa demande en mariage. À moins que son père ne l'ait fait pour elle. Elle avait acquiescé sans un mot.

Elle avait tout de même donné son consentement en face d'un fonctionnaire à l'hôtel de ville. Pour son père. En revanche, elle n'éprouvait aucune impatience à la pensée du devoir conjugal. S'il y avait quelqu'un devant qui elle aurait accepté de se déshabiller, c'était Ernst Ludwig Kirchner. Elle aurait tellement aimé être Marzella, visible au musée d'Art moderne de Stockholm. Ou bien une des cinq baigneuses nues, du Brücke-Museum de Berlin. Kirchner était l'amour malheureux personnifié. Né en 1880, il s'était suicidé en 1938, désespéré par la perspective de l'entreprise d'Adolf.

Comme il est facile de donner des leçons a posteriori. Son nouvel époux lui demandait de signer, elle s'exécutait. Il aimait tant pérorer qu'elle n'avait qu'une hâte, rejoindre ses amis au sous-sol, sachant son père satisfait. Du moins de son vivant.

Et a posteriori, que penser du fait qu'ils n'avaient jamais couché ensemble ? À 23 ans, Jenny n'avait aucune expérience, mais elle avait fréquenté assez longtemps l'école et avait regardé suffisamment de séries télé pour savoir de quoi il retournait. Le chef-d'œuvre de Salvador Dalí, le *Grand Masturbateur*, lui inspirait de la compassion pour son auteur. On disait que Dalí s'était représenté lui-même.

Elle interprétait la distance de Victor comme une tentative de masquer sa timidité derrière une façade d'assurance. Il ne comprenait rien à l'art. En particulier au modernisme. Elle ne le trouvait jamais plus minable que quand il débitait son « ce bon vieux Matisse » devant les clients. Un jour, elle lui avait montré une reproduction de *La Desserte rouge*.

— Qu'est-ce que c'est que cette merde ? avait-il lancé. Ne me dis pas que c'est un truc que tu as acheté !

Ce bon vieux Matisse ?

À présent, elle comprenait tout.

Victor n'était pas un inoffensif esprit médiocre. Il avait un plan. Elle n'était qu'un moyen de parvenir à ses fins.

Et merde. Plus de maison, plus de galerie, plus de sous-sol rempli d'amis, pas de vie. Autant se jeter à la mer.

Elle ne s'était jamais aventurée dans la banlieue sud de Stockholm, mais dans cette région du pays, il y avait de l'eau partout. Il suffisait d'avancer dans n'importe quelle direction pour en trouver. Combien de temps devrait-elle marcher ? Un quart d'heure ?

Elle allait lentement, peu pressée d'en finir, tout en regardant autour d'elle. L'hiver approchait. Le soleil brillait, beaucoup de gens se promenaient avec des poussettes. C'était sans doute le week-end. Dimanche, peut-être ?

Apercevant au loin un scintillement qui évoquait la surface de l'eau, elle emprunta cette direction, longeant un terrain vague où des adolescents jouaient au football. Ils avaient l'air de bien s'amuser, malgré les températures proches de zéro. Les premières neiges se faisaient encore attendre.

Soudain, le ballon rebondit vers elle. Par réflexe, elle l'attrapa au vol à deux mains.

— Bel arrêt ! lança un joueur.

Elle lui sourit, renvoya le ballon, il lui cria un merci et retourna à son match. Rien de plus.

Bel arrêt ? Pourquoi avait-il dit ça ? Parce que c'était le cas. Une personne qui arrivait à attraper un ballon au vol ne pouvait être complètement incapable. Il n'en fallut pas plus à Jenny pour changer d'état d'esprit.

En se noyant, elle ne ferait que rendre service à Victor Alderheim. Tout bien réfléchi, il n'en méritait pas tant. Comment, au nom du ciel, avait-il osé vendre les plus belles pièces de la galerie pour des clopinettes ? Et où était passé le tableau d'Erich Heckel ?

6

Victor était satisfait. La harpie était morte depuis longtemps. Le vieux l'avait rejointe. Le simulacre de mariage était dissous. Les pires œuvres de la galerie étaient de l'histoire ancienne et il avait entrepris d'y faire entrer l'art, le vrai.

Presque cinq ans avaient passé depuis que le bâtard avait été dévoré par les lions. L'administration avait promis d'envoyer le certificat de décès par courrier.

Durant la minute qui suivit son abandon au milieu de la savane africaine, Kevin resta immobile dans l'obscurité, abasourdi.

Une minute plus tard, il était encore incapable d'expliquer ce qui venait de se passer, mais il commençait à comprendre autre chose. S'il ne se mettait pas en mouvement dare-dare, il serait bientôt mort. Pendant la dernière partie du trajet en voiture, il avait constaté que la région était peuplée de bêtes sauvages, les lions n'étant pas les moindres.

Il n'avait nulle part où aller. Peut-être pouvait-il plutôt grimper ? Si son chef et tuteur voulait vraiment éliminer Kevin sans se salir les mains, peut-être n'aurait-il pas dû le débarquer au pied d'un arbre.

Les acacias ne sont pas faciles à escalader, mais Kevin était jeune et agile. Il atteignit vite des branches à presque 3 mètres du sol et décida d'y rester jusqu'à l'aube. Ne surtout pas dormir.

Quiconque s'est déjà trouvé la nuit en haut d'un acacia en pleine savane sait comme on peut vite se décourager. Il ne fallut pas vingt minutes à Kevin. *Pourquoi* demeurer éveillé ? Quand le jour viendrait, il serait toujours au Kenya. Son professeur de sciences naturelles à Bollmora avait eu l'amabilité de leur parler des animaux sauvages du continent africain. Les plus affamés chassaient la nuit, pendant que les plus féroces dormaient. Quand l'aube arrivait, les rôles s'inversaient.

Si Kevin redescendait une fois le soleil levé, sur quoi tomberait-il ? Un buffle ? Un rhinocéros ? Une éléphante persuadée qu'il menaçait son petit ?

Et même si aucun de ces animaux ne se montrait, dans quelle direction devrait-il marcher ?

Non, autant se réfugier dans le sommeil. Mais d'abord, il devait essayer de comprendre comment il en était arrivé là.

Quelques années auparavant, sa mère l'avait présenté à un homme qui était devenu son tuteur et voulait que Kevin l'appelle chef. Le garçon s'était accommodé de l'arrangement. Après tout, il n'avait jamais eu de figure paternelle dans sa vie. Peut-être le chef pourrait-il devenir ce qui s'en rapprochait le plus.

Aujourd'hui, il y voyait plus clair. Quand il était petit, sa mère se situait assez haut dans la hiérarchie des prostituées, mais avait dégringolé les échelons à mesure qu'elle vieillissait. Quand elle avait quitté ce monde, lâchée par son système immunitaire, Kevin s'était retrouvé seul avec son tuteur. Sa mère n'avait jamais été qu'amour et tendresse. On ne pouvait pas franchement en dire autant du chef.

Pour quelle raison Victor avait-il accepté cette responsabilité ? L'instinct de Kevin lui soufflait que sa mère avait avancé de l'argent contre la sécurité de son fils. Ça n'avait pas très bien fonctionné. Mais la pauvre n'avait sans doute pas eu beaucoup de parents de substitution parmi lesquels choisir. Voilà pourquoi elle avait opté pour le marchand d'art.

Puis le dix-huitième anniversaire de Kevin était arrivé, libérant le chef de ses obligations. Pourtant, au lieu de lui couper les vivres et de lui dire de se débrouiller, son tuteur l'avait emmené en Afrique.

Pourquoi ?

Manifestement, pour qu'il meure. Mais *pourquoi* ?

Sa mère avait-elle exigé que le tuteur soutienne financièrement le jeune homme jusqu'à son entrée à l'université ? Le chef craignait-il que Kevin découvre qu'il était à l'origine d'une combine illégale ? Comment une chose pareille serait-elle possible ? Ils ne se fréquentaient jamais.

Tout cela n'avait ni queue ni tête. Comme l'existence entière, du reste.

Était-ce un bruissement dans l'obscurité qu'il venait d'entendre sous ses pieds ?

Kevin tendit l'oreille. Non, il était seul.

Où en était-il, déjà ? Ah oui, son existence. Sur le point de s'achever. Ses premières années avaient été plutôt heureuses. Sa mère lui tenait compagnie en journée, du moins à partir du déjeuner, quand elle se levait après une longue nuit de travail. Elle le couvrait de cadeaux. Il avait été l'un des premiers élèves de son établissement à posséder une tablette tactile. Pour ses 14 ans, il avait reçu un ordinateur portable. C'était à cette période que Kevin avait compris quel métier exerçait sa mère, et ce que contenaient vraiment ses injections de vitamines.

Il ne l'en aimait pas moins. Mais, côté vie sociale, c'était foutu. Kevin savait qu'il était avenant. Il aimait bien jouer au ballon avec les autres pendant les pauses. Il aimait bien l'école aussi. Ce qu'il préférait, c'étaient les travaux de groupe. Les échanges, les rigolades. Ça lui donnait le sentiment d'être normal.

Malheureusement, l'heure de la sortie finissait toujours par arriver. Kevin avait appris à la dure à ne pas rendre visite à ses copains. Chez eux, les parents lui tombaient toujours dessus. Comment s'appelle ton père ? Où travaille ta mère ? Il avait essayé de mentir, mais cela le stressait.

Il avait bien sûr songé à inviter un camarade à la maison, mais il aurait été forcé d'expliquer peu ou prou : « Je n'ai pas de papa, et maman dort parce qu'elle se prostitue la nuit. Et puis, elle couve une mauvaise toux. On pense que c'est le sida. Tu veux un goûter ? »

Peut-être était-ce l'ordinateur portable qui lui avait épargné l'isolement complet. Il lui permettait de jouer avec des gamins de son âge disséminés à travers le monde. Enfin, « de son âge », difficile à vérifier, car tous se choisissaient un pseudo et indiquaient l'âge et le sexe qu'ils voulaient. Cela convenait parfaitement à Kevin. Il aurait d'ailleurs voulu s'appeler Lonely-planet, un nom plutôt poétique, d'après un guide de voyage sur la France offert par sa mère, avec la promesse qu'un jour ils iraient là-bas ensemble. À la place, il avait échoué à Bollmora et avait adopté le pseudo Lonelyplanet47. Visiblement, il y avait déjà 46 autres planètes solitaires dans ce bas monde.

Il avait écopé d'un tuteur avare d'encouragements, qui lui rendait visite tout au plus une fois par semaine pour remplir le frigo, tandis que la femme qui avait tant d'amour à lui donner venait de mourir.

Malgré tout, Kevin se débrouillait, sachant se contenter de peu. Il aimait encore le lycée. Après les cours, ses camarades le laissaient tranquille. Les week-ends étaient rythmés par les jeux en ligne, les boîtes de pizza et… c'était tout. Vivement sa majo-rité. Ses notes lui ouvriraient les portes de l'univer-sité. À moins qu'il ne cherche du travail. Pourquoi pas carrément en France ? Que faisaient les Français dans la vie ? Ils ne devaient pas tous vendanger le raisin.

Ensuite, il y avait aussi cette histoire de parents absents. Kevin ne voulait pas d'une nouvelle maman pour remplacer celle qui avait fait un si bon boulot malgré les circonstances. Mais il devait bien avoir un père quelque part, s'il en croyait son professeur de biologie. Un père dont le marchand d'art Victor Alderheim était une étrange incarnation.

Il serait exagéré d'affirmer que Kevin et Victor s'étaient découvert des atomes crochus. Quand son « chef » venait chaque semaine lui livrer des pizzas, cela se résumait à « Bonjour », « Tout est en ordre ? », « Tiens, tes provisions » et, en quelques rares occasions, « C'est fou, toute cette pluie ». Suivi de « On se voit la semaine prochaine, à plus ».

Kevin aurait beaucoup aimé prolonger ces moments. À la bibliothèque de l'école, il avait déniché un ouvrage qui prétendait résumer en 400 pages toute l'histoire de l'art, depuis les peintures rupestres de l'époque préhistorique. Il comptait le feuilleter afin de trouver des sujets de conversation pour la fois suivante.

Le garçon de 17 ans avait été fasciné par ce livre, qui foisonnait d'illustrations en couleurs. Tout un monde qu'il ne soupçonnait pas s'était ouvert à lui. Il se surprit à avoir une opinion tranchée sur la plupart des courants.

Il attribua immédiatement un pouce vers le bas à la Renaissance : on aurait juste dit une publicité à rallonge pour la Bible. Le romantisme, lui, était beaucoup plus intéressant. Eugène Delacroix illustrait même la révolution de Juillet par deux seins dénudés.

Mais c'était au moment où le XIXᵉ siècle cédait la place au XXᵉ siècle que les choses devenaient réellement excitantes. Kevin fut complètement captivé par Claude Monet et son tableau d'aurore sous un soleil rouge, avec une barque transportant un rameur et un voyageur solitaire. Longtemps, le jeune homme avait pensé que sa fascination venait du mystère qui entourait l'identité du voyageur. Qui était-il ? Quelque chose lui soufflait que c'était une femme, mais on ne pouvait en être certain. Où se rendait-elle ? Et qui maniait la rame ? Un pauvre pêcheur, levé avec le soleil pour gagner une piécette ? Pour conduire la femme à bon port à… Où ça, d'ailleurs ? Et pourquoi ? Si tôt le matin…

Mais il avait ensuite compris que s'il était aussi subjugué, c'était pour une autre raison. Toute la beauté de ce tableau résidait dans la lumière de l'aube. La façon dont le soleil écarlate se reflétait dans l'eau. La brume légère annonçant les prémices de l'automne et… Kevin se prit à se demander quelle température il pouvait bien faire. Pas si chaud, sûrement. Onze degrés ?

Victor venait tout juste de franchir la porte avec ses cartons à pizza quand Kevin brandit sous son nez la page où figurait le tableau qui l'avait tellement chamboulé.

— Regarde, chef. C'est beau, hein ?

Victor lança un coup d'œil au livre ouvert. Et s'énerva.

— Méfie-toi de ce genre de merdes.

C'était exactement le type d'art qui conduisait à l'homosexualité. Qui remettait en cause l'autorité. Qui assombrissait les idéaux sociaux.

— C'est fou, toute cette pluie, dis donc. On se voit la semaine prochaine. À plus.

Puis Kevin fêta son dix-huitième anniversaire. Victor était passé, pour la première fois sans pizzas. Il avait proposé au garçon de partir découvrir le monde ensemble. Pour la centième et dernière fois, une lueur s'était allumée en Kevin. L'espoir d'un semblant de relation entre un père et son fils.

Impossible de considérer ça autrement que comme une tentative de meurtre. Victor voulait que les lions fassent le sale boulot. Et c'est ce qu'ils feraient bientôt.

Ne... pas... dormir.

Ou autant dormir, peut-être.

C'est à cet instant qu'il les remarqua. Deux lionnes, au pied de l'arbre, qui l'avaient déjà repéré. Soudain, Kevin l'exténué fut parfaitement réveillé. Son désir de vivre était plus fort que son envie de mourir. Tout bien considéré, être dévoré par des fauves n'était sûrement pas la façon la plus agréable d'en finir.

Il se trouve que les lions ne sont pas de grands penseurs, fonctionnant plutôt à l'instinct, et qu'ils n'ont presque aucun talent pour l'escalade. Contrairement au léopard, qui patiente parfois si longtemps qu'il finit par oublier sa proie et va voir ailleurs.

À en juger par son odeur, la créature perchée dans l'arbre offrirait un repas pour la moitié de la troupe. Cependant, elle s'accrochait à sa branche et à sa vie. À l'aube, les lionnes s'éloignèrent au petit trot, de mauvaise humeur après une nuit de vaine attente. Il était temps de rejoindre la troupe et de dormir pour tromper la faim, à l'abri du soleil brûlant. Elles ne songèrent pas que l'une d'elles pourrait faire le guet tandis que l'autre irait chercher le mâle et les petits. Ils pourraient alors tous se reposer sous l'acacia, jusqu'à ce que leur dîner leur tombe tout cuit dans la gueule. Bon appétit !

Kevin, qui ne pouvait se permettre de dormir, s'assoupit tout de même quand la tension disparut en même temps que les lionnes. Il s'écrasa alors, dans un choc sourd, sur la terre tendre au pied de l'arbre.

7

Ole Mbatian le Jeune adorait l'art de la conversation. Les échanges. La nouveauté. Malheureusement, la vie dans un village massaï ne comblait pas ces besoins. Les femmes ne lui inspiraient que méfiance. Les entretiens hebdomadaires avec Chef édenté étaient tout sauf enrichissants, de même que les discussions avec les autres villageois. Sans vouloir être injuste envers le gardien de bétail moyen dans la savane, quiconque cherchait le sens profond de la vie faisait mieux de s'adresser à quelqu'un d'autre.

Il y avait toujours la sœur du forgeron. Dans sa jeunesse, elle était montée dans le mauvais bus à Narok et s'était retrouvée à Nairobi. Elle avait mis trois ans à rentrer chez elle. Aujourd'hui, elle savait mieux que personne à quoi ressemblait le monde au-delà du village. Seulement, elle ne parlait plus que de cela. Ole Mbatian était jaloux. Comme il refusait de se l'avouer, il croyait simplement ne pas supporter ses bavardages.

Ses promenades matinales devinrent son échappatoire, lui permettant de monologuer, tout en cherchant de l'amaryllis contre les morsures de serpent. Pour pimenter la conversation, il jonglait entre le swahili (langue de sa mère), le maa (celle de son père) et l'anglais (apportée par les colons en même temps que le christianisme et la circulation à gauche).

L'amaryllis poussait partout, sauf là où Ole en cherchait cette fois-là. Mais la matinée était belle et les oiseaux l'accueillaient de leurs chants. L'heure était presque mystique. Ole Mbatian était profondément croyant. Voilà pourquoi il n'éprouva pas de peur, seulement de la joie, quand un fils presque adulte tomba du ciel et atterrit à ses pieds.

— Merci, Seigneur, dit-il en ramassant le garçon couvert de bleus.

Groggy de fatigue, Kevin rêva qu'on le soulevait prudemment. Ou était-ce vraiment en train d'arriver ? Quelqu'un prononçait des mots incompréhensibles.

— Qu'est-ce que vous dites ? bafouilla-t-il en anglais, vaseux.

— Tiens, tu ne parles pas encore toutes nos langues, s'étonna Ole Mbatian. Ma foi, les voies du Seigneur sont impénétrables. Tu es tout de même le bienvenu, mon cher, très cher garçon.

L'homme-médecine, qui s'était récemment demandé s'il se faisait vieux, chargea précautionneusement sa trouvaille sur son dos et reprit d'un pas vif le chemin du village. Cela ne représentait pas plus de 7 kilomètres.

Dans sa hutte médicinale, il appliqua sur le front du garçon épuisé et déshydraté un cataplasme de feuilles de bananier fraîches et lui fit boire de l'eau additionnée d'une infime dose de piment de Cayenne et de gingembre.

Puis il remercia encore le Seigneur et demanda au garçon :

— Comment allons-nous t'appeler, mon fils ?

— Kevin ? proposa Kevin.

Ole Mbatian sourit. Kevin, cela sonnait bien.

Trois ans et onze mois plus tard, Kevin était un homme de bientôt 22 ans. Il avait acquis des talents qu'il n'aurait jamais soupçonnés. Il possédait un don pour les langues vivantes, parlait à présent couramment l'anglais et se débrouillait en swahili comme en maa. Et quelle habileté aux armes ! Son père adoptif veilla très vite à ce qu'il apprenne les arts de la guerre auprès de son propre frère et de lui-même. Dieu lui avait envoyé un fils qui n'avait jamais manié la lance, le casse-tête ou le couteau. Dans la savane, il ne tiendrait pas une journée.

Ole et son frère expliquaient et montraient, Kevin s'exerçait et assimilait. À 19 ans, le cadeau du ciel maîtrisait parfaitement l'art de survivre en pleine nature, peu importe le nombre de bêtes sauvages et leurs intentions. À cet âge, il tua son premier lion avec une lance (contraint et forcé). À 20 ans, il traversa la rivière Mara à la nage dans les deux sens, après avoir compté neuf crocodiles et déterminé s'ils recherchaient de la nourriture ou prenaient simplement du bon temps.

Kevin aimait sa nouvelle vie. La première digne de ce nom. Et nul n'était plus fier qu'Ole Mbatian le Jeune. Il n'éprouvait aucune inquiétude à l'idée de l'épreuve décisive, d'une durée d'un an, nécessaire pour prétendre au titre de véritable guerrier massaï. Le garçon avait six ou sept ans de plus que les autres aspirants, mais il foulait aussi cette terre depuis bien moins longtemps.

Cependant, personne n'expliqua au jeune homme ce qui les attendait, lui et les cinq autres, quand ils rentrèrent sains et saufs au village après 12 pleines lunes passées dans la savane et la brousse, avec rien d'autre que les vêtements qu'ils avaient sur le dos, leur lance, leur casse-tête et leur couteau. Une grande fête fut organisée en leur honneur.

Ce n'est que quelques heures avant la cérémonie que Kevin comprit.

Il allait être circoncis !

Plutôt retourner essuyer une autre saison des grandes pluies et des petites pluies dans la savane.

Papa Ole, l'homme le plus compréhensif au monde, ne voyait pas où était le problème. On naissait, on apprenait à manier les armes, on était circoncis, on se mariait, puis on passait sa vie à déplorer cette union. Kevin ne devait pas s'inquiéter de conclure, par ce rite, une alliance avec En-Kai ou un autre dieu qu'il ne connaissait pas. Chez les Massaï, la circoncision était un rite de passage, point final. Le garçon ne devait veiller qu'à une chose, ne pas émettre le moindre son pendant l'opération. Ole était convaincu qu'il s'en sortirait.

Pour lui, le sujet était clos.

Mais Kevin ne se joignit pas aux festivités. Il resta seul dans la hutte de son père pour réfléchir. Évidemment qu'il s'en sortirait, là n'était pas la question. Mais que venait faire son zizi dans cette affaire ? En quoi consistait le processus ? Coupaient-ils la moitié ou seulement un petit bout ? Et ensuite ? Le jetaient-ils aux poules ?

Kevin ne voulait pas en savoir davantage. Le temps pressait. Peu importaient les arguments qu'il fournirait, son père ne comprendrait jamais. L'homme-médecine manierait lui-même le couteau.

Le jeune homme attrapa son passeport suédois, enfila les vêtements qu'il n'avait pas portés depuis cinq ans mais qui lui allaient encore, quoique mal. Il fourra son *shúkà* dans son sac à dos, s'empara de deux des trésors de son père en guise de moyen de paiement pour la route et prit la fuite pour sauver son zizi. Sans un adieu.

Au cours des cinq années écoulées depuis que Kevin était tombé de l'acacia, il n'avait reçu qu'amour de la part de son père adoptif et de sa famille. Son oncle, Uhuru Mbatian, grand guerrier massaï et professeur particulier de Kevin en matière de survie dans la savane, n'avait jamais cessé de complimenter ses facilités d'apprentissage. Du reste, il s'agissait de bien plus que cela. Du respect des animaux et de la nature. De patience. D'honnêteté. D'éveil de tous les sens.

La formation de guerrier massaï commençait à 4 ans et s'achevait par une épreuve au début de l'adolescence. Kevin l'avait entamée quand la plupart des garçons de son âge en voyaient la fin, mais l'avait complétée en deux fois moins de temps.

À une circoncision près.

La fidélité aux principes faisait partie des enseignements d'Uhuru Mbatian. Son neveu ne faisait ici que l'appliquer. La deuxième chose la plus importante dans la vie de Kevin était son père adoptif. Et la première, son zizi. Non qu'il s'en soit servi pour autre chose qu'évacuer de l'eau, mais cela ne durerait pas éternellement. Enfin, si Dieu le voulait.

Il devait rentrer en Suède. Où aller, sinon ?

8

Quelques jours plus tard, Kevin se tenait devant la porte de son ancien studio à Bollmora. Devait-il utiliser sa clé ou sonner ? Et si quelqu'un ouvrait ? Qui cela pourrait-il être ? Sûrement pas Victor.

L'étiquette sur la porte disait Alderheim, comme cinq ans plus tôt. L'endroit était probablement vide, et donc parfait pour se remettre de son périple et réfléchir à la suite.

Il déverrouilla, poussa la porte et se retrouva nez à nez avec une inconnue.

— Qui es-tu ? demanda Jenny.

— Et toi ? lui retourna Kevin.

— J'habite ici.

— Moi aussi. Je crois.

Kevin avait l'air sympathique et surpris, et il possédait la clé. Il n'en fallait pas plus à Jenny pour l'inviter à entrer plutôt que d'appeler la police. De toute façon, elle n'avait pas le téléphone.

Assis chacun sur une chaise dans le studio de 18 mètres carrés, ils parlèrent d'eux et de leur relation avec l'homme qui leur avait fait tant de mal. Quand Jenny décrivit son seul loisir, converser avec des œuvres affichées au mur de son sous-sol, elle se sentit un peu idiote. Kevin la consola : lui-même s'était entretenu avec les deux occupants d'une barque à l'entrée du port du Havre.

— Monet, déclara Jenny, notant l'admiration dans la voix de sa nouvelle connaissance à l'évocation du fleuron du courant impressionniste.

Kevin acquiesça. Il lui raconta qu'il avait emprunté un livre d'art à la bibliothèque dans l'espoir de lier conversation avec le gérant de la galerie, tentative qui s'était soldée par un échec cuisant. Cela avait toutefois eu un heureux effet : celui de le lier d'amitié avec Monet. Et plus encore avec Marc Chagall.

Jenny se sentait complètement chamboulée. Pas parce que Chagall figurait parmi ses peintres préférés. Mais parce qu'elle était en train de parler d'art avec une vraie personne, ni morte, ni artiste, ni les deux à la fois. Soudain, elle s'entendit demander :

— Si je te dis *La Desserte rouge*, qu'est-ce que tu réponds ?

Kevin sourit.

— Ce bon vieux Matisse.

Jenny tomba amoureuse.

Jenny et Kevin se connaissaient depuis moins d'une heure et déjà ils discutaient du rôle de la mère de Matisse dans son œuvre.

Mais dehors, la nuit commençait à tomber. Les jeunes gens redescendirent sur terre. Jenny habitait dans l'appartement depuis moins de trois mois. Kevin l'avait occupé pendant cinq ans, longtemps auparavant. Aucun ne voulait en évincer l'autre. Ils allaient devoir partager.

Dans son infinie bonté, Victor avait laissé à Jenny quelques milliers de couronnes après leur divorce, ajoutant qu'elle pouvait naturellement passer à la galerie si l'argent venait à manquer. Il ne lui avait fait aucune promesse, après tout, les temps étaient durs pour tout le monde, mais il ferait de son mieux. D'ailleurs, il prenait en charge le loyer et l'accès Internet haut débit. Qu'elle ne se leurre pas, ce n'était pas donné.

Jenny vivant chichement, il restait quelques centaines de couronnes de l'aumône d'Alderheim, mais il faudrait bientôt renflouer les caisses, surtout s'ils devaient vivre à deux. Kevin pouvait-il apporter une contribution ?

La situation parut prometteuse lorsque le jeune homme posa une poignée de billets froissés sur la table, mais ils déchantèrent immédiatement. Il y avait là 400 shillings kényans. Environ 36 couronnes. Moins 40 de commission de change.

Quand Kevin lui demanda si elle envisageait d'aller trouver Victor Alderheim, Jenny répondit qu'elle préférait encore boire du poison que de se présenter devant lui son chapeau à la main. S'il y avait bien une chose qu'elle refusait, c'était de lui donner l'impression d'être généreux. Cet homme méritait d'être tourmenté, comme il tourmentait les autres. Et même davantage, parce que c'était lui, conclut-elle d'une voix basse, mais ferme.

Sur ce point, Kevin se sentait des affinités avec Jenny. Il ne s'en vantait pas, mais il avait eu tout le temps de réfléchir pendant ces dernières années en Afrique. Dans un fantasme récurrent, il abandonnait son ancien tuteur dans la savane, sous le nez d'une troupe de lions. « Que fais-tu, mon fils ? » s'écriait le Victor imaginaire. « Ne m'appelle pas comme ça », le rembarrait Kevin avant de s'éloigner au volant de sa voiture.

Jenny et Kevin partageaient-ils donc une même envie de vengeance ?

— Comment l'auraient châtié les Massaï ? l'interrogea Jenny.

Le double crime du marchand d'art – l'abandon et la ruine de sa femme d'une part, la tentative de meurtre sur un jeune homme qu'il devait protéger d'autre part – aurait conduit au châtiment le plus sévère des anciens du village : avoir la tête plongée dans une fourmilière jusqu'à ce que mort s'ensuive.

Jenny estimait la sentence un peu excessive. De toute façon, il n'y avait pas de fourmilière près de la galerie d'art.

Cependant, ils se jurèrent sur une poignée de main que Victor Alderheim paierait. Kevin ne l'avoua pas, mais il trouva la main de Jenny douce et agréablement chaude. Jenny se fit la même réflexion à propos de son nouveau colocataire.

— Viens, dit-elle en l'aidant à se relever.

Jenny avait ses habitudes dans une quincaillerie du quartier, qui vendait d'occasion à peu près tout ce qu'on voulait. Kevin avait besoin de vêtements chauds, et il leur fallait un matelas supplémentaire.

Le quincaillier de Bollmora salua chaleureusement Jenny, qui faisait partie de ses meilleurs clients. Même si elle négociait un peu trop à son goût, il comprenait que son budget était plus que serré. Il lui avait ainsi vendu pour 15 couronnes une lampe qui aurait facilement pu lui en rapporter 25. Il lui avait même fait cadeau d'une brosse à vaisselle qu'elle avait longuement fixée du regard.

Aujourd'hui, il avait un matelas et un pull norvégien à lui proposer. Deux cents couronnes, sans reçu.

— Revenez quand vous voulez.

Avant leur dîner composé de boudin noir, Kevin rédigea une longue lettre à Ole Mbatian, dans laquelle il expliquait sa fuite, demandait pardon tout en l'assurant de sa reconnaissance et de son amour, pour lui qui avait sauvé sa vie avant de lui en offrir une nouvelle. Malheureusement, il ne pourrait jamais revenir. Au cours de ses leçons de l'aube au crépuscule, Oncle Uhuru lui avait inculqué qu'un authentique guerrier massaï s'arme d'un casse-tête, d'une lance, d'un couteau et de ses convictions. Si l'un d'eux vient à manquer, on est incomplet. Kevin avait dû abandonner les trois premiers, mais il lui restait ses principes. Le plus grand d'entre eux était que nul ne jouerait de la lame sur son zizi. Kevin déplora encore une fois les circonstances et conclut sa lettre.

Après l'avoir lue, Jenny déclara que Kevin était courageux. Elle le soutenait complètement dans sa fidélité au principe en question, d'autant plus que ce n'était pas une affaire de religion. Certes, l'histoire de l'art était remplie d'épisodes de circoncision, hommage à l'alliance entre Abraham et Dieu. Selon les Écritures, celui-ci avait exigé un petit bout du zizi de la descendance d'Abraham (ce qui faisait un paquet de monde, en fin de compte), en échange du pays de Canaan et du destin de patriarche. D'après ce que Jenny comprenait, cela n'avait rien à voir avec le rite de passage auquel Kevin s'était soustrait, et encore moins avec son pendant féminin, qu'on ne pouvait qualifier autrement que de torture.

Voilà comment les nouveaux amis, vierges l'un comme l'autre, discutèrent autour d'un dîner simple de l'importance d'un sexe intact. Tous deux conscients que la personne de l'autre côté de la table avait les mains douces.

9

Dès le premier instant, Jenny apprécia la compagnie de son colocataire impromptu. Convaincue depuis de nombreuses années d'être différente des autres, elle croyait devoir se satisfaire de peu. À présent, elle cohabitait avec un jeune homme de son âge, lui aussi différent des autres, mais qui lui ressemblait. À mesure que leurs ressources diminuaient, leur amitié grandissait, tout comme leur désir de vengeance envers leur ennemi commun.

Ils ne souhaitaient pas le tuer. Juste le tourmenter. Une version light, à la suédoise, de la tête dans la fourmilière. Mais d'abord, ils devaient trouver le moyen de remplir leurs assiettes. Même s'ils se contentaient de boudin noir au petit déjeuner et au dîner, sans œufs frits, sauce aux airelles ni déjeuner dans l'intervalle, l'argent viendrait à manquer d'ici quelques jours.

Ce problème ne fit qu'ajouter à l'irritation contre le marchand d'art. Jenny enseigna son mantra à Kevin : « Connard de Victor ».

Une thérapie qui soulageait instantanément le stress. Et n'avait pas d'autre objectif.

— Quelle compétence as-tu qui pourrait nous rapporter de l'argent ? demanda Kevin.

Jenny réfléchit un instant.

— Je suis douée pour archiver.

— Archiver quoi ?

— Tout et n'importe quoi.

Kevin ignorait quelle était la demande d'archivistes de tout et n'importe quoi à Stockholm. Jenny aussi.

— Et toi ?

— Je ne sais rien faire. À part regarder les lions de haut. J'arrive aussi à envoyer mon casse-tête où je veux. Je peux traverser une rivière pleine de crocodiles. J'atteins toujours ma cible à la lance et à l'arc. Je parle swahili et maa. Et encore quelques trucs.

— Envoyer ton casse-tête où tu veux ? Où ça, par exemple ?

— Dans le front d'un buffle à 60 mètres. Ou au moins à 50. Papa Ole est capable d'aller jusqu'à 70 mètres, mais c'est un guerrier hors pair.

Les talents de Kevin étaient plus nombreux que ceux de Jenny, mais aucun n'était utile à Stockholm.

— Je suis capable de survivre une année entière dans la savane, avec en tout et pour tout mon couteau, mon casse-tête et ma lance.

— Dans ce cas, tu devrais pouvoir nous nourrir au moins jusqu'à la fin de la semaine ?

Oui, enfin, à ce détail près qu'il n'y avait pas de bêtes sauvages dans les environs.

— Il y a un peu de gibier à Skansen, l'informa Jenny.

Le fier parc zoologique de Stockholm accueillait des ours, des élans, des loups, des lynx et autres animaux inconnus en Afrique.

— Et ensuite, on aura les plateaux-repas gratuits de la prison, lança Kevin.

Ils sourirent à leur misère. C'était peu dire qu'ils s'entendaient bien.

Kevin comprit alors que Jenny et lui étaient par définition sans emploi. S'il se rappelait bien la société suédoise, cela signifiait qu'ils avaient droit à des indemnités chômage. Quelle belle perspective : être payés à se consacrer à temps plein à leur vengeance.

Jenny savait cependant que ce n'était pas si simple. Pour percevoir une allocation, il fallait rechercher activement du travail. Dans le cas contraire, on était considéré comme un tire-au-flanc, ce qui ne donnait droit à rien.

Pour déposer un dossier, ils devaient se rendre au bureau de l'Agence pour l'emploi à Stockholm.

Attention toutefois de ne pas se précipiter. S'ils se montraient imprudents, ils risquaient de se voir vraiment proposer un travail. Cela résoudrait le problème de l'argent, certes, mais ne leur laisserait plus de temps pour ce qui leur tenait vraiment à cœur.

Kevin savait ce qu'il avait à faire. L'ensemble de ses affaires se trouvait dans son sac à dos. Il contenait son passeport et d'autres bricoles, mais surtout : son *shúkà*.

Le Massaï suédois fit une entrée sensationnelle à l'Agence pour l'emploi. Kevin avait failli mourir de froid en chemin, mais il avait fière allure dans sa tenue traditionnelle à carreaux rouges et noirs, les pieds chaussés de sandales. Le conseiller ne vit aucune objection à recevoir Kevin et Jenny ensemble. L'entretien initial avait pour but de les inscrire comme demandeurs d'emploi et de leur expliquer les règles qui régissaient ce statut. Par la suite, ils pourraient parler d'ateliers de recherche d'emploi ou de formations. Curieux, le conseiller décida de commencer par le jeune homme. Il cherchait donc un emploi de guerrier massaï ? Nul besoin de consulter la base de données pour répondre que l'offre était limitée. Pouvait-il envisager autre chose ? Chauffeur de taxi, par exemple ?

Kevin avait appris à conduire dans la savane africaine. Au village, on croisait tout au plus un ou deux scooters, mais des volontaires du WWF arpentaient la vallée dans les deux sens à bord d'une Range Rover. Ils avaient pour mission de sauver les guépards de l'extinction. Les résultats étaient mitigés, mais Kevin s'était lié d'amitié avec une Norvégienne, qui avait été très surprise quand un des jeunes Massaï lui avait soudain adressé la parole en suédois. À plusieurs occasions, Kevin avait pisté pour elle des familles de guépards, en échange de leçons de conduite.

— Est-ce que vous êtes en train de me dire que vous n'avez pas le permis de conduire ?

— Il en faut un ?

La réplique fit mouche. Le conseiller se tourna vers Jenny. Qui commit l'erreur d'avouer qu'elle avait passé toute sa vie dans une galerie d'art et était une excellente archiviste. Le conseiller, très cultivé, lui répondit sans hésiter que le Nationalmuseum venait de leur communiquer une offre d'emploi qui pourrait convenir.

En dépit du plan initial, le visage de Jenny s'illumina. Le Nationalmuseum n'était pas son musée préféré, loin de là. Il abritait la collection de portraits la plus ancienne du monde et rassemblait près de 5 000 tableaux qui avaient tous en commun de chercher à embellir l'aspect extérieur du sujet. Soit presque cinq cents ans de visages qui ne racontaient rien de l'intérieur.

Cependant, le Nationalmuseum était bien plus que cela. Il n'était pas aussi moderne que l'aurait souhaité Jenny, mais ce n'était pas non plus sa fonction.

Alors que la jeune femme commençait à se montrer vraiment intéressée, le conseiller ouvrit l'annonce. Le musée exigeait des compétences que même Victor Alderheim n'aurait pu prétendre avoir : un diplôme universitaire en anglais et en français, trois ans d'études en sciences de l'archivage et de l'information.

— Qui passe trois ans à user les bancs de l'université pour apprendre à classer des papiers ? s'étonna Kevin.

Jenny retomba sur terre, se souvenant du but de leur visite. Elle demanda au conseiller à combien s'élevaient les indemnités de chômage et s'il était possible d'en percevoir une partie d'avance.

La réponse ne fut pas celle escomptée. Primo, l'argent ne venait pas de l'Agence pour l'emploi, mais de la caisse d'assurance-chômage à laquelle on était rattaché. Il y avait aussi une caisse pour les non-inscrits, mais elle exigeait des formulaires, une attestation de l'employeur précédent, et d'autres documents. Deuzio, à ce qu'avait compris le conseiller, il fallait d'abord payer des frais d'inscription et de dossier de 130 couronnes.

— Par personne ?

— Euh, oui. Et par mois.

Jenny et Kevin seraient ruinés plusieurs fois avant de percevoir la moindre couronne. Payer pour avoir le droit d'être payé. Qu'était devenue la protection sociale suédoise ?

Le conseiller sentait que ces deux-là étaient plus intéressés par l'argent que par le travail. Ce n'était pas la première fois qu'il croisait des personnes dans ce genre.

— Vous devriez essayer d'obtenir des aides. Ou des prestations sociales, comme nous les appelons. L'inconvénient, c'est que vous ne toucherez pas non plus une seule couronne sans vous rendre disponibles sur le marché du travail.

Les nouveaux amis allèrent en ville boire un café beaucoup trop cher, afin d'examiner leurs options.

S'il était impossible d'être payé à ne rien faire, peut-être suffirait-il que l'un travaille tandis que l'autre se concentrerait sur Alderheim. Toute humilité mise à part, Jenny n'avait-elle vraiment pas d'autre talent que l'archivage ? Ne méritait-elle pas le titre d'experte en art ?

Oui, avec un peu de bonne volonté. Mais ce n'était pas avec cela qu'ils allaient devenir riches. Le métier d'artiste était déjà compliqué. Vincent Van Gogh avait réalisé 2 000 tableaux avant de se donner la mort, pauvre comme Job.

Kevin allait demander s'il y avait éventuellement un lien, mais Jenny lui retourna sa question. Kevin possédait-il des talents uniques qui puissent être convertis en espèces sonnantes et trébuchantes ?

Le jeune homme répondit qu'ils auraient pu se faire un peu de blé au Gröna Lund si le parc d'attractions avait été ouvert en hiver. Kevin étant doué au tir, vraisemblablement avec n'importe quel projectile, ils auraient eu le temps de remporter 10 ou 20 nounours avant de se faire virer.

— Pour les revendre à qui ? demanda Jenny.

Kevin n'en avait pas la moindre idée.

En réalité, 96 couronnes pour deux cafés et une brioche, c'était bien plus que ce qu'ils pouvaient se permettre, mais quelle importance qu'ils meurent de faim en deux jours plutôt qu'en trois.

Ils se turent autour de la table, tandis que Kevin buvait ses dernières gouttes de café.

— Connard de Victor, lâcha-t-il en extirpant ses vêtements civils de son sac à dos.

Il était temps d'aller se changer dans les toilettes de l'établissement. S'il avait l'énergie de se lever.

Jenny fixait distraitement un point de l'autre côté de la devanture.

— La vengeance est douce, murmura-t-elle.

Kevin l'espérait aussi. Jenny pensait-elle à Victor Alderheim ou à l'Agence pour l'emploi ?

— Non. C'est ce qui est écrit sur l'enseigne, là-bas. La Vengeance est douce SA.

Kevin suivit le regard de Jenny.

— Quel drôle de nom. On croirait qu'ils vendent de la vengeance en conserve.

— Ce serait pratique. Tu crois que deux boîtes chacun suffiraient pour régler son compte à Victor ?

Si seulement les choses étaient aussi simples. Mais même si la boutique d'en face distribuait vraiment de la vengeance au détail, il y avait fort à parier que ce ne serait pas gratuit.

— À ton avis, combien de vengeance pourrions-nous acheter pour 200 couronnes ? demanda Kevin.

— Moins 100 pour le café que nous venons de boire, rectifia Jenny. Impossible à dire. Va te changer et allons voir.

Partie II

10

Il n'était jamais venu à l'esprit du marchand d'art que, dans les grandes lignes, il partageait les convictions idéologiques du peintre – au succès, disons, modéré – Adolf d'Autriche-Hongrie, un bon siècle plus tôt.

De jeunes artistes de l'époque, sans doute plus talentueux qu'Adolf, avaient délaissé le naturalisme pour un courant nouveau. À quoi bon consacrer plusieurs mois à un tableau si un photographe obtenait le même résultat en une heure dans sa chambre noire ?

Nombre d'entre eux venaient de Paris. Ils n'avaient pas seulement en commun leurs noms presque identiques (Manet, Monet, Morisot...), mais aussi leur passion pour une représentation complètement subjective de la réalité, telle qu'ils la *ressentaient*. Un vrai peintre impressionniste expérimentait avec les couleurs pour un résultat à couper le souffle et portant sur les nerfs de n'importe quel peintre réaliste.

Né en France, le mouvement s'était répandu dans le reste de l'Europe et en Amérique du Nord.

Aux Pays-Bas, il avait été popularisé par Vincent Van Gogh, qui ouvrit la voie vers le futur courant, à la même époque où il devenait fou, se tranchait l'oreille et était interné. Il avait cependant eu le temps de délaisser les motifs traditionnels de l'impressionnisme qu'étaient la campagne et la nature pour sa propre vie intérieure, où il régnait un tel chaos que les critiques d'art ne savaient par quel bout le prendre. Afin de situer le Hollandais sur la longue frise chronologique de l'histoire de l'art, il avait fallu inventer le terme de post-impressionnisme. Vincent n'avait pas d'avis là-dessus. Il s'était déjà suicidé, à l'âge de 37 ans.

Après la France et les Pays-Bas, ce fut au tour de l'Allemagne de se montrer inventive. C'est là, comme un immense pied de nez au naturaliste Adolf, qu'émergea le courant expressionniste. Tandis que l'impressionniste aspirait avant tout à représenter le Beau, l'expressionniste cherchait à saisir l'âme du sujet, au détriment de l'esthétisme académique.

Parmi les précurseurs figuraient Ernst Ludwig Kirchner, Max Pechstein et Emil Nolde, tous inspirés par le Norvégien Edvard Munch, qui avait peint une femme sur un pont, emplie de sa propre angoisse.

Nolde avait beau être un nazi convaincu, cela ne lui rendit aucun service quand Adolf prit la tête du parti et déclara la guerre à l'art dégénéré. Aux yeux du Führer, tous les nouveaux courants avaient transformé le réel en une monstruosité.

Ses sympathisants et lui avaient un point de vue purement scientifique. Les peintures expressionnistes, objectivement atroces, furent exposées à Munich afin que tout le monde puisse se moquer et se plaindre ouvertement de Nolde et de tous ses petits copains du même acabit.

Cependant, l'exposition de Munich n'eut pas l'effet escompté. De jeunes étudiants en art se rendirent en Bavière pour jeter un premier – et dernier – coup d'œil aux œuvres qui seraient bientôt détruites (ou revendues sous le manteau : on ne crachait pas sur l'argent), puis ils s'éparpillèrent dans la nature, hors de portée du futur bruit de bottes nazies. Voilà comment l'expressionnisme survécut, contrairement à l'homme qui voulait sa peau à tout prix.

11

Irma Stern avait cinq ans de moins qu'Adolf et ne tomba pas sous son radar, car elle était née dans une petite ville poussiéreuse, à 300 kilomètres à l'ouest de Johannesburg. Il n'y avait là ni électricité ni voitures, mais une multitude d'agriculteurs.

Son père, Samuel, avait le goût de l'aventure. Originaire de la troisième plus grande ville du monde, Berlin, il avait emmené sa jeune femme et son frère en Afrique.

Samuel tenait une épicerie où il vendait des légumes et des fruits, de l'huile et du sucre, du fil et des aiguilles, du papier et de l'encre, du vin et du cognac, et une ou deux vaches à l'occasion.

Quand la situation commença à se gâter dans la région, il rejoignit le camp des Boers dans leur seconde guerre contre les Anglais pour la domination de terres qui n'appartenaient ni aux uns ni aux autres. Les Anglais, vainqueurs, internèrent les Boers dans des camps de concentration et repoussèrent les indigènes dans la brousse.

Samuel, considéré comme un Boer, fut également détenu, jusqu'à ce qu'il prête serment d'allégeance à Sa Majesté le roi, dans son palais à Londres, un homme dont il n'avait pour ainsi dire jamais entendu parler.

Entre-temps, son épouse Henny s'était enfuie avec la petite Irma au Cap, où la fillette intégra l'école maternelle. À sa grande joie, elle reçut des crayons et des craies et se mit à dessiner des visages, encore et encore. Tous avaient les joues ardentes et les yeux étincelants.

— Pourquoi ? avait demandé la maîtresse.

— Je ne sais pas, avait répondu Irma.

L'institutrice de maternelle voulut corriger la petite, les gens n'étaient pas de cette couleur ; mais Irma était une enfant, elle ne pouvait pas comprendre. Et les dessins… aussi maladroits étaient-ils… la maîtresse n'eut pas le cœur de les jeter.

12

La bougeotte de Samuel Stern, le père d'Irma, ne faiblissant pas avec les années, la famille faisait des allers-retours entre l'Allemagne et l'Afrique du Sud.

Sa fille, devenue une jeune femme, rêvait d'être un jour une artiste reconnue.

La Première Guerre mondiale éclata et retint un temps Samuel en Allemagne. Ce fut l'occasion pour la mère d'Irma d'envoyer sa fille à l'école des beaux-arts à Berlin.

Il était difficile pour l'innocente étudiante en arts de ne pas s'inspirer du monde en flammes autour d'elle. Jusqu'ici, ses œuvres étaient assez conventionnelles, osant parfois quelques pas prudents vers le modernisme. Mais un beau jour, dans un tramway d'un Berlin ravagé par la guerre, elle s'assit en face d'une enfant aux bras maigres, aux tresses pendant de chaque côté de son front nu. Ses doigts frêles agrippaient un bouquet de fleurs des champs, comme si elle tentait de s'assurer que la vie avait encore quelque beauté à offrir.

L'enfant ne comptait certes pas parmi les princi-
pales victimes du conflit, mais, à cet instant, Irma
comprit qu'elle devait exprimer la souffrance qu'en-
gendrait la guerre.

Elle baptisa le tableau *The Eternal Child*[1]. Quand
son mentor le découvrit, quelques années plus tard,
il jeta ses pinceaux par terre.

— Médiocre, lâcha-t-il, avant de s'en aller en cla-
quant la porte.

Étant lui-même impressionniste, l'avenir venait de
lui asséner une gifle.

Irma aurait sans doute sombré dans le découragement sans son nouvel ami, Max Pechstein, incarnation de tout ce qu'Adolf abhorrait. Pechstein était
allemand jusqu'au bout des ongles, Irma était pour
partie allemande et pour partie sud-africaine. Quand
ils ne se voyaient pas, ils correspondaient. Leurs
échanges devinrent si intimes qu'un jour Pechstein
eut l'audace de commencer une de ses lettres par :
« Ma chère I. Stern ». La jeune Irma rougit.

---

1. « L'Enfant éternelle ».

13

Après la désertion de son mentor, Irma fut envahie par le doute. Qui disait vrai ? Son maître ou son ami ? Qu'était-ce que l'art ? *The Eternal Child* ne reflétait-il pas ses émotions ? Qui avait le droit de juger médiocre son moi le plus profond ?

Elle savait qu'elle n'était pas seule, pourtant elle se sentait plus solitaire que n'importe qui. L'Afrique du Sud conservatrice et coloniale restait encore hors d'atteinte de la mouvance expressionniste, la haute société adhérait toujours au réalisme romantique. Les gens comme les influences voyageaient difficilement, à l'aube du siècle dernier.

Certes, la rumeur courait au Cap à propos de nouveaux génies comme Gauguin et Van Gogh. Mais la révolution artistique allemande n'atteignit jamais la célébrité de son adversaire, le très catégorique Adolf.

N'importe quel peintre expressionniste sentait que le nouveau siècle industriel avait une influence négative sur le psychisme des gens. Pour faire contrepoids aux machines noires dans une atmosphère grise de fumée, les expressionnistes emplirent leurs œuvres de couleurs vives, recherchant le contraste. Elles tranchaient surtout avec le brun qui avait déferlé en Europe, dans les rues et sur les places.

Max Pechstein fut renvoyé de l'Académie des arts, à Berlin, quand le grand chef des chemises brunes découvrit qu'il avait peint des femmes nues, orange, en train de gambader sous un arbre. On affirma que personne n'avait jamais vu Adolf si furieux, sauf peut-être lorsqu'on lui rapporta l'issue de la bataille de Stalingrad. Trois cent vingt-six tableaux de Pechstein se volatilisèrent des musées, un grand nombre d'entre eux ne reparurent jamais.

Toutefois, avant son exil, Pechstein avait remis Irma dans le droit chemin. Celle-ci eut le temps de rejoindre encore une fois son Afrique bien-aimée.

Qui ne la chérissait pas vraiment en retour.

14

Irma peignait sans arrêt. De préférence des femmes et des hommes noirs, qu'elle représentait de toutes les couleurs. Il y avait des couples malais, des gouvernantes, des femmes zoulou, des fillettes xhosa – les scènes qu'elle voyait, les parfums qu'elle respirait, les émotions qu'elle éprouvait. À présent convaincue de son talent, elle exposa ses œuvres au Cap. Le critique le plus diplomate déclara qu'il ne comprenait pas ce qu'il avait sous les yeux ; le plus grossier, qu'il avait envie de vomir. Entre les deux, on l'accusa d'insulter l'intelligence humaine. Comme si cela ne suffisait pas, elle fut dénoncée à la police pour atteinte aux bonnes mœurs. Au nom de la décence, on ne donna pas suite à la plainte.

L'artiste accueillait maintenant les critiques avec sérénité. Les belles paroles de Max Pechstein avaient fait mouche. Elle n'avait pas besoin des cercles artistiques étriqués du Cap. Tête haute, elle fit ses valises.

Cette fois, le voyage ne la ramena pas au pays, ce qui valait mieux. Adolf ne savait sans doute toujours rien d'elle, mais elle cumulait presque tous les défauts possibles. Non contente d'être expressionniste, elle fraternisait avec les Noirs et elle-même était juive.

Il ne manquait que bolchevique, et le tableau aurait été complet.

Partie III

15

Longtemps après sa mort, Irma Stern allait faire une entrée fracassante dans la vie de Jenny et Kevin. Ceux-ci n'en avaient pas la moindre idée quand ils sortirent du café qui venait de les délester de la moitié de leurs économies.

De l'autre côté de la rue, le directeur de La Vengeance est douce SA ne se doutait pas non plus que l'artiste germano-africaine s'apprêtait à bouleverser sa vie. Avec le sérieux coup de pouce d'un homme-médecine doublé d'un guerrier massaï.

Le directeur s'appelait Hugo Hamlin. Il était né et avait grandi à Lidingö, une commune huppée à l'est de Stockholm. Il était le fils cadet d'un couple de médecins, Harry et Margareta Hamlin, et avait un frère aîné prénommé Malte.

Chez les Hamlin, une seule chose comptait plus que le dîner du samedi : celui du dimanche. Dès que les enfants furent en âge de tenir assis sur une chaise sans dégringoler, ils prirent part au traditionnel repas entrée-plat-dessert. La mère se chargeait de la cuisine et le père, du vin – qu'il dégustait dès le milieu de la matinée pour s'assurer qu'il était bon – ainsi que de la conversation.

Leurs sujets de prédilection touchaient toujours aux sciences naturelles. Les enfants découvrirent très tôt l'histoire de cette Polonaise qui reçut le prix Nobel de physique, puis celui de chimie. Et qui révéla au monde un élément chimique si dangereux qu'il allait causer sa mort. L'aîné, Malte, voulait en savoir plus sur ses contributions à la science. Le cadet, Hugo, était plus intéressé par l'argent et la renommée que procurait le prix Nobel.

Les conversations devinrent plus pointues à mesure que les enfants grandissaient. Les parents ne cachaient pas leur ambition de voir leurs fils marcher sur leurs pas. Et si possible les dépasser. Si Marie Curie avait pu remporter deux prix Nobel, pourquoi leurs garçons ne pourraient-ils pas en obtenir un à eux deux ?

Malte avait de bonnes notes à l'école. Dès l'âge de 14 ans, il annonça vouloir devenir ophtalmologue. Il avait choisi la spécialité la plus difficile à prononcer, pour embêter son petit frère.

— Tu sais ce que c'est, l'ophtalmologie, Hugo ?

— Tout ce que je sais, c'est que ça a l'air barbant.

Le père désamorça une querelle futile. Il expliqua qu'un ophtalmologue était un docteur des yeux, mais commit l'erreur d'ajouter le nombre d'années d'études nécessaire si on voulait gagner correctement sa vie.

— Douze ans ? s'écria Hugo, qui avait justement cet âge. Jamais !

Les deux frères n'avaient que dix-huit mois d'écart et s'adoraient, mais ils étaient profondément différents. L'aîné était un scientifique dans l'âme, comme ses parents, et le cadet était... eh bien, personne ne le savait vraiment.

Harry et Margareta Hamlin s'étaient rencontrés au cours de leur spécialisation en gériatrie, et ils avaient travaillé côte à côte sur les maux de la vieillesse, jusqu'à ce qu'ils commencent eux-mêmes à les ressentir.

À ce moment-là, ils démissionnèrent et emménagèrent définitivement dans leur résidence secondaire à Vaxholm. Margareta fut embauchée à mi-temps au centre de soins local, Harry s'installa sur la terrasse pour boire du vin rouge à temps plein. Les parents laissèrent la maison de Lidingö à leur cadet et versèrent une somme d'argent équivalente à leur aîné pour ses études de médecine de douze ans.

Tandis que Malte partait se plonger dans la neurobiologie, l'homéostasie et la chirurgie à Uppsala, le nouveau propriétaire de 18 ans resta dans la villa familiale et se lança dans une introspection pour déterminer quel talent il pouvait bien avoir. N'importe lequel, pourvu que cela rapporte.

Il avait montré tôt de l'habileté au dessin, mais ses parents ne l'avaient pas encouragé à poursuivre dans cette voie. Surtout pas après qu'il eut réalisé en cachette un portrait de son père sous la douche, en mettant en valeur certains détails, et montré le résultat à son très pieux professeur d'arts plastiques au collège.

Il aimait bien dessiner, mais cette discipline ne rapportait rien, si ce n'était de se faire engueuler de toutes parts. Toutefois, il n'avait pas complètement abandonné. Il lui arrivait parfois d'échouer au café littéraire du coin, où les principaux artistes indigents de Lidingö se réunissaient pour se répéter que la vie était injuste et à quel point ils se moquaient de faire fortune. Cela ne les empêchait pas d'essayer de se faire offrir leur café. Hugo ne se sentait aucun point commun avec ces types. Il voulait employer sa veine artistique à s'amuser en premier et dernier lieu, et tous les lieux entre les deux. Or, pour pouvoir s'amuser, il fallait de l'argent. C'était le nerf de la guerre.

Hugo et Malte se téléphonaient régulièrement. Le ton était toujours affectueux, avec juste ce qu'il fallait de chamaillerie.

— Comment va l'homéostasie ? demandait parfois Hugo, qui n'avait pas la moindre envie de savoir ce que c'était.

— Bien, merci. On est passés à l'anatomie clinique, maintenant.

— Vous avez le temps de siffler quelques rasades d'alcool modifié entre deux cours, ou vous êtes sans arrêt le nez dans les bouquins ?

Malte répondit que les étudiants n'y avaient pas librement accès, mais il comprenait la question de son petit frère. Ses camarades de classe et lui partageaient de temps à autre un verre de vin, mais comme ils étaient censés se lever à 6 heures tous les matins, ils ne pouvaient se relâcher.

— Et tu comptes faire ça pendant douze ans ?

— Plus que dix ans et demi.

— Crétin, va.

— Moi aussi, je t'aime.

Ensuite, ce fut le tour d'Hugo de parler de ses projets. Il avait abandonné les fauchés dépressifs dans leur café mais n'avait pas perdu espoir. Il venait de découvrir un artiste franco-américain fascinant, qui était devenu riche et célèbre en exposant une roue de vélo sur un piédestal.

Malte sourit aux efforts que fournissait son frère pour être sa parfaite antithèse. Mais pourquoi pas ?

— Le vélo de maman est encore dans le garage, non ? lança-t-il.

— Crétin, va, fit Hugo.

— Oui, tu l'as déjà dit.

Hugo ne savait pas grand-chose de plus sur l'artiste en question, mais quiconque parvenait à se faire de l'argent grâce à une roue de vélo, un urinoir et une pelle à neige méritait le respect. Bien sûr, il n'était pas question de le plagier. Mais s'il proposait quelque chose dans cette veine-là ?

Encouragé par la conversation avec son frère, Hugo appliqua une couche de peinture dorée sur un épluche-patates, baptisa son œuvre *À fleur de peau* et fixa son prix à 5 000 couronnes. L'ustensile lui avait coûté 2 couronnes, et la bombe de peinture prenait la poussière sur une étagère du garage.

Ceci fait, il s'habilla de noir et s'entraîna devant son miroir à arborer une expression énigmatique. Puis il se rendit à Stockholm et se posta devant le Théâtre dramatique royal, où s'achevait une représentation de *Peer Gynt*, d'Ibsen.

En sortant, tous les spectateurs détournèrent leur regard de l'artiste, à l'exception de trois personnes. Deux s'arrêtèrent pour se moquer de lui et lancer des commentaires désobligeants sur son extraction sociale. En revanche, le troisième individu, que sa femme avait traîné au théâtre et qui n'avait rien compris à la pièce, sentit que le jeune homme à l'épluche-patates était spécial, peut-être même unique.

— Tu cherches du travail ? demanda-t-il.

— Il faudra éplucher des patates ?

— Non, je bosse dans la publicité, les relations publiques et compagnie. Et je sens que tu as quelque chose.

Au cours des dîners hebdomadaires de son enfance, Hugo ne s'était jamais entendu dire qu'il avait quelque chose, à part peut-être un manque de savoir-vivre.

Publicité, relations publiques et compagnie ? Ça avait l'air plutôt intéressant.

— Je serai payé combien ?

16

Dix-huit ans plus tard, Malte était un ophtalmologue reconnu exerçant dans l'une des meilleures
cliniques d'Europe, située à Stockholm. Hugo avait
obtenu, grâce à l'épluche-patates, une place de
stagiaire dans ce qui allait devenir l'une des plus
grandes agences de pub de Scandinavie. Au bout
de trois mois, il y avait décroché un CDI, au bout
de six, il avait été nommé chef de projet, et depuis
quinze ans il était sans conteste la plus grande star
de Great & Even Greater Communications.

Ses voyages ne se limitaient plus à des trajets en
bus de Lidingö jusqu'au centre-ville. À présent, son
travail l'emmenait au moins une fois par an à Hong
Kong, en Corée du Sud, au Japon, en Allemagne, en
France, en Espagne et en Italie, un peu plus souvent
en Grande-Bretagne, et si fréquemment aux États-
Unis – New York et Los Angeles s'entend – qu'il
en avait perdu le compte. C'était là que le déclic
s'était produit.

Hugo consacrait son temps libre à calculer ses pro-
fits. Cet argent, il le devait avant tout à son génie

créatif, mais aussi à ses incomparables combines pour facturer ses déplacements (une autre forme de créativité).

Il avait longtemps envisagé de monter sa propre affaire, mais il percevait un salaire à la hauteur de son talent et, pendant toutes ces années, il s'était bien amusé. Néanmoins, sa dernière distinction remontait à trois ans, la jeune génération le rattrapait. Il serait peut-être judicieux de changer de voie avant de se faire doubler.

Hugo et Malte entretenaient une amitié aussi profonde que l'était leur lien fraternel. Depuis plusieurs années, ils vivaient non loin l'un de l'autre, Malte ayant vendu son appartement en copropriété à Vasastan pour emménager dans la maison de sa petite amie à Lidingö. Évidemment, elle aussi était médecin. Un peu coincée, selon les critères d'Hugo. Mais Malte était heureux avec elle, c'était le principal.

Le publicitaire veillait pour sa part à ne jamais trop s'engager dans ses relations amoureuses. Qui disait petite amie sérieuse disait possibilité d'enfants, et Hugo voyait mal quelle joie on pouvait en retirer. Changer les couches d'un petit être qui vous remerciait en vous empêchant de dormir, en quoi cela stimulait-il la créativité ?

Contrairement à l'immense majorité des publicitaires, il ne vivait pas et ne rêvait pas non plus d'emménager dans un appartement avec toit-terrasse dans le centre de Stockholm. Il allait rarement se soûler avec ses collègues pour qu'ils se cirent mutuellement les pompes. Après sa journée de travail, il s'asseyait dans sa Volvo (rien que ça) et regagnait son quartier où il redevenait un banlieusard lambda.

La villa était trop grande pour lui seul, mais sinon le quartier en lui-même n'avait rien de remarquable. Les voisins le prenaient pour l'un des leurs. Ils ignoraient qu'il les étudiait en secret, analysant leurs façons de penser, ce qu'ils aimaient, exécraient et pourquoi. Souvent, il s'inspirait de l'un d'eux quand il voulait jeter les bases d'un nouveau projet. Comment amener Mme Levander à acheter du poulet une fois de plus par semaine ? Quel argument pourrait convaincre les fils Runesson de changer de forfait mobile ?

Le seul qui se révéla aussi piètre voisin qu'objet d'étude était le propriétaire du terrain au coin de la rue. Grincheux, bourru et globalement soupçonneux, l'homme n'était jamais content, sauf quand il rampait à quatre pattes entre ses rangs de carottes en marmonnant pour lui-même. À moins qu'il n'ait discuté avec ses plantations.

Hugo réfléchit à la manière de formuler un message publicitaire à l'attention d'une personne dont le principal interlocuteur était un légume, et parvint à la conclusion qu'il n'y en avait aucune.

Le publicitaire de renommée internationale avait donc toute une palette de consommateurs sous la main, y compris celui qui, justement, rentrait dans la case des inclassables.

Si seulement il n'y avait pas eu cette histoire de poubelle.

Le grincheux s'appelait Birger Broman. Veuf, ancien inspecteur du travail, il était incapable d'avoir une discussion raisonnable. Broman s'était un jour mis à déposer sa poubelle à la frontière entre leurs deux terrains avant le ramassage, un jeudi sur deux. La benne débordait, les sacs étaient mal noués. L'odeur nauséabonde attirait les mouches, sans parler du spectacle.

Il aurait parfaitement pu continuer à sortir sa poubelle de l'autre côté de l'allée. Cela n'aurait pas compliqué la tâche des éboueurs, et cela n'aurait fait aucune différence pour les mouches.

Pour Hugo, en revanche, ç'aurait été plus agréable.

Le publicitaire avait tenté de lui parler, mais l'ancien inspecteur du travail avait argué de son bon droit. L'allée n'appartenait pas à Hugo Hamlin, qu'il se mêle de ses affaires et de sa boîte aux lettres.

— La limite du terrain est ici, déclara Broman en tendant son index noueux. Si elle ne vous convient pas, adressez-vous à la mairie.

Hugo expliqua qu'il ne souhaitait pas modifier le tracé de cette frontière, il ne voulait simplement plus subir les odeurs pestilentielles et les nuées de mouches en allant relever son courrier à 30 centimètres de là.

— Alors c'est *moi* qui dois supporter la puanteur et les mouches autour de *ma* boîte aux lettres ? répliqua Broman.

Celle-ci, il fallait le préciser, se trouvait à l'angle de la rue, à bonne distance de l'allée et des poubelles.

— Ce serait plus convenable, vu que c'est votre benne, qu'elle déborde et que vous ne nouez pas correctement les sacs. Votre boîte aux lettres n'est même pas dans l'allée.

— C'est vous qui décidez où je dois mettre ma boîte aux lettres ?

Hugo parla de ce voisin à son frère, lui demandant de l'aide pour lui botter les fesses ou, de préférence, le massacrer.

— *Primum, non nocere*, répondit Malte.

— Hein ?

— Serment d'Hippocrate. Notre profession est de garder les gens en vie, pas le contraire.

À compter de ce jour, Hugo eut la sensation que la poubelle débordait chaque fois davantage et que les sacs bâillaient toujours un peu plus. Mais il n'avait aucune certitude, hormis celle que Broman poursuivait son manège.

Les choses allèrent si loin qu'un jour Hugo déplaça lui-même la poubelle de Broman en se pinçant le nez.

Sur quoi, Broman appela la police.

— Usurpation ! tonna-t-il devant les deux malheureux officiers qui songeaient qu'il y avait de meilleurs moyens de servir leur pays.

Ils ne recueillirent pas la plainte, mais enjoignirent à Hugo d'arrêter ses gamineries.

— *Mes* gamineries ? C'est cet imbécile qui vient coller sa poubelle contre ma boîte aux lettres par pure méchanceté.

— Propos criminels ! s'écria Broman.

— Cette infraction n'existe pas, répondit un officier. Bon, voilà ce que nous allons faire : vous, vous laissez la poubelle de votre voisin tranquille, et vous, vous arrêtez de nous appeler. Compris ?

L'ancien inspecteur du travail s'apprêtait à plaider sa cause, mais le policier lui lança un regard si noir qu'il préféra s'abstenir.

Quand le long bras de la justice s'en alla, Hugo fit une ultime tentative.

— S'il vous plaît, Broman...

— Appelez la mairie si vous n'êtes pas content. Vous avez entendu les policiers : la prochaine fois, ils vous embarquent !

À cette réplique, Hugo ressentit l'envie irrépressible d'étrangler son voisin. Ou de lui enfoncer la tête dans la benne. Voire de lui faire bouffer ses poubelles.

Heureusement, il n'en fit jamais rien. Il s'accommoda (du moins en actes) d'avoir le pire voisin de Suède.

Mais, les mois qui suivirent, l'épisode de la benne donna lieu à une intense gymnastique cérébrale chez Hugo, tandis qu'il buvait son premier café du matin, en regardant la maison du voisin, son jardin, son allée et sa poubelle.

Il réfléchissait à la meilleure manière de se venger.

Sa première idée, strangulation sur la voie publique, ne convenait pas. Il écoperait de dix ans derrière les barreaux : le jeu n'en valait pas la chandelle. Violence et gavage forcé étaient encore plus exclus. Sa peine de prison purgée, l'inspecteur du travail serait encore là pour le narguer. Hugo ne supportait pas de l'imaginer avec son sourire narquois.

Non, le plus simple était de lui rendre la monnaie de sa pièce. La mairie ne fixait pas le nombre de bennes mises à disposition des habitants. En outre, une personne constituant un foyer à elle seule pouvait demander un espacement du ramassage d'ordinaire bihebdomadaire.

Cinq bennes alignées le long du terrain de Broman, remplies à ras bord de sacs mal noués – non, *ouverts* – et vidées toutes les quatre semaines ?

Pas de doute, cela empoisonnerait la vie de l'ancien inspecteur. Mais aussi celle d'Hugo – ce que Broman ne pourrait ignorer. Inutile de se tirer une balle dans le pied.

Hugo entra donc dans son rôle. Il revêtit son costume de publicitaire. Son dernier coup de génie était d'avoir relancé une marmelade d'orange autrefois très populaire qui avait sombré dans l'oubli. Grâce à lui, le continent entier ingurgitait de nouveau de la marmelade à base de fruits à moitié moisis, mixés avec leur écorce. Exactement comme avant. Si elle était aujourd'hui indispensable sur la table du petit déjeuner, c'était parce qu'elle s'appelait « umami-orange ».

— Mais elle ne contient pas d'umami, observa le chef des ventes du fabricant de marmelade.

— Oui, et ?

— Nous pouvons en ajouter, bien sûr. Je vais en parler avec l'équipe de production. Au fait, qu'est-ce que c'est, l'umami ?

Un homme capable de donner aux clients l'impression de déguster une innovation en leur refourguant une vieille marmelade parviendrait à vaincre un inspecteur du travail à bout de souffle. Il suffisait de trouver son tendon d'Achille.

Broman adorait son petit potager et passait son temps à jardiner, du redoux printanier aux premières chutes de neige. Voir le potager péricliter, voilà qui aurait marqué le coup. Limaces espagnoles ? Mais où s'en procurer tout un régiment ? Et comment leur ordonner d'embêter son voisin, mais pas le voisin de celui-ci, c'est-à-dire Hugo lui-même ? Rien dans la littérature sur les nuisibles n'indiquait que les limaces témoignaient d'une quelconque loyauté envers leur propriétaire. Discuter avec une limace espagnole serait aussi aisé que d'essayer d'avoir une conversation avec Broman.

Où l'emmerdeur rangeait-il ses bouteilles d'engrais ? S'il trouvait un moyen d'y accéder, Hugo n'aurait qu'à remplacer leur contenu par du glycol, du chlore ou un autre produit désherbant. Et à s'asseoir sur sa terrasse pour contempler l'inspecteur qui tuerait à petit feu sans le savoir ses rhododendrons en fredonnant.

Et s'il se lançait dans l'apiculture ? Dix mille abeilles suffiraient-elles ? Vingt mille ? Hugo devait fixer une limite à ce qu'il pouvait infliger à son voisin. Cependant, il en allait des abeilles ouvrières comme des limaces espagnoles : difficile de communiquer avec elles. « Allez, les filles, même chose qu'hier. Tout le monde chez Broman ! Compris ? »

Vu comme ça, mieux valait adopter des lapins. Cinquante animaux privés de nourriture remarqueraient vite les carottes de Broman.

Hugo envisagea également de planter une haie de genévriers à la lisière du terrain de son voisin. Seul inconvénient, il lui faudrait attendre une ou deux décennies avant de savourer sa vengeance, le temps que les genévriers aient suffisamment poussé. Mais alors, la haie serait dense, elle atteindrait jusqu'à 20 mètres. Ces arbres étant sacrément coriaces, ils feraient de l'ombre au voisin et à son potager pendant au moins cinq cents ans.

Broman se révéla nettement moins coriace. Un jour, il s'effondra sans crier gare, face contre terre, à l'âge de 65 ans, sans qu'Hugo ait eu besoin de lever le petit doigt. Quelque temps plus tard, un jeune couple emménagea dans la maison de feu Broman. Ils mettaient la benne au bon endroit et semblaient globalement sympathiques.

Pourtant, Hugo se sentait vide. Il avait l'impression que son voisin avait gagné la partie en se retirant du jeu avant qu'il ait pu mettre sa vengeance à exécution.

Jamais content.

17

La paix revint dans le quartier d'Hugo Hamlin. Personne ne cherchait plus d'histoires à personne. Le traditionnel repas la veille de la Saint-Jean, dans le jardin d'Hugo, ne fit que le confirmer. L'ambiance était au hareng, au schnaps et aux rondes autour du mât. La soirée avançant, les jeunes enfants allèrent se coucher tandis que les plus grands acceptaient le marché de leurs parents – iPad contre tranquillité. Quand vint l'heure du barbecue, les hommes s'occupèrent des grillades en buvant du vin rouge, pendant que les femmes les encourageaient en sirotant du blanc. Par moments, les Suédois pouvaient se montrer terriblement prévisibles.

Alors que les entrecôtes et épis de maïs se coloraient, le voisin d'en face déplora le brusque trépas de Broman entre ses rangs de carottes, tout en se félicitant de l'arrivée de si charmants voisins. Il leva ensuite son verre en l'honneur des nouveaux arrivants, qui rougirent. Son voisin immédiat objecta aussitôt que, pour être honnête, Broman avait tout de même joué dans la rue le rôle du rabat-joie de service. D'autres convives acquiescèrent.

L'ambiance était si bon enfant et les avis sur le défunt si unanimes qu'Hugo s'aventura à raconter la guerre de la benne à ordures et tous ses fantasmes de vengeance. Ce fut le clou de la soirée.

— Dans un sens, c'est une chance qu'il soit mort, conclut-il. Sinon, je serais encore en train de marmonner tout seul à la table de ma cuisine.

Cette histoire provoqua l'amusement général et une discussion animée s'engagea alors, à laquelle Hugo ne s'attendait pas. Le voisin du voisin d'en face éclata de rire en déclarant que l'idée des genévriers avait son charme. Une solution lente, mais avec un effet immédiat. Bien avant que les genévriers étendent leur ombre sur le potager de Broman, le retraité aurait tremblé à cette perspective.

Les nouveaux voisins, Alicia et André, n'avaient pas connu Broman, ce qui ne les empêcha pas de participer. André, employé chez un concessionnaire Volkswagen, énuméra plusieurs substances qu'on aurait pu verser dans le réservoir de sa voiture. Alicia, qui travaillait dans une clinique psychiatrique, décrivit les effets produits par divers médicaments, une fois dissous dans le café. Certains étaient vraiment marrants.

Le frère d'Hugo, Malte, et sa Karolin avaient été invités alors qu'ils vivaient dans une rue un peu plus loin. Le couple de médecins parvint à résister à la tentation de mettre Alicia en garde contre ces mau-

111

vais dosages. Ce n'était qu'une plaisanterie, après tout.

Le reste de la soirée se poursuivit dans la même veine. Runesson, le libraire du coin, cita *Le Comte de Monte-Cristo*, avant de passer à *Hamlet* : la succession de vengeances avait conduit à la ruine de la moitié d'une famille royale. Il fut alors question de la différence d'envergure littéraire entre un roi et un inspecteur du travail décédé. Tous, à l'exception du libraire, s'accordèrent à dire qu'une coupe de vin empoisonné manquait d'originalité. Si l'on souhaitait vraiment se venger, la subtilité était essentielle. Le libraire, lui, n'y alla pas par quatre chemins. Dans les sagas islandaises, ils ne tergiversaient pas en se demandant quel arbre planter pour, peut-être, savourer leur revanche quatre-vingts ans plus tard. Les têtes roulaient sur-le-champ !

Un des convives se tourna alors vers Gunilla Levander, occupante du numéro 8, pasteure de son état.

Sobre, Gunilla Levander était fringante et simple, mais après avoir consommé vin, bière, hareng et schnaps, il en allait autrement. Elle expliqua que, selon certains éléments, Jésus aurait dit non au Rohypnol et au reste, mais que cette théorie reposait avant tout sur le témoignage de Matthieu, préconisant de tendre la joue gauche après avoir reçu une gifle sur la droite. Gunilla Levander insista particulièrement sur le mot *droite*. On pouvait l'interpréter comme une invitation à pardonner aux gauchers, pour ainsi dire à personne.

— Eh bien, moi, je suis gaucher, déclara Runesson en levant son verre de vin.

— Tu bois pourtant très bien de la main droite aussi, lança Pontus Bladh, du numéro 10.

— Je n'ai jamais aimé Matthieu, reprit Gunilla Levander. Et puis, l'Ancien Testament est complètement de notre avis. Œil pour œil, dent pour dent, et ainsi de suite.

— Pas œil pour œil ! protesta l'ophtalmologue.

Avec la bénédiction de Dieu, on décida ensuite de récompenser l'idée de vengeance la plus originale avec grillades, pain et bière. Le vainqueur fut désigné aux alentours de 2 heures du matin. Madame Jakobsson, femme au foyer, gagna même un supplément de moutarde avec ses deux merguez, pour son plan détaillé sur la façon de faire croire au président des Hells Angels locaux que Broman draguait sa copine et roulait en Kawasaki. Tout le monde déplora que Broman soit déjà mort.

18

Le lendemain de cette fête de la Saint-Jean exceptionnelle, Hugo Hamlin, qui avait fait le choix de demeurer célibataire sans enfants, resta au lit avec son mal de crâne, sans aucune responsabilité à affronter. Un peu comme au travail, où il arrivait et repartait au gré de ses envies. On lui fichait la paix, du moment qu'il faisait du chiffre. Ce qui était le cas. Sa dernière trouvaille – l'umami – avait déferlé sur une large partie de l'Europe sous la forme d'un spot publicitaire. Il mettait en scène, sur un ton humoristique, une dispute qui démontrait pourquoi cette marmelade d'oranges et pas une autre était indispensable au petit déjeuner de tous ceux qui agonisaient d'avance à la pensée de leur journée. Le message implicite étant qu'à notre époque presque tout le monde avait une raison d'agoniser chaque matin.

Il finit par se lever, encore barbouillé, il gagna la cuisine en caleçon, but un demi-litre de lait directement à la brique et dévora deux tartines de marmelade gratuite. La journée n'en resta pas moins menaçante, mais, au moins, il n'était plus aussi affamé. Comme la plupart de ses compatriotes masculins vivant dans un quartier résidentiel, il avait la gueule de bois.

Son petit déjeuner frugal avalé, juste avant midi, il commença à réfléchir. Les voisins avaient-ils vraiment passé la soirée à parler de vengeance jusque tard dans la nuit ? Faisant complètement abstraction du mobile et de tout le reste, sauf de la douceur de la revanche ?

En dépit du martèlement sous son crâne, le publicitaire se mit au travail.

La vengeance, un produit.

La vengeance, une idée commerciale.

Hugo était un as du packaging des confitures, chips et autres tickets à gratter bas de gamme. S'il arrivait à vendre ces cochonneries, pourquoi pas la vengeance ?

À son compte.

Hugo avait un petit million de couronnes sur son compte en banque, mais n'aurait rien eu contre un deuxième million. Seulement, il avait de plus en plus de mal à trouver la motivation au bureau. Devait-il tirer sa révérence pendant qu'il était encore sous le feu des projecteurs ?

Il ne cherchait pas à se venger lui-même, puisque Broman était mort. Mais combien d'autres Broman y avait-il de par le monde, qui continuaient à respirer et cracher leur venin – et quel chiffre d'affaires pourraient-ils bien générer ?

La Vengeance est douce SA.

Hugo travailla à son pitch.

« Vous souhaitez venger un affront sans vous salir les mains ? Nous avons la solution ! Mille deux cents couronnes de l'heure. Des milliers de clients satisfaits dans le monde entier pourraient témoigner de la qualité de nos services, si nous ne mettions pas un point d'honneur à rester discrets. »

L'argument de la clientèle était naturellement faux. Pour l'instant.

Il ne lui restait qu'à démissionner.

— Tu es vraiment sûr de toi ? demanda Malte le soir même, lors de leur traditionnelle soirée post-Saint-Jean autour d'une bière.

Hugo l'était. Sous son crâne germaient déjà des filiales un peu partout. Sweet Sweet revenge Ltd, Rache ist süß GmbH, La Venganza es Dulce, et une poignée d'autres. La firme serait domiciliée à Stockholm, mais la commercialisation se ferait à l'échelle locale et régionale.

Robin, le directeur de Great & Even Greater Communications, avait toujours su qu'un jour Hugo les quitterait. Sa chance avait duré presque vingt ans. Combien de distinctions Hugo avait-il rapportées à la boîte ? Cannes, Berlin, Stockholm, bien sûr… Et la petite agence suédoise avait été à deux doigts de produire un spot publicitaire pour le Super Bowl. Robin ne savait toujours pas pourquoi ils n'avaient pas décroché le contrat. De l'avis d'Hugo, c'était à cause de leurs tarifs. Les Américains n'aimaient que les choses chères.

Dès qu'il l'avait aperçu devant le Théâtre dramatique, il y avait des années de cela, le fondateur de l'agence avait compris que cela bouillonnait dans la tête d'Hugo. Great & Even Greater était encore jeune, comme son créateur ambitieux, et Robin voyait des possibilités en tout et tout le monde. Par exemple, chez ce garçon audacieux à peine sorti de l'adolescence, au pied des marches du théâtre royal, qui tentait de montrer avec force arguments en quoi son épluche-patates doré à la bombe était une œuvre d'art. Il l'avait numéroté, avait présenté un certificat d'authenticité et multiplié les références à Marcel Duchamp. Il s'était échiné à vendre l'invendable. D'accord, cela n'avait pas marché, mais il y parviendrait avec de meilleurs outils. C'était ce que Robin avait en tête en lui proposant de rejoindre son agence.

On connaissait la suite. Hugo avait intégré l'équipe dès le lendemain. En trois semaines, il dirigeait son premier projet. Au bout de sept mois, il rapportait une première récompense à la société. Ce n'était que le début. Et voilà que sonnait la fin. Dans moins d'un an, l'agence devrait renouveler son contrat pesant plusieurs millions de couronnes avec la plus grande chaîne de matériel électronique. Et cette fois, Hugo ne serait pas à la table des négociations.

Il ne voulait pas dire quel type d'entreprise il allait fonder, mais il jura qu'il ne ferait pas concurrence à son ancien patron. Robin avait confiance en lui mais, par mesure de précaution, il le laissa partir le jour même. Avec une vigoureuse accolade et trois mois de salaire en signe de gratitude.

Hugo Hamlin passa sa première journée de chômage dans sa cuisine. Assis devant son ordinateur portable, il esquissa un plan marketing. Il avait besoin d'une importante campagne publicitaire. De préférence digitale. Les réseaux sociaux offraient rarement la place à la compréhension, au pardon, à la réflexion et autres concepts qui allaient à l'encontre de son idée commerciale.

Facebook restait ce qu'il y avait de plus efficace. Une équipe de Great & Even Greater Communications s'occupait exclusivement de Facebook et consorts. Les publicitaires contactaient un grand nombre d'influenceurs et de personnalités afin de les convaincre, moyennant rémunération, de liker les produits qu'on leur indiquait. Ces derniers temps, c'était le bordel de ce côté-là, depuis qu'un écrivain quasi inconnu au bataillon s'était insurgé lorsqu'on lui avait suggéré de liker une certaine marque de glace sur les plateformes où il était actif, contre 20 000 couronnes et de la glace à volonté. Malheureusement, cet écrivain était intolérant au lactose – et intolérant tout court. À présent, il se déchaînait à propos de la menace qui pesait sur la démocratie si nous ne savions plus qui aimait quoi et pourquoi.

De l'avis d'Hugo, l'intolérant avait plutôt bien cerné le problème des réseaux sociaux, et il espérait qu'un soulèvement populaire couvait quelque part. Mais étant avant tout un entrepreneur et non un révolutionnaire, il décida, en attendant, d'acheter 80 000 couronnes d'espace publicitaire pour La Vengeance est douce SA dans toute l'Europe. À bas Facebook. Vive Facebook !

La dépense suivante fut consacrée aux locaux. Hugo avait besoin d'un endroit où développer ses idées, à l'abri des distractions.

Il trouva son bonheur à Östermalm. Une ancienne boutique de 70 mètres carrés, avec kitchenette et toilettes. Pendant quatre générations, elle avait vendu des jouets en bois de grande qualité à des enfants aux parents aisés. Cependant, il n'y aurait pas de cinquième génération. Quel enfant, riche ou pauvre, voudrait une ferme peinte à la main avec tous les animaux domestiques imaginables, quand ses copains avaient un iPad ?

Hugo rencontra l'ancienne locataire, une triste septuagénaire. Lorsqu'elle découvrit le nom de la société d'Hugo, elle demanda à être sa première cliente.

— Entendu, accepta Hugo. Que désirez-vous ?

Elle ne le savait pas précisément. Peut-être une coupure d'Internet, qui avait détruit sa vie et celle de tous ces malheureux enfants ?

Ce n'était pas franchement le lancement qu'espérait Hugo.

— Avez-vous une idée de la façon de procéder ?

La vieille femme lança une exclamation de dédain. C'était à M. Hamlin de le déterminer. Sinon, quel besoin aurait-elle de faire appel à ses services ? Il percevrait 5 000 couronnes en liquide si la mission était un succès.

Hugo était bien trop ambitieux pour laisser une septuagénaire ayant seulement 5 000 couronnes à offrir se dresser sur son chemin.

— Pour cette somme, je peux trouver un moyen de couper votre connexion si vous en avez une. Rien de plus.

19

En attendant que la femme vide sa boutique et lui remette les clés, Hugo partit en déplacement – déductible de ses frais – à Miami Beach. Il s'installa sous un parasol à la plage et commanda des cocktails avec ombrelles et rondelles de fruits pour ses partenaires professionnels fictifs. Diriger une entreprise impliquait des dépenses et des recettes : Hugo grignotait ses tranches de fruits, satisfait ; à présent, ne manquaient plus que les recettes.

Il rentra bronzé et reposé. Il consacra sa première journée à aménager ses nouveaux locaux. Rien de spectaculaire : un bureau, trois fauteuils, un tableau blanc au mur, une machine à café dans la kitchenette et du lait au frigo. Il découvrit également quelques boîtes de conserve dans le placard, sans doute aussi périmées que la vieille qui les avait oubliées là.

Restait à trouver un assistant. Le poste n'exigeait pas de grandes qualifications. La tâche consisterait à répondre au téléphone et tenir les clients potentiels à distance du concepteur, tout en les gardant au chaud, afin qu'Hugo puisse les ferrer plus tard quand son emploi du temps le lui permettrait. Mais ce pôle de dépenses devrait attendre que l'affaire tourne. Le séjour en Floride n'avait pas été donné.

Hugo était prêt. Pourtant, il retarda son lancement. Il préférait attendre que l'automne soit bien installé, au moins dans le nord de l'Europe. Il avait remarqué combien son humeur s'était allégée sous le soleil de Floride et la chaleur. Les amères pensées de vengeance germeraient mieux dans le froid, le vent et l'obscurité.

Un domaine dans lequel Stockholm excellait en novembre-décembre. Hugo lança la campagne publicitaire sur Facebook par une température de 3 °C, un jour mi-pluie, mi-neige, alors qu'un vent du nord vicieux soufflait jusqu'à Milan.

L'intérêt fut immédiat ! Les jours qui suivirent la première phase de la campagne, Hugo reçut 80 appels téléphoniques de 12 pays différents. Dans la plupart des cas, il ne s'agissait que d'inepties. Trois personnes voulaient se débarrasser de leur belle-mère, une requérait de l'aide pour envahir l'Albanie, et une autre rêvait de se venger de ses propres démons.

Sept demandes plus sérieuses exigeaient davantage de travail : les clients voulaient en savoir plus sur l'offre de la société et ses garanties de résultats. Quelques-uns tentèrent de négocier les tarifs. Hugo prit soin de les mettre sur liste d'attente.

Une huitième personne, un Allemand du nom d'Arvid Rössler, de la région de Fribourg, semblait prête à conclure l'affaire sur-le-champ.

M. Rössler était un ancien enseignant qui avait consacré sa carrière à discipliner des lycéens. Il se targuait d'être un professeur compétent, comme on n'en faisait plus. En de rares occasions, au fil des années, il avait dû administrer une ou deux claques à des élèves turbulents, exclusivement des garçons.

Après son départ à la retraite, il avait emménagé dans sa maison de campagne, non loin de la frontière française, avec vue sur le Rhin. Il avait l'intention d'y couler des jours paisibles en compagnie de ses huit poules et de son fier coq Bielefelder, jusqu'à ce que le Seigneur le rappelle à lui.

— J'espère que ce n'est pas avec le Seigneur que vous avez un compte à régler, demanda Hugo.

Fomenter une vengeance contre Dieu serait presque aussi ardu que lutter contre Internet.

— Non, non, le rassura Arvid Rössler. Avec mon voisin.

— Je préfère ça. Les voisins sont ma spécialité. Pouvez-vous m'en dire plus ?

Par le plus grand des hasards, il s'agissait de l'un de ses anciens élèves. Parfois, le monde est plus petit qu'on ne le souhaiterait. Le garçon avait à présent une quarantaine d'années et, comme Arvid Rössler l'avait toujours soupçonné, il n'avait rien fait de sa vie. Il habitait dans un camping-car et traînait ses savates en compagnie de son berger allemand obèse.

La question était de savoir comment il gagnait de l'argent. À la supérette du village, on murmurait qu'il avait touché de petites sommes au loto, mais Rössler penchait plutôt pour des indemnités.

Or, si le maître avait reconnu son élève, l'inverse était également vrai.

— C'est curieux, d'ailleurs, marmonna Rössler. Ce bon à rien ne venait presque jamais en cours.

Hugo écoutait attentivement, se demandant quelle tournure prendrait le récit. À cet instant, il fut pourtant obligé de poser une question.

— Se peut-il que ce... bon à rien, comme vous l'appelez, soit un de ces garçons qui recevait de temps en temps une gifle à des fins pédagogiques ?

En effet, reconnut le retraité. Il y avait eu un certain nombre de corrections pendant les trois années où le maître et l'élève avaient été forcés de respirer le même air.

— Et maintenant, il vous rend la pareille ?

— Oui.

— Et donc, vous voulez lui rendre la pareille à votre tour ?

— C'est lui qui a commencé.

Hugo, qui ne souhaitait pas irriter ce client potentiel, changea d'approche et demanda ce que le voisin avait inventé.

Eh bien, il y avait ce chien qui venait sans arrêt courir dans le jardin de M. Rössler, effrayant les poules et le coq. Pas seulement parce que c'était sa nature, mais parce que le traîne-savates l'y encourageait.

Une clôture aurait réglé le problème, certes, mais elle aurait gâché la magnifique vue sur le Rhin depuis la terrasse.

— Avez-vous tenté de parler avec votre voisin ?

Que M. Hamlin le croie sur parole. Il avait essayé à plusieurs reprises. C'était peine perdue. Le bon à rien s'était contenté de sourire et de proférer des menaces, comme : « Monsieur le professeur préfère-t-il que je lui retourne quelques-unes de ses 150 gifles ? »

Arvid Rössler avait même fait venir l'inspecteur environnemental de la région, mais ce jour-là son satané voisin avait gardé son chien dans le camping-car.

Hugo prenait des notes. Il était essentiel de comprendre la querelle dans sa globalité.

Les visites du chien avaient continué jusqu'à deux jours plus tôt, quand l'animal était allé trop loin : il avait attrapé une poule et l'avait tuée d'un coup de dents !

— Un meurtre ! s'écria Arvid Rössler.

Hugo avança qu'un tribunal n'emploierait peut-être pas ce terme.

— Cependant, je comprends votre colère, concéda-t-il.

L'affaire de M. Rössler ne pouvait se régler au téléphone. Cela n'aurait de toute façon pas arrangé celles d'Hugo, qui facturait ses services à l'heure. La Vengeance est douce SA devait étudier la situation sur place. Hugo expliqua que l'entreprise œuvrait dans l'Europe entière, avec des projets de développement aux États-Unis et en Asie. Toutefois, les querelles entre voisins étaient la spécialité de la branche de Stockholm, c'est-à-dire celle où officiait Hugo en personne. Si M. Rössler voulait bien lui verser une avance de 6 000 euros, Hugo se rendrait sur les lieux du crime dans la semaine, par avion via Zürich, qu'en pensait-il ?

Le professeur en retraite accepta immédiatement, et donna son accord à Hugo pour un règlement sur facture sans plafond plus frais annexes.

Le traîne-savates en était-il vraiment un ? Voilà qui était impossible à déterminer au premier coup d'œil. Quoiqu'un observateur nourrissant certains préjugés aurait décelé quelques indices : longs cheveux gras, veste en jean délavé assortie au pantalon crasseux. L'homme était légèrement plus obèse que son chien.

Hugo ne prévoyait aucune tentative de négociation avec l'individu et son berger allemand. Il les étudierait à distance. Au bout de six heures derrière la fenêtre de la cuisine d'Arvid Rössler, il vit de ses propres yeux le bon à rien lâcher son chien sur les poules, qui s'enfuirent en tous sens.

Le chef d'accusation confirmé, Hugo parcourut le terrain d'est en ouest, du nord au sud, et marqua sur un croquis l'emplacement du poulailler et de la maison, et l'orientation de la terrasse. Ensuite, il étudia le pré en pente douce vers le Rhin, notant les chemins et sentiers qui serpentaient près du terrain de son client. Puis il conclut sa journée de travail.

— Si vous permettez, je vais maintenant retourner à mon hôtel à Fribourg, dit-il. Je vous recontacterai dans les quarante-huit heures. Est-ce que cela ira, monsieur Rössler ?

Arvid Rössler espérait bien que oui.

Hugo envisagea d'abord de construire un genre de barrage afin d'inonder le terrain du tire-au-flanc (excellente méthode pour couper Internet, soit dit en passant). Celui-ci était situé un peu plus bas que la propriété du professeur, mais la topographie de la rive du fleuve ne l'aurait pas permis.

Renonçant à modifier le cours du Rhin, il se concentra sur les protagonistes, à savoir le bon à rien et son chien. Jusqu'ici, Hugo avait suivi un cheminement assez classique sur la façon de rendre la monnaie de sa pièce au bon à rien en question. Mais pouvait-on s'attaquer directement au *chien* ? Ne s'en prenait pas qui voulait à un berger allemand adulte. À moins d'être, par exemple, un loup.

Seul problème, les loups ne se trouvaient pas dans les magasins. Et même si ç'avait été le cas, Hugo aurait eu besoin d'un spécimen capable de refouler son instinct pour ne pas dévorer poules et coq une fois débarrassé du chien.

Bon, oublions les loups. Quelles options avait-il ? Quelqu'un ou quelque chose qui soit agressif avec l'animal du bon à rien, mais inoffensif avec ceux du professeur.

Malte avait aussi une résidence secondaire. Pas à Fribourg, mais sur l'île suédoise de Gotland, dans la mer Baltique. Malte et lui y avaient passé de longs étés. Son frère aîné aurait aimé l'avoir auprès de lui en permanence, mais Hugo préférait y séjourner quand l'abrupte Karolin était retenue ailleurs.

L'île était connue pour de nombreuses raisons, notamment pour son importante population de moutons. La viande d'agneau de Gotland était très renommée dans le reste de la Suède. Et la peau de mouton de Gotland était l'une des plus douces qui soient.

S'il y avait bien quelque chose qui faisait râler les éleveurs gotlandais, c'étaient les touristes qui abandonnaient leurs détritus sur les chemins, et le renard rusé qui se faufilait dans la bergerie pour chiper un ou deux agneaux. Nuit après nuit.

Un de ces éleveurs avait eu l'idée d'acheter quelques lamas péruviens qui vivaient et paissaient parmi les moutons dans le pré. Il était difficile de trouver animal plus paisible que le lama – du moins, tant que les renards gardaient leurs distances. En cas d'approche, les lamas perdaient tout contrôle, se mettaient à cracher pour faire fuir l'intrus et – si cela ne suffisait pas – l'envoyaient d'un coup de patte à l'autre bout de l'île. C'était ce qu'avait affirmé un journal l'été précédent.

Un coup de fil plus tard, Hugo connaissait le nom et le numéro de l'éleveur en question. Qui décrocha à la première sonnerie.

L'homme s'appelait Björk, et il se montra très accommodant. Et bavard. Il raconta aussitôt qu'il s'était acheté un nouveau téléphone au printemps, un de ces fameux mobiles, sans câble relié au mur. Il avait alors constaté que personne ne l'appelait. Autrefois, il pouvait se convaincre que ses amis tentaient de le joindre pendant qu'il était auprès de ses bêtes. À présent, il avait compris qu'il n'avait pas d'amis.

— Les nouvelles technologies, c'est de la merde, déclara Björk.

Hugo approuva. Puis il orienta la conversation vers les lamas.

— Les guanacos, corrigea l'éleveur.

Hugo n'essaya même pas de répéter ce mot imprononçable.

— Protègent-ils vraiment vos moutons des renards ?

Parfaitement. Björk avait lu l'histoire d'un agriculteur qui avait acheté trois lamas pour régler ses problèmes de loups. Après qu'une des bêtes avait craché entre les deux yeux d'un loup et démoli la cervelle d'un autre à coups de patte, les voleurs de moutons n'étaient jamais revenus. Björk s'était dit que les guanacos feraient aussi le poids contre les renards, beaucoup plus légers que leurs cousins.

Et contre un berger allemand, songea Hugo. Mais comment cela avait-il pu marcher, au juste ?

Björk se mit à lui raconter que, dans sa jeunesse, il avait eu une amourette avec une fille de Hemse, mais qu'elle ne s'était jamais habituée à l'odeur des moutons. Par la suite, il s'était rendu à quelques bals populaires. Cependant, tous les préparatifs

128

nécessaires – douche, parfum, sans parler des vêtements à laver, ou du moins à brosser – l'avaient
vite fatigué. Il avait laissé tomber, et s'en portait
très bien.

Hugo répéta sa question, avec plus de succès cette
fois-ci. Le célibataire endurci expliqua que l'instinct
grégaire des lamas les avait conduits à adopter les
moutons.

— Ou les gris-argent, comme nous les appelons
sur l'île. J'entends toutefois à votre accent que vous
êtes de la terre ferme, alors je précise que cela vient
de la couleur de leur fourrure, vous comprenez.

Ce que comprenait surtout Hugo, c'était qu'il fallait s'armer de patience pour discuter avec Björk.

— Instinct grégaire ?

Oui, car le guanaco s'érige en chef du troupeau
et le protège au péril de sa vie.

— Quel que soit le troupeau ?

— Que voulez-vous dire ?

— Si on échange les moutons contre... des poules,
par exemple. Que se passera-t-il ?

L'éleveur réfléchit un instant, émit l'avis qu'un
grillage serait sans doute plus simple, mais que oui,
cela devrait marcher.

Hugo décida que la discussion avait suffisamment
duré.

— Puis-je vous demander combien vous avez payé
vos animaux, monsieur Björk ?

— Dix mille couronnes par bête.

— Puis-je vous offrir le double pour l'une d'elles ?

Neuf jours plus tard, un animal de l'éleveur Björk arrivait à Fribourg. Pérou, Suède, Allemagne : le mâle castré avait vu du pays. S'il était castré, avait expliqué Björk, c'était parce que le guanaco essayait de monter les brebis.

Hugo imagina un instant un lama péruvien en train de s'accoupler avec une poule Bielefelder allemande, mais chassa immédiatement cette pensée. Trop répugnant.

Tandis que le publicitaire suédois plantait un piquet dans le jardin d'Arvid Rössler, le retraité demanda le nom du lama. Hugo avait omis de poser la question à l'éleveur. Rössler, qui avait baptisé toutes ses poules et son coq, ne trouvait pas convenable que leur gardien n'en ait pas. Il s'appellerait donc Mario, en hommage au plus grand écrivain du Pérou. Le coq, Pavarotti, avait eu une très belle voix quand il était jeune, mais elle s'était éraillée avec le temps.

Mario se vit passer la corde au cou et signifier, avec circonspection, qu'il avait à présent la responsabilité de sept poules Bielefelder et de Pavarotti. Le lama inclina la tête, geste qu'on pouvait interpréter comme un signe d'approbation.

La corde était juste assez longue pour permettre à Mario de se déplacer librement sur le terrain de Rössler, mais pas plus loin. Étant donné que les poules ne quittaient jamais le terrain, cette contrainte ne le dérangea absolument pas. Pendant deux jours, tout fut tranquille. Assis dans son camping-car avec son chien, le traîne-savates se demandait ce qui se passait. Pourquoi le vieux s'était-il acheté un chameau ?

Le troisième jour, il s'était fatigué de ne pas embêter son ancien professeur. Chameau ou pas, il fit sortir le berger allemand avec l'ordre habituel :

— Chez le professeur !

Le chien, qui avait assez envie de faire la petite et la grosse commission, avait l'intention de gambader un moment parmi les volatiles et de clore sa balade en se soulageant devant la terrasse du voisin. Ce qui lui vaudrait une grosse poignée de friandises de la part de son maître. Il ignorait ce que faisait ce drôle d'oiseau géant dans le jardin, mais il arriverait à lui flanquer aussi une trouille bleue, pensa le chien.

Si tant est qu'il pensât. Quoi qu'il en soit, ce fut la dernière chose qui lui passa par la tête avant de recevoir un Super Mario kick en pleine tempe. La mort fut instantanée, mais le guanaco décocha un autre coup de patte, retournant l'animal mort à l'envoyeur.

Le bon à rien pleura à chaudes larmes sur son terrain, tandis que Rössler se réjouissait comme un enfant. Il chantonna *Wunder gibt es immer wieder*[1] tandis qu'Hugo établissait sa facture.

Deux allers-retours pour Zürich, transport animalier, voiture de location, acquisition de lama, corde, piquet, massette, frais de défraiement et quarante heures de consultation à 1 200 couronnes. Total : 128 000 couronnes, soit 12 800 euros.

Ça les valait, commenta Rössler.

---

1. « Parfois, des miracles se produisent. »

20

La deuxième mission de La Vengeance est douce SA s'avéra plus simple. Une Suédoise de 16 ans flirtait avec un charmant Français du même âge sur Tinder. Alors qu'elle était allée rendre visite à une amie aux États-Unis (pour lui parler de son Français), le jeune garçon lui annonça qu'il lui avait envoyé une « surprise ». La poste suédoise n'étant plus ce qu'elle était (la faute aux Danois, mais ceci est une autre histoire), la jeune fille devait venir chercher son paquet contre signature dans un point relais, une épicerie du quartier. Le relais l'avertit par SMS de l'arrivée du paquet, avec prière de le récupérer dans les dix jours.

Malheureusement, la jeune fille ne rentrerait des États-Unis que onze jours plus tard. Elle téléphona au patron de l'épicerie, qui lui répondit que cela ne changeait rien pour lui. Toutefois, une tierce personne pouvait retirer le colis en son nom en se munissant d'une pièce d'identité de la destinataire, son permis de conduire par exemple. La jeune fille expliqua que son unique document d'identité, à savoir son passeport, se trouvait en sa possession de l'autre côté de l'Atlantique. En Suède, on ne passait pas le permis à 16 ans.

Le patron estima toutefois que ce n'était pas son problème.

La jeune fille proposa d'envoyer par e-mail une copie de son passeport à sa mère, qui pourrait venir à l'épicerie avec la copie et sa propre carte d'identité.

Le patron refusa. Cela ne marchait pas comme ça.

L'adolescente, qui disposait du numéro de suivi, demanda alors à son interlocuteur de bien vouloir conserver le colis une journée de plus avant de le renvoyer en France. Rien qu'une journée !

Le commerçant répondit par une question rhétorique : que se passerait-il s'il faisait cela avec tous les colis ?

La fille jugea peu probable que cette situation se présente vraiment. Elle était la première à le lui demander, n'est-ce pas ?

À ce moment-là, le patron avait coupé court à la conversation. Le frigo à lait réclamait son attention.

— Voilà où nous en sommes, conclut la jeune fille.

— Qu'attends-tu de moi ? demanda Hugo.

— Faites-lui la peau, si ce n'est pas trop demander.

Hugo trouvait que si, mais il comprenait sa rancœur. De quels budget et moyen de paiement disposait-elle ?

La réponse fut exquise : carte de crédit de papa. Quasi illimité.

Chaque jour, des millions de paquets sont expédiés par la poste dans le monde entier. Or, peu de choses sont plus légères et volumineuses que les matériaux qui servent justement à remplir les vides et protéger le fragile contenu des colis.

Commandez-en un carton et vous obtiendrez un très gros paquet, pour un prix et un poids modiques.

Ce constat fut le point de départ d'une manœuvre qui ne prit qu'une journée à Hugo. Il sélectionna 50 adresses privées dans les environs de l'épicerie qu'on l'avait chargé de tourmenter, puis il effectua le même nombre de commandes de matériau de rembourrage dans 10 lieux à travers le monde. Pour chacune, il renseigna un faux numéro de mobile, afin qu'aucun destinataire ne puisse réagir.

Une visite des lieux lui apprit que l'épicier rangeait les colis dans un espace limité à 2 mètres cubes, derrière l'unique caisse. Avec seulement quatre des cinquante paquets commandés, le système s'écroulerait. Huit, et le patron de l'épicerie s'arracherait les cheveux. Douze, seize, vingt, et il ressentirait peu à peu des envies suicidaires. Pourtant, trente paquets seraient encore en route.

Telle était la douce vengeance qu'Hugo proposa à la jeune fille, pour un tarif de 40 000 couronnes, plus frais annexes.

Cependant, l'adolescente en voulait pour l'argent de son papa et entama des négociations. Comment M. Hamlin apporterait-il la preuve des pensées suicidaires ? Une rotule brisée, par exemple, serait plus mesurable.

Les méthodes violentes ne figuraient pas dans l'offre de la société, mais que dirait la jeune fille si Hugo envoyait également un carton au domicile du patron de l'épicerie et de sa femme ?

Elle dirait non, telle fut sa réponse.

L'affaire était sur le point d'échapper à Hugo. Cependant, l'adolescente se trouvait loin de chez elle. Ce qu'on ne sait pas ne nuit pas. Hugo n'avait qu'à prétendre accéder à sa requête. Il demanda une heure de réflexion, qu'il employa à faire des recherches sur Internet. Il dénicha une vidéo convenable : une voiture de luxe en train de brûler sur un parking. Il était impossible de déterminer dans quelle partie du monde la voiture avait été incendiée – en Argentine, en Tchéquie ou, pourquoi pas, en Suède.

Hugo rappela l'adolescente de 16 ans pour lui proposer, en plus de l'idée des colis volumineux, de mettre le feu au véhicule du commerçant.

— Une Lamborghini bleue.

La cliente ne s'étonna pas qu'un simple épicier suédois roule dans une voiture qui valait plus que sa boutique. Elle exigea toutefois que le prestataire apporte des preuves en images.

Trois jours plus tard, quatre paquets d'un mètre cube arrivèrent à l'épicerie. Le patron passa la soirée et la moitié de la nuit à leur faire de la place. À 1 h 30 du matin, il était plutôt satisfait de lui-même, la créativité était mère de nécessité. À moins que la nécessité soit mère de... quelque chose. Au vu des circonstances, il avait rempli les quatre grands congélateurs du magasin de frites en promotion pour libérer de l'espace dans la chambre froide, afin d'y empiler des paquets de papier absorbant rapportés de son entrepôt, où il put ensuite ranger les derniers colis. Enfin, il rentra chez lui à vélo (la chose la plus proche d'une Lamborghini qu'il posséderait jamais), avec l'intention de faire la grasse matinée. Elsa pourrait tenir la caisse.

Néanmoins, la pauvre Elsa lui téléphona à 7 heures, soit deux heures avant l'ouverture de la boutique. Où devait-elle stocker les 30 nouveaux paquets que le camion postal venait de déposer ?

— Trente ? s'étonna le patron encore ensommeillé. Laisse-les sur la rampe de chargement pour le moment, j'arrive.

— Il pleut, observa Elsa.

La troisième mission exigea un peu plus d'implication. Un Espagnol contacta Hugo pour expliquer que son fils avait été exclu de son équipe de football pour avoir mâché du chewing-gum pendant l'entraînement. Le coach méritait une sévère correction.

Hugo n'était pas entièrement satisfait des récents développements de son entreprise. La dernière cliente avait souhaité la mort d'un épicier, et voilà qu'un autre réclamait d'atroces souffrances pour l'homme qui avait fait un affront à son fils. Certes, l'affaire d'Hugo devenait florissante, mais elle prenait un tour bien moins anodin que quelques lapins lâchés dans le potager d'un voisin malveillant.

Bon, le coach l'avait peut-être cherché. Et la facture serait salée. Hugo promit d'imaginer une vengeance particulièrement douloureuse.

Les préparatifs prirent deux jours. La reconnaissance du terrain dans la communauté de Madrid était essentielle !

Un mercredi matin, le coach sortit de sa maison de Leganés pour se rendre en voiture à l'entraînement. Hugo avait placé sur le trottoir une sphère de béton de 30 kilos, qu'il avait peinte en noir et blanc.

Posté à 60 mètres de là, il cria à un instant parfaitement calculé quelques mots d'espagnol appris par cœur.

— Ohé ! Señor ! Vous voulez bien me renvoyer le ballon ?

Le coach prit son élan et donna un coup d'une extrême précision de son pied droit.

Hugo n'avait jamais entendu un tel hurlement de douleur. Dans aucune langue que ce fût.

Cinq mille euros, plus frais annexes.

Partie IV

21

Le directeur Hugo Hamlin faisait ses comptes à son bureau. Il avait commencé en douceur, avec une poignée de missions choisies soigneusement afin d'en tirer des leçons et d'entrer dans son rôle. En résumé, ces quelques mois ne lui avaient pas apporté beaucoup de satisfaction, en dehors de l'argent qui coulait à flots.

Grâce aux échanges avec ses premiers clients et ceux inscrits sur sa liste d'attente, Hugo comprit que rester dans la légalité n'intéressait pas son public. C'était l'intention de départ d'Hugo, mais elle limitait les possibilités et exigeait plus de réflexion. Or le temps, c'est de l'argent.

Pour faire court, « légal » était synonyme de plus cher et moins efficace.

En conséquence, Hugo ajusta sa boussole morale. Il envisagerait des méthodes illégales, tant qu'elles restaient raisonnables, en gros. Qui causait des emmerdes récolterait des emmerdes équivalentes.

Cependant, même l'idée d'une vengeance proportionnelle aux torts subis n'encourageait pas le client à sortir son chéquier. En revanche, les gens étaient disposés à payer à hauteur des dégâts qu'Hugo leur promettait, sans se soucier de la loi ni de la nature de la provocation. Ils appliquaient le principe librement interprété de la Bible : *yeux* pour œil, *dents* pour dent. Les humains étaient des êtres profondément misérables. Hugo n'était pas certain de faire exception.

Lorsque Malte passa prendre un café avec son frère, Hugo lui fit part de ses réflexions. Malte s'affola en apprenant qu'il ne suffisait plus de crever *un* œil pour régler un différend. En dehors de cela, il n'avait pas vraiment d'idée sur le sujet, si ce n'est que son frère avait probablement une case en moins, et qu'il devrait changer de machine à café. Sur ce, il abandonna son cadet pour pratiquer ses trois opérations de la cataracte programmées dans l'après-midi.

Hugo resta à nouveau seul avec ses pensées. Légalité et pondération mises à part, il était mécontent de ses résultats. L'aide d'un assistant imaginatif ne serait pas de trop. Mais trouver un secrétaire chargé du bureau, du standard, des e-mails et de la liste des missions prioritaires serait plus facile et moins coûteux.

Ses déplacements à Madrid, Oslo, Bucarest et Bruxelles avaient duré deux fois plus longtemps que nécessaire, parce que Hugo avait dû jongler entre les clients actuels et potentiels. Où pouvait-il dégoter des renforts convenables ?

À cet instant, deux personnes poussèrent la porte de l'agence. Aucun client ne s'était encore présenté par la voie terrestre, mais il y avait un début à tout. Les deux arrivants étaient une jeune femme blanche et un jeune homme noir, du même âge. La première le salua et annonça que son ami et elle avaient été victimes d'une injustice. Ils avaient remarqué par hasard la devanture de La Vengeance est douce SA et souhaitaient savoir si la société pouvait les aider à obtenir réparation, ou s'ils avaient été induits en erreur par l'enseigne.

En général, sur trois nouvelles demandes de contact, Hugo en écartait deux d'office. L'homme qui voulait exercer des représailles sur le Sénat américain ou la femme qui rêvait d'exterminer une race de chiens étaient faciles à esquiver tant que le contact était électronique. Il ne serait pas aussi simple de refouler ces deux clients en chair et en os. Ce qui serait l'issue la plus probable.

Il les invita tout de même à s'asseoir pour lui raconter rapidement ce qui, pour ainsi dire, leur restait en travers de la gorge.

— Merci, dit Jenny.

— Très aimable, ajouta Kevin. Tu veux commencer, Jenny ?

Le récit de la jeune femme fut tout sauf rapide. Elle parla de son enfance, de son adolescence, de Victor qu'elle avait épousé pour faire plaisir à son père et qui l'avait escroquée et dépouillée de son héritage, piétinant ainsi la tombe de son père.

Hugo écouta d'abord avec intérêt. Le milieu du commerce de l'art semblait prometteur. Mais que venait-elle de dire à propos de l'héritage ? Son escroc d'époux ne lui en avait rien laissé ?

— Il m'a tout volé, conclut-elle. Mon enfance, mon adolescence, mon argent, ma vie. Je n'ai plus rien. *Rien du tout !*

Et comment avait-elle l'intention de régler sa facture ? Quelque chose ne tournait pas rond chez les gens. À moins que le jeune homme à côté d'elle n'ait les moyens de payer.

— Et vous ? lança Hugo. Ce marchand d'art vous a-t-il aussi privé de l'héritage de votre père ?

— Je n'ai pas de père, répondit Kevin. Et plus de mère, elle est morte du sida. Mais mon tuteur – vous savez de qui je veux parler – m'a emmené en Afrique pour me jeter aux lions.

Impossible de les renvoyer à présent. Hugo devait creuser davantage.

L'histoire de Kevin était absolument fantastique. Au sens propre du terme. Qu'il ait été abandonné dans la savane pour servir de repas aux lions, passe encore. Mais le reste ? Le sauvetage par un homme-médecine, l'apprentissage de rites guerriers massaï, la nage parmi les crocodiles, la fuite face à la circoncision forcée et ainsi de suite.

— Merci, ça suffira.

— Mais je n'ai pas fini. À mon retour en Suède, j'ai rencontré Jenny et nous avons découvert qu'elle avait été victime du même homme...

Hugo avait déjà classé l'affaire.

— Bien sûr, vous vous êtes croisés dans la rue. « Salut, je m'appelle Kevin, un homme du nom de Victor s'est mal comporté avec moi ! » « Quoi, toi aussi ? »

C'était exactement le genre de clients que son futur assistant devrait garder à distance. Cerise sur le gâteau, la jeune femme se mit à pleurer.

— Vous ne pouvez pas nous aider ?

Hugo n'aurait pas pu mieux dire.

— Exactement ! Je ne peux pas vous aider. Vos histoires sont bouleversantes. Mais La Vengeance est douce SA a une responsabilité envers ses actionnaires. Vos mésaventures ne leur apporteront aucune satisfaction. Ce que je veux dire, c'est que nos services sont payants et si – comme vous l'avez dit – vous n'avez plus rien, ça ne fait pas beaucoup à se partager pour les actionnaires.

Kevin voulut savoir qui étaient les actionnaires en question. Hugo répondit que la société par actions n'en comptait actuellement qu'un, lui-même, mais qu'il espérait une prochaine cotation en Bourse.

Jenny proposa une solution.

— Le principal actionnaire pourrait-il envisager de travailler à crédit ?

Hugo tenta de masquer son irritation. Il avait trois boulots urgents sur son bureau, dont deux avec un potentiel incroyable : un Néerlandais voulait se venger de son voisin, qui lui-même voulait se venger du premier. Un hasard formidable. Aucun n'ayant connaissance des intentions de l'autre, Hugo avait tout loisir de les aider à s'anéantir mutuellement en s'en mettant plein les poches. Or, au lieu d'être en route pour Amsterdam, il était coincé ici à consoler Cosette et Crocodile Dundee.

— Non, c'est impossible. Une avance est requise à la signature du contrat. Sans elle, vous pouvez vous venger de qui vous voulez et comme vous voulez, mais sans moi.

Il demandait au moins 50 000 couronnes pour l'ouverture du dossier.

— L'argent est entre les mains de Victor Alderheim, expliqua Jenny.

— Tant mieux pour lui, répliqua Hugo.

— Je peux vous payer avec une peinture, annonça Kevin.

— Ah bon ? fit Jenny.

Seigneur ! Voilà que le protégé du marchand d'art voulait le payer avec... un de ses propres gribouillages ?

Ce n'était que dans les toilettes du café, en ouvrant son sac à dos pour se changer, que Kevin s'était rappelé ce qu'il avait pris à papa Ole.

Il sortit de son sac un rouleau entouré de papier.

— C'est mon père adoptif, Ole Mbatian, qui l'a réalisée. Je la trouve belle ! Apparemment, c'est un expressionniste qui s'ignore.

Il déroula la toile sur le bureau d'Hugo.

— Il l'a appelée *Femme à l'ombrelle*. Enfin, c'est ce qu'il a écrit au dos.

— Je vois, commenta Hugo.

Cela commençait à bien faire.

— Écoutez-moi un peu, tous les deux. Cette peinture pourrait aussi bien s'appeler *Rocky 2*, pour ce que j'en aurais à faire. Est-ce que vous pourriez vous en aller maintenant, s'il vous plaît ? Avant votre arrivée, je réfléchissais à engager un assistant pour me protéger des gens comme vous. Maintenant, je me demande s'il ne m'en faudrait pas plutôt deux. Et un cadenas sur la porte.

Jenny, qui avait séché ses larmes, resta étonnamment silencieuse après la tirade d'Hugo. Elle regarda la peinture qu'elle n'avait jamais vue auparavant. Et l'examina d'un peu plus près.

— C'est un Irma Stern, déclara-t-elle sans lâcher l'œuvre des yeux.

— Irma qui ? demanda Hugo, qui n'avait aucune envie de le savoir.

— Stern. Une des plus grandes expressionnistes de tous les temps.

Voilà que ces fous passaient encore un cap dans leur délire.

— Et ça vaut des millions, je suppose ? lança Hugo. Partez d'ici. Maintenant.

Une toile peinte par un homme-médecine de la savane à un moment, et par l'une des plus célèbres peintres expressionnistes de tous les temps la seconde d'après.

— Des millions, je ne sais pas, tempéra Kevin. J'ai vendu presque la même peinture à Mombasa 1 000 dollars, pour me payer le billet d'avion. Ce n'est pas un Irma Stern. C'est un Ole Mbatian le

Jeune. Il en a peut-être d'autres à la maison. Enfin, là-bas. Enfin, chez moi.

En ce qui concernait Hugo, Kevin pouvait appeler « chez lui » n'importe quel endroit, pourvu que ce ne soit pas son agence. Il réitéra donc son vœu, ou plutôt son injonction : « hors de ma vue ».

— Et n'oubliez pas votre Irma !

— Pas Irma, corrigea Kevin. Ole Mbatian.

— Oui, lui aussi, reprenez-le.

Jenny ne bougeait pas d'un pouce. Finalement, elle détacha le regard du Irma Stern. Cela devait être un Ole Mbatian, tout compte fait, puisque Irma Stern était décédée en 1966. Cependant, la copie était sensationnelle. Si ressemblante qu'elle tromperait n'importe qui.

— S'il était authentique, il vaudrait 500 000 dollars, ou plus.

Que venait de dire la petite pleurnicheuse ?

Malgré lui, Hugo se mit à réfléchir à une façon d'amener ce Victor Alderheim à acheter un Ole Mbatian en payant pour un Irma Stern. Voilà qui les amènerait très loin de la légalité, mais respecterait sans doute les lois morales.

Si Hugo en croyait les jeunes gens, Alderheim était un individu particulièrement antipathique. Peut-être même à un point équivalent à 500 000 dollars. Ou plus.

Jenny et Kevin remarquèrent son hésitation. Jenny, qui n'avait jamais pris d'initiative de sa vie, se lança.

— Vous avez dit que vous cherchiez un assistant, n'est-ce pas ? Dans ce cas, je présente ma candidature. Je suis organisée, consciencieuse, responsable et ponctuelle. Je sais verrouiller et déverrouiller. Et faire le café. Je me débrouille avec Internet. Je suis sociable, du moins je crois. Je n'ai jamais vraiment tenté l'expérience. Je ne réclame pas de salaire élevé. Pas de salaire du tout, en fait.

Hugo oublia ses soudaines pensées de fraude aggravée et regarda Jenny.

— À condition de faire tomber Victor Alderheim ?

Il s'était trahi.

Jenny sourit.

L'homme pesait le pour et le contre. Ce simple développement était splendide. Jenny voulait en dire davantage, marquer un point décisif, mais ne savait pas comment. Elle n'avait pas le droit à l'erreur. Kevin ressentait la même chose. Ils étaient tout proches de convaincre le directeur de La Vengeance est douce SA, mais ce n'était pas suffisant.

Après quelques secondes qui leur parurent une éternité, Hugo Hamlin se décida.

— Non. Il y a une entourloupe, je le sens. Vos récits sont trop parfaits. Surtout le second. Largué dans la savane, adopté par un homme-médecine, formé aux arts massaï. Vous vous rencontrez par hasard, puis vous me trouvez. Et soudain : vous exhumez une peinture valant entre rien du tout et 500 000 dollars. Je n'y crois pas. Revenez quand vous aurez rassemblé l'avance de 50 000 couronnes. Merci pour votre visite. Au revoir.

Jenny savait qu'elle avait abattu toutes ses cartes. Kevin se leva, mais pas pour s'en aller, comme Hugo l'avait espéré.

— J'ai une idée, déclara le jeune homme.

Contournant le bureau d'Hugo, il se dirigea vers la kitchenette et ouvrit la porte du frigo, où il ne trouva qu'une brique de lait et les sandwichs du jour. Le placard à côté était encore plus vide. À moins que ? Quelques boîtes de conserve traînaient tout au fond.

— Si j'étais vous, je n'y toucherais pas, même mort de faim, l'avertit Hugo. Elles étaient déjà là quand cet endroit était encore une boutique de jouets ou je ne sais quoi.

— Je ne cherche pas à manger, le détrompa Kevin en soupesant une boîte de maïs. Je vais seulement dissiper certains doutes. Je crois que cela pourrait débloquer cette conversation.

La boîte de maïs à la main, il revint vers le bureau et, à la stupeur de l'ancien publicitaire, il commença à se déshabiller.

— Mais qu'est-ce que…

Avant qu'Hugo ait pu finir de s'émouvoir, un jeune guerrier massaï se dressait devant lui, en *shúkà* et sandales.

— Suivez-moi, s'il vous plaît, dit-il.

Kevin se dirigea vers la porte d'entrée, se posta sur le trottoir et regarda autour de lui. De sa main libre, il signala à Hugo d'approcher.

— On ne pourrait pas en finir ? s'impatienta ce dernier.

Kevin se décida. Un panneau se dressait à environ 50 mètres.

— Vous voyez le panneau de stationnement interdit, là-bas ?

— Oui, eh bien ? demanda Hugo. Essayez plutôt de trouver un panneau de stationnement *autorisé* dans le centre de Stockholm. Si vous y arrivez, je vous croirai sur parole.

Kevin n'avait pas l'intention de discuter politique de stationnement de la ville.

Sans ajouter un mot, il prit son élan, visa, puis lança la boîte de conserve. Elle fusa par-dessus les têtes des piétons et deux voitures en mouvement. Passa entre un lampadaire et une suspension de Noël. Parcourut 50 mètres ou plus à travers les airs. Et s'écrasa en plein dans le plexus solaire du panneau d'interdiction.

— Bravo ! s'écria Jenny.

— *Natumaini kuwa alivutiwa*, déclama Kevin.

(« J'espère qu'il est impressionné » en swahili. Pour l'effet théâtral.)

Hugo, bouche bée, regardait l'exécrable panneau, qui vacillait encore.

— Mon nom est Kevin, reprit le jeune homme. Fils adoptif d'Ole Mbatian le Jeune. Guerrier massaï diplômé, à une circoncision près. Si le panneau avait été un buffle en train de charger, et la boîte de maïs, mon casse-tête, alors je nous aurais à l'ins tant sauvé la vie. Si vous ne me croyez toujours pas, trouvez-moi une lance bien équilibrée, et je poursuivrai ma démonstration. Sinon, je présente également ma candidature. Jenny et moi pourrions partager. Le poste et le salaire.

Hugo envisagea la possibilité que les deux plus grands mythomanes du monde ne le soient finalement pas. Le chasseur de crocodiles en était manifestement bien un. Les larmes de la jeune femme semblaient également sincères. Le faux Irma-je-ne-sais-quoi de l'homme-médecine était d'une qualité indéniable. Et si le reste était vrai lui aussi ?

Toujours est il qu'ils n'avaient pas un kopeck. Seulement la peinture.

D'un autre côté, deux assistants bénévoles représentaient une économie de deux fois 25 000 couronnes par mois, plus les cotisations patronales. Un profit séduisant, même si c'était une façon un peu grossière de voir les choses.

Et pourtant. Il ne croyait toujours pas à un hasard qui aurait guidé Jenny et Kevin, bras dessus, bras dessous, jusqu'à sa devanture à Östermalm. C'était aussi invraisemblable qu'atteindre sa cible à 50 mètres avec une vieille boîte de maïs dénichée dans un placard. Du premier coup.

Foutue boîte de maïs.

Deux assistants sans bourse délier. C'était la panacée. Mais pour s'assurer leur fidélité à long terme, il devrait s'atteler au projet Victor Alderheim, qui lui rapporterait zéro couronne. Ou 500 000 dollars, selon la créativité qu'Hugo arriverait à déployer. Pas d'entre-deux.

Il était temps d'entamer des négociations prudentes.

— Je ne peux pas me consacrer à temps plein à votre marchand d'art, avança Hugo.

— Ça ne fait rien, dit Jenny. Nous ne sommes pas pressés, du moment que c'est bien fait.

— Ni même à mi-temps.

Cette fois, la jeune femme lui lança un regard méfiant.

— Combien de temps pouvez-vous y consacrer ?

Ce n'était pas le moment de pousser le bouchon trop loin.

— Peut-être à mi-temps. Mais pas tout de suite.

Hugo s'accorda un bref délai de réflexion en décidant de clore sa journée de travail, qui avait déjà apporté plus que son lot. Plutôt le lot d'une semaine entière. Jenny et Kevin étaient autorisés à revenir le lendemain matin à 9 heures précises. Il leur montrerait, dans les grandes lignes, comment fonctionnait le bureau et l'attitude à observer face aux futurs clients. Les indigents comme eux, notamment, devraient être invités à dégager sur-le-champ.

Ils s'occuperaient plus tard du sort de Victor. D'abord, Hugo devait se rendre à Amsterdam. Il serait rentré avant la fin de la semaine et il attendait à son retour un rapport sur le marchand d'art, ses atouts et ses faiblesses.

— Quand je l'aurai lu, je vous donnerai mon avis sur le potentiel de la mission. Cependant, une chose doit être parfaitement claire dès le départ : si, contre toute attente, ce travail génère des recettes, elles reviendront à La Vengeance est douce SA. Qu'il s'agisse d'argent, de toiles ou de boîtes de maïs, elles me reviendront intégralement, puisque c'est moi qui assume tous les frais. Nous sommes d'accord ?

Jenny acquiesça. Kevin, qui était affamé, anticipa les discussions futures.

— Que diriez-vous de 500 couronnes d'indemnités journalières ? À des fins purement professionnelles, pour épargner à vos assistants de mourir de faim.

Hugo s'était déjà habitué à l'idée d'avoir deux assistants pour rien et ne voulait pas les voir s'envoler.

— Deux cents, contra-t-il.

— Quatre cents, renchérit Kevin.

Hugo sortit de son portefeuille quatre billets de 500 couronnes et un de 100 couronnes, et les tendit à Kevin.

— Trois cents par jour. Voici pour la première semaine. À présent, dispersion. La nuit porte conseil.

22

Le lendemain matin, Jenny et Kevin étaient en retard de dix minutes. Pour économiser leurs indemnités, ils étaient venus à pied. Dix-huit kilomètres en trois heures quarante-cinq.

— Ça ira pour cette fois, soupira Hugo.

Inutile de les menacer d'une retenue sur salaire.

Le directeur de La Vengeance est douce SA regarda ses nouvelles recrues, content de lui. Ce n'était pas toutes les petites entreprises qui embauchaient à son rythme.

Hugo commença à présenter leurs tâches à ses assistants.

Primo, il fallait répondre aux appels téléphoniques avec courtoisie, dans la mesure où les intéressés avaient les moyens de payer. Et où la vengeance requise restait dans les limites du raisonnable. Sinon, la conversation devait être close rapidement, pour ne pas manquer d'autres appels.

— Quelles sont les limites du raisonnable ? demanda Kevin.

Hugo chercha un exemple parmi les dernières demandes en date.

— Une personne qui souhaite modifier l'ordre de succession de la Couronne britannique devra trouver un autre prestataire.

Kevin opina. Il saisissait.

Hugo poursuivit. Les clients remplissant ces premiers critères étaient alors priés de décrire leur situation par e-mail. En suédois s'ils venaient de Suède, en anglais dans les autres cas. Et si l'interlocuteur avait prouvé qu'il avait un budget appréciable, la société était disposée à accepter n'importe quelle langue. Cela incluait maintenant le swahili et le maa, pour autant qu'Hugo avait compris (il était de plus en plus satisfait de ses deux assistants bénévoles).

Les e-mails entrants devaient être imprimés et archivés dans le caisson sous le bureau, uniquement s'ils remplissaient la condition « dans la limite du raisonnable ».

— Je suis très forte en archivage, déclara Jenny. Dans l'ordre alphabétique ?

— Non, bordel, selon le budget estimé.

Le reste de la matinée fut dédié aux pauses-café et à la suite des instructions. Le vol d'Hugo partait peu après 14 heures. En guise de dernière recommandation, les jeunes gens reçurent un double des clés des locaux, la responsabilité de l'accueil téléphonique et une des deux cartes de crédit de l'entreprise, avec le code secret.

— À utiliser exclusivement pour des achats liés à l'activité, et avec parcimonie.

Hugo leur octroyait une petite marge de manœuvre. Le leadership impliquait la confiance, quoi que le terme leadership signifie. Hugo était optimiste. Son affaire connaissait des hauts et des bas mais, pour la première fois depuis des années, il se sentait *vivant*.

Quelques jours plus tard, on put lire dans le quotidien néerlandais *De Telegraaf* l'histoire d'une querelle de voisinage qui avait dégénéré. À l'origine de la dispute, un cerisier dont les branches s'étendaient au-dessus de la clôture, cerisier qui avait spontanément pris feu une nuit, à 1 heure du matin. Peu après cet incident, un câble de fibre optique s'était rompu inexplicablement, privant le voisin du propriétaire du cerisier d'Internet et de la télévision. Le lendemain, celui qui déplorait la perte de son arbre n'avait plus d'eau potable : une malencontreuse fuite à la limite du terrain voisin avait causé le déversement de 200 litres de pétrole dans son puits.

Quand Hugo s'en alla, les voisins n'avaient plus rien à apprendre de lui. L'un égara une planche à clous dans l'allée du second, qui incendia la remise du premier. Finalement, celui-ci tira un coup de fusil dans le dos du pyromane. À leur arrivée, les agents de police surprirent le blessé en train de vaporiser de l'insecticide dans des bouteilles de Coca-Cola. Il fut incapable d'expliquer son geste.

Pendant ce temps, Hugo atterrissait à l'aéroport de Stockholm-Arlanda, plus riche de 8 500 euros.

Quand il regagna ses locaux, l'endroit était méconnaissable. Ses assistants avaient chacun un téléphone et un ordinateur portables. La grande devanture était occultée par d'élégants voilages. Le bureau solitaire jouxtait désormais un espace de réunion avec table, fauteuils et deux tableaux blancs. À gauche du bureau d'Hugo était affiché un portrait de femme. En outre, Kevin avait lancé un nouveau site Web, avec les coordonnées du directeur et de ses assistants. Qui étaient devenus directrice financière pour Jenny et chef de projet pour Kevin. Hugo fut soulagé de constater qu'il était encore le P-DG.

La société disposait à présent d'une base de données, dans laquelle les clients potentiels se voyaient attribuer une note de 1 à 5 en fonction de l'épaisseur présumée de leur portefeuille.

— Combien vous a coûté tout cela ? demanda Hugo.

— Un instant, dit Jenny, avant de consulter un fichier Excel. Soixante-quatorze mille deux cent vingt couronnes, à peu près.

— À peu près ?

— Au centime près, en fait. Je ne voulais pas me donner de grands airs.

Hugo se laissa lourdement tomber sur son fauteuil.

— Quoi d'autre ? Nous avons investi dans AstraZeneca ? Demandé à intégrer le Conseil de sécurité de l'ONU ?

Non, rien de tel.

— Nous nous sommes fiancés, ajouta Jenny.

— Qu'est-ce que tu racontes ? Ça ne fait même pas une semaine que vous vous connaissez.

— Huit jours pour être exacte.

Hugo marmonna que la note commençait à être un peu salée.

— Nous aurions besoin de bagues de fiançailles, hasarda Kevin. Pas grand-chose, mais… même les moins chères ne sont pas données. Pourrait-on envisager une avance sur la prochaine paie ?

— Vous ne touchez pas de paie ! À moins que vous n'ayez aussi changé cela ?

Jenny et Kevin gardèrent le silence.

— Il vous faut combien ?

Kevin sourit. Le quincaillier de Bollmora proposait une paire d'alliances en or presque véritable pour seulement 200 couronnes par anneau. C'était toutefois plus que le budget du couple. Après le passe hebdomadaire pour les transports et la nourriture, leurs indemnités journalières étaient épuisées.

— Pour des assistants bénévoles, vous me revenez cher, se plaignit Hugo en sortant son portefeuille.

Jenny ajouta que le commerçant leur avait proposé un reçu, dérogeant à ses habitudes. Les jeunes gens pourraient, s'ils le souhaitaient, passer les alliances en note de frais.

— Oui, souhaitons-le, approuva Hugo. Félicitations pour vos fiançailles, au fait.

Que signifiait « leadership », déjà ? Avoir confiance ? On voyait le résultat. Pourtant, l'initiative de la directrice financière et du chef de projet ne manquait pas de cachet. Le seul investissement réellement superflu aux yeux d'Hugo était l'affiche au mur. Elle représentait une femme aux cheveux roux, aux lèvres bleues et aux grands yeux sombres, limite mauvais.

— Qui est-ce ? demanda-t-il.

Le tableau s'appelait *Tête de femme*, il était d'Alexej von Jawlensky. L'original se trouvait au musée national d'Édimbourg. Jenny était tombée sur la rouquine chez le quincaillier et n'avait pas pu résister.

— Un chef-d'œuvre, si vous voulez mon avis. Le vendeur en demandait 10 couronnes, je lui en ai donné 20.

Ce détail n'était pas du goût d'Hugo. Un chef-d'œuvre, vraiment ? Il avait le sentiment que les yeux immenses de la rousse ne le lâchaient pas.

— Qu'est-ce que t'as à me dévisager ?

Jenny était ravie. À présent, tous les trois conversaient avec des peintures.

23

La directrice financière félicita Hugo pour sa prestation à Amsterdam et annonça que les finances de la société étaient florissantes. À ce rythme, ils auraient les moyens de consacrer quelques semaines à des missions plus aléatoires.

— Et vous en avez une en stock ? lança Hugo.

— Absolument, répondit le chef de projet. Je viens d'en trouver une concernant un marchand d'art sans scrupules à Östermalm.

Hugo n'aimait pas l'idée de travailler pour rien, mais il devait bien admettre qu'il commençait à apprécier ses nouveaux assistants.

— Où est le rapport promis ?

Hugo s'attendait à une liste concise sur une simple page A4. Mais lorsque Kevin lança l'impression du fichier qu'il avait peaufiné avec Jenny, la machine se mit à cracher une feuille, puis une autre, puis une troisième, une quatrième... Le directeur finit par se demander si l'imprimante ne s'était pas enrayée.

— Vingt-six pages, annonça fièrement Kevin.

— C'est une plaisanterie ?

Le jeune couple avait passé deux longues soirées à rédiger le document. Hugo comptait tout au plus le feuilleter, peu importe sa longueur. Son but était surtout de pouvoir partir pour Amsterdam l'esprit tranquille.

— Que contiennent ces 26 pages que vous ne m'auriez pas encore raconté ? demanda-t-il, avec le sentiment de s'épargner une heure de travail.

Jenny et Kevin se regardèrent.

— En résumé ? demanda Jenny.

— Ce serait parfait.

— Eh bien, sachez que nous sommes en possession des clés de la galerie d'art et de l'appartement. Quand j'ai dit qu'il m'avait tout volé, ce n'était pas entièrement vrai. Elles étaient dans la poche de mon manteau.

Voilà qui plaisait à Hugo.

— Il n'a pas fait changer les serrures ?

Jenny n'avait aucune certitude, mais elle doutait que son ex-mari ait cette présence d'esprit, sur ce point comme sur beaucoup d'autres.

— Dites-moi, qui est Victor et à quoi tient-il le plus ? À son argent ou à sa réputation ?

— C'est écrit là-dedans, tenta Kevin. À partir de la page 8, nous avons…

— Bien, ça veut donc dire que tu connais la réponse.

La question, objecta Jenny, n'était pas de savoir *qui* était Victor, mais à quelle espèce il appartenait. Était-ce un porc ? Un rat ? Un serpent ?

Hugo l'interrompit avant qu'elle traîne plus d'animaux innocents dans la poussière.

— L'argent ou la réputation ?

— On peut parier sur les deux ?

Hugo faillit répondre que, dans ce cas, il facturerait le double, avant de se rappeler de quel projet ils parlaient. Bon sang ! Comment cela allait-il finir ?

Il repoussa ces pensées négatives. Au travail, maintenant !

— Cette Irma Stern… Quelle relation Alderheim entretient-il avec elle ?

— Pas Irma Stern, corrigea Kevin. Ole Mbatian le Jeune.

Hugo avait compris. Mais tant que ce n'était pas le cas de Victor Alderheim, ils avaient une entrée en matière.

Jenny expliqua à nouveau que *Femme à l'ombrelle* d'Ole Mbatian était une toile de première qualité, singulièrement proche du style d'Irma Stern. Quand Victor était nouveau dans le métier et que Jenny portait encore des couches, il arrivait tout au plus à identifier un Monet, après plusieurs tentatives et à condition qu'il y ait beaucoup de nymphéas sur le tableau.

— Mais maintenant ? Après vingt ans d'expérience ? réfléchit Jenny à haute voix.

Elle répugnait à accorder à ce porc, ce rat, ce serpent, la moindre estime.

— Nous pouvons partir du principe qu'il pourrait identifier un Irma Stern.

Elle prit soudain conscience de ce qu'elle venait de dire.

— Pardon, Kevin, qu'il pourrait *le prendre pour* un Irma Stern.

— Merci, dit Kevin.

Hugo rendossa immédiatement son rôle. Jenny voulait-elle dire que seule l'absence de signature distinguait la toile d'Ole Mbatian d'un authentique Irma Stern ?

Précisément.

Se souvenait-il correctement qu'elle avait estimé une véritable toile de cette artiste à environ 500 000 dollars ?

En effet, mais depuis Jenny avait effectué quelques recherches. Le prix avoisinerait plutôt le million.

— Au bas mot.

Et qu'avait dit Kevin ? Il y avait un autre faux Irma Stern à Mombasa ?

— Tout est dans le rapport.

— Réponds à la question, s'il te plaît.

Kevin attrapa le dossier, page 21 : en fouillant parmi les trésors de son père adoptif, il avait trouvé deux toiles et avait vendu l'une d'elles à un marchand d'art, sans quoi il n'aurait pas eu les moyens de rentrer en Suède.

Hugo sentait que sa journée s'améliorait. D'abord les clés, et maintenant deux Ole Mbatian dans la nature, ressemblant à s'y méprendre à des Irma Stern.

— La toile à Mombasa, c'est aussi une femme avec une ombrelle ?

— Non, elle s'appelait *Garçon près d'un ruisseau*.

— Est-elle d'aussi bonne qualité ?

Oui, de l'avis de Kevin. Un Ole Mbatian valait un autre Ole Mbatian.

Plus il y réfléchissait, plus Hugo souhaitait mettre la main sur la seconde peinture. Imaginez s'ils arrivaient d'une façon ou d'une autre à refiler les deux à Victor pour un prix d'ami de 500 000 dollars pièce. Quand il les revendrait comme d'authentiques Irma Stern, La Vengeance est douce SA – ou de préférence Ole Mbatian le Jeune – surgirait pour faire éclater la vérité au grand jour.

Alderheim serait alors conspué, traité d'escroc, ou a minima d'incapable. Tandis qu'Hugo compterait ses liasses de billets.

Si tout se passait comme prévu, il pourrait offrir à Jenny et Kevin un généreux café en ville. Voire leur proposer une augmentation.

— Ce sera tout pour aujourd'hui. Demain, je m'envole pour Mombasa pour racheter le deuxième Irma Stern d'Ole Mbatian. Pendant mon absence, promettez-moi de ne pas prendre de nouvelles décisions hâtives. Levez le pied, en fait.

Il ne lui manquait plus que le nom et l'adresse du marchand d'art kényan.

— Ne me réponds pas que c'est écrit dans le rapport, lança-t-il, devançant Kevin.

Jenny, comprenant que le directeur avait un plan, demanda si le personnel était autorisé à être mis dans la confidence. Hugo lui répondit de ne jamais déranger un artiste en pleine création.

— Je vous raconterai à mon retour. En attendant, profitez-en pour vous marier, par exemple. Ça fait déjà une éternité que vous êtes fiancés.

24

Mombasa, située sur une île du même nom, est une ville d'un million d'habitants, qui jouit depuis plusieurs siècles d'une grande popularité. Pas tant pour sa grande beauté que pour les richesses qu'elle pouvait offrir à quiconque se montrait suffisamment entreprenant. Comme les Portugais, au XVIe siècle. Après leur conquête sanglante de la région, ils firent commerce de l'ivoire et de l'or, jusqu'au jour où les Arabes vinrent leur gâcher la fête. Ils se disputèrent la zone pendant plusieurs siècles, jusqu'à ce que les Britanniques arrivent pour remettre de l'ordre là-dedans. Les buveurs de thé reconnurent en Mombasa l'endroit parfait pour cultiver le café. Ils s'emparèrent de l'île en un après-midi et débarquèrent des agriculteurs anglais, pas tant pour travailler la terre que pour dispenser des ordres à des Indiens et des Africains. Force est d'admettre que le café poussa bien.

Pour des raisons logistiques et politiques, Mombasa fut intégrée à l'Afrique orientale britannique, le tout devenant la colonie et le protectorat du Kenya. Sans consulter la population locale, qui n'était de toute façon qu'un ramassis d'ingrats. Au lieu de voir le potentiel de l'agriculture, les locaux organisèrent des protestations contre la mainmise britannique sur Mombasa et les hauts plateaux kényans. Les propriétaires originels des terres s'étaient vus installer dans des huttes toutes neuves en pleine brousse et offrir du travail dans les plantations des colons blancs, pourtant ils n'étaient toujours pas satisfaits. Certes, ils percevaient un salaire dérisoire. Mais quels frais avait-on quand on vivait dans une hutte ?

Les points de vue divergents conduisirent à des querelles qui, gonflées en rébellion, menèrent à une guerre sanglante. Deux cents soldats et colons britanniques perdirent la vie. Vingt mille membres de la population autochtone périrent aussi, dans l'indifférence la plus totale.

Ce fut à la fois une victoire et une défaite pour les Britanniques. À Londres, certains commençaient à dire tout haut qu'ils ne trouvaient pas normal que l'empire s'empare de territoires à l'autre bout du monde et réduise quasiment en esclavage leurs occupants. Selon d'autres, cet engouement pour les nègres n'était qu'une forme de communisme primaire, mais le débat s'enracina dans l'opinion populaire. Un jour, les Britanniques furent contraints de laisser les Kényans se débrouiller tout seuls. Le 12 décembre 1963, le pays – Mombasa incluse – retrouva son indépendance.

La deuxième ville du Kenya avait une histoire et une culture très riches, différentes langues, des goûts et des senteurs du monde entier. Et des habitants uniques. Comme un certain marchand d'art officiant non loin du vaste port de Kilindini, né d'une mère somalienne et d'un père soldat britannique doublé d'un violeur. Pour des raisons compréhensibles, le galeriste avait des difficultés avec les Blancs mais, au nom des affaires, il le cachait bien.

Il sourit donc aimablement quand le premier client de la journée, un blanc-bec, un *mzungu*, poussa la porte. Hugo salua de la tête et aperçut immédiatement, au mur, ce qu'il était venu chercher.

Pour autant qu'il pouvait en juger, *Garçon près d'un ruisseau* égalait *Femme à l'ombrelle*. Ole Mbatian avait décidément des talents extraordinaires.

— Combien demandez-vous pour celui-là ? s'enquit Hugo, d'un ton peut-être un peu trop empressé.

De manière générale, il n'est pas judicieux de montrer de l'empressement au moment de conclure une affaire. À Mombasa, c'est carrément stupide.

Un mzungu *qui a de l'argent et sait ce qu'il veut*, songea le marchand d'art. L'après-midi promettait d'être radieux.

— Excellent choix, monsieur. Seulement, j'apprécie tant cette peinture que j'hésite à m'en séparer.

C'était faux, bien sûr. Quelques semaines plus tôt, un jeune homme était entré dans la boutique avec une huile sur toile roulée, non signée. En temps normal, le marchand d'art n'offrait jamais plus de 50 dollars pour une peinture de ce genre, et seulement si les circonstances étaient favorables. Dans le cas contraire, c'était plutôt 5 dollars.

Toutefois, le visiteur lui avait paru plutôt sympathique et avait parlé de la peinture de son père en termes convaincants. En plus, *Garçon près d'un ruisseau* ressemblait furieusement à un Irma Stern ! S'il y griffonnait une signature et le vendait ouvertement comme « une copie fantastique d'une des plus célèbres filles du continent », le marchand d'art pourrait en tirer 2 000, 3 000, voire 4 000 dollars. Naturellement, il n'en avait rien dit. En revanche, il s'était étonné lui-même en tendant au jeune homme le billet de 1 000 dollars qu'il demandait. Le marchand d'art devenait-il sentimental ?

Il avait l'intention de s'occuper de la signature à l'occasion. En attendant, il avait accroché la peinture dans la boutique. Après tout, elle était belle.

Et voilà que le *mzungu* voulait cette toile et aucune autre.

— Pourquoi l'avez-vous exposée dans la boutique si vous ne voulez pas la vendre ?

Au lieu de lui répondre, le marchand d'art parla de façon colorée (ce qui était plutôt approprié) de son enfance, de sa mère qui souffrait d'arthrite et du prix exorbitant des médicaments à Mombasa. C'était différent au Mozambique, mais voilà, c'était trop loin.

— Cette peinture n'est pas à vendre, comme je vous le disais. Cependant, 5 000 dollars couvriraient une grande partie du coût des médicaments.

Hugo soupira, croyant entendre l'inspecteur du travail Broman, mais il songea que discuter était aussi inutile aujourd'hui qu'autrefois. Mieux valait payer avant que le prix augmente.

Cette affaire conclue, le marchand d'art se montra de bonne humeur, une fois son inquiétude pour sa mère envolée. Tandis qu'il roulait la toile, il fredonnait une mélodie qu'elle lui chantait, enfant. Il s'excusa auprès de son client de ne pas bien se souvenir des paroles. Il se trouvait que la principale langue somalienne ne connaissait ni alphabet ni dictionnaire, ne reposant que sur la mémoire de ses locuteurs, mémoire qui, comme chacun savait, commençait à décliner passé le cap des 35 ans.

Le client qui venait de débourser 5 000 dollars pour un tableau acquis à 1 000 dollars, et qui n'en valait pas plus de 100, n'était pas d'humeur à discuter linguistique.

— Faites vite, s'il vous plaît.

Tiens donc, le *mzungu* était mauvais perdant. Bah, les mauvais gagnants étaient pires. Le marchand d'art voulut donc se montrer beau joueur. Il sortit un bocal en verre.

— Puis-je vous offrir une praline au chocolat pour célébrer votre acquisition ?

Hugo était contrarié de s'être montré si malhabile, mais refusait de se l'avouer.

— Cher monsieur, vous pouvez garder vos chocolats. Ou plutôt, donnez-les à votre mère, cela soulagera peut-être son arthrite. Dépêchez-vous, s'il vous plaît. Et appelez-moi un taxi. Je dois me rendre à l'aéroport.

Cette fois, le marchand d'art perdit patience.

— Appelez-le vous-même, dit-il en rangeant le bocal.

— Très bien. Vous connaissez le numéro ?

— Non. Je crois que ça commence par 4.

25

Garçon près d'un ruisseau combla les espoirs de Jenny. Il dégageait une profondeur unique, un éclat à couper le souffle. Le garçon noir tenait une branche sèche, qu'il s'apprêtait à plonger dans l'eau. La solitude du sujet, couplée à la joie procurée par une si petite chose. L'humeur songeuse dans le regard du garçon, le feu de son front tel un miroir de l'Afrique dans toute sa splendeur...

— Mon futur beau-père est un génie.

— Merci, dit Kevin.

Le moment était venu pour le directeur de révéler son plan. Le chef de projet semblait aussi impatient de l'entendre que la directrice financière.

Hugo, qui s'était remis de sa piètre performance à Mombasa, voyait à nouveau le champ des possibles s'ouvrir devant lui. Mais il pouvait se permettre de laisser les jeunes dans le flou encore un moment.

— Tout d'abord, allons avaler un morceau, décida-t-il, satisfait.

De retour au bureau, Hugo demanda à Jenny et Kevin de s'asseoir à la table de conférence, puis il se racla la gorge.

Il ne connaissait certes pas grand-chose à l'art, mais il était passé expert dans la compréhension de l'âme humaine. Il n'était pas né, le marchand d'art qui ne paierait pas immédiatement 500 000 dollars pour un tableau en valant le double. Maintenant qu'ils en avaient deux, il suffisait de multiplier la somme d'autant.

— Nous ferions pourtant mieux de passer par un intermédiaire pour approcher Alderheim. Il reste à régler la question de la signature. Ça, c'est ton domaine, Jenny.

La directrice financière regarda fixement Hugo et demanda si son plan se résumait à ça.

Hugo aurait aimé clore cette affaire une fois l'argent empoché, mais il comprit à la légère froideur de Jenny que Kevin et elle souhaitaient voir le marchand d'art souffrir davantage. Les êtres humains étaient ainsi faits.

— Non. Quand nous aurons l'argent, nous attendrons qu'il revende les faux, puis nous révélerons la vérité. Nous serons riches comme Crésus – surtout moi – et la réputation de Victor sera compromise. Tout le monde sera content. Sauf Victor. Et le futur acheteur des faux, mais on ne fait pas d'omelette sans casser des œufs.

Jenny n'était pas aussi enthousiaste qu'Hugo l'aurait cru. Toutes ces missions de douce vengeance l'avaient-elles rendu trop sûr de lui, ou le problème était-il ailleurs ? Kevin feuilletait son fichu rapport.

Il était déjà arrivé au génie de se laisser emporter par son élan. Pendant ses premières années dans la pub, quand tout ce qu'il touchait se changeait systématiquement en or, il avait perdu toute humilité. Il s'était senti invincible. Aujourd'hui encore, il frissonnait en se rappelant l'ardeur avec laquelle il avait imposé une campagne à plusieurs millions de couronnes à un fabricant de téléphones portables qui, à l'arrivée du Smartphone, avait lancé son téléphone ultraléger et ultra fin, avec le slogan sans équivoque « Pas vraiment smart ». L'industriel avait fait faillite.

Pourquoi Hugo y pensait-il en cet instant ? Aurait-il dû impliquer plus en amont dans le projet le membre du trio qui s'y connaissait vraiment en art ?

— Avez-vous déjà entendu le mot « authentification » ? demanda Jenny.

— C'est dans le rapport, ajouta Kevin.

Qu'est-ce qui leur prenait ?

— J'aurais peut-être eu la force de le lire s'il ne faisait pas la longueur de l'Ancien Testament, mais soit. Éclairez-moi !

En bref, différentes sommités à travers le monde se spécialisaient dans l'œuvre de certains artistes et étaient considérées comme aptes à délivrer des certificats d'authenticité.

— Pour simplifier, hein, insista Jenny.

— Tenons-nous-en à la simplicité. Continue.

Faire reconnaître un Ole Mbatian comme un Irma Stern ne serait pas aisé. Ni ardu. C'était tout bonnement impossible.

— Le plan tombe à l'eau dès la chaîne de provenance.

— En suédois, s'il te plaît.

— Page 24, l'informa Kevin.

Une toile authentique doit avoir un suivi clair et sans ombre au tableau, de l'atelier de l'artiste jusqu'au mur du propriétaire actuel, tous les changements de main devant être attestés par récépissé.

Les explications de Jenny firent à Hugo l'effet d'une douche froide. *Pas vraiment smart.*

— Es tu en train de dire qu'un million de dollars vient de me filer entre les doigts ? De nous filer entre les doigts ?

— On peut dire ça comme ça. Plus l'aller-retour à Mombasa, la nuit d'hôtel et l'achat de *Garçon près d'un ruisseau.*

Hugo refusait d'en entendre davantage.

— Vous avez certainement pris l'avion en classe affaires, ajouta Jenny. Soit un total de 82 000 couronnes. Il est de mon pénible devoir de vous annoncer que les comptes sont dans le rouge pour le mois en cours.

Hugo, conscient qu'il venait de se ridiculiser, ne baissa pas les bras. Pas encore.

— S'il est possible de falsifier des œuvres, on doit pouvoir aussi falsifier leur provenance, non ?

Jenny en doutait. Quand bien même ils y parviendraient, ils ne passeraient pas l'analyse des coups de pinceau. Cette dernière désignerait à coup sûr Ole Mbatian, dans la mesure où il ne devait pas seulement avoir peint comme Irma Stern du point de vue du style, mais aussi avoir manié le pinceau exactement comme elle. L'inventeur de cette méthode avait fait le malheur de nombreux faussaires au fil du temps.

— Le diable l'emporte, pesta Hugo.

— C'est déjà fait, l'informa Jenny. Depuis 1890 et quelques.

Hugo lança qu'il avait lu quelque chose sur le carbone 14. À présent, il était désespéré.

Kevin demanda comment une datation chimique de leur Ole Mbatian pourrait établir que c'était un Irma Stern. Hugo l'ignorait.

Jenny lui dit de laisser tomber. Le carbone 14 pouvait situer l'âge d'une peinture à un demi-siècle près, rien de plus. Dans leur cas, cela prouverait que leur œuvre d'Irma Stern avait été peinte par n'importe qui, n'importe quand, au cours du XXᵉ siècle ou plus tard. Soit pendant la période d'activité du trio.

— Ole Mbatian n'est pas n'importe qui, protesta son fils adoptif.

Hugo était si furieux contre lui-même que son énervement rejaillit sur Kevin.

— Est-ce que nous pouvons convenir une fois pour toutes qu'Ole Mbatian, aussi grand soit-il, n'est tout de même pas Irma Stern ? Et réciproquement ?

Se ressaisissant, Hugo se plongea dans ses pensées. Bien noires au demeurant.

Jenny sentit l'espoir renaître. Elle avait appris que cet air abattu indiquait une intense réflexion.

En effet. Hugo songeait que le projet Victor Alderheim avait jusqu'ici deux buts : soutirer de l'argent au marchand d'art et détruire sa vie. Alors, les employés de sa société pourraient dormir tranquilles. Si c'était ce qu'ils faisaient de leurs nuits, on ne savait jamais avec de jeunes fiancés !

Malheureusement, il fallait tirer un trait sur le but numéro 1. Hugo devait en revenir à la condition initiale : travailler gratuitement. Le fiasco à Mombasa était entièrement de son fait, ce qui ne lui apportait aucun réconfort.

— Soit, déclara-t-il. Si nous ne pouvons pas rendre les toiles le plus authentiques possible, faisons l'inverse.

— Vous voulez qu'elles aient l'air fausses ? demanda Jenny, déroutée.

— Oui. Aussi fausses qu'on pourra.

Il n'y avait plus d'argent à se faire avec ce projet. Seulement des frais. Ce porc, ce rat, ce serpent d'Alderheim paierait pour ça.

La Vengeance est foutrement douce SA.

Un juron de temps en temps, ça faisait du bien. Bordel !

26

Le trio affina les détails. Hugo avait appris à ses dépens qu'il valait mieux ne pas exclure ses assistants.

La cible, Victor, se rendait rarement, voire jamais, aux archives du sous-sol. Jenny aurait mis sa main à couper que l'endroit n'avait pas bougé depuis sa dernière visite, avant Noël. Outre les dossiers sur les œuvres achetées et vendues, il y avait un chevalet et du matériel pour pratiquer la peinture à l'huile. Adolescente, elle avait pris son courage à deux mains et tenté de donner forme et couleurs à son désarroi. Le résultat n'avait pas été franchement satisfaisant, comme sa vie entière, du reste. Jusqu'à récemment.

La première étape du plan d'Hugo consistait à s'introduire dans le sous-sol de la galerie pendant la nuit afin de fixer les toiles d'Ole Mbatian sur le chevalet, pour donner l'impression qu'elles étaient en cours de réalisation. À côté, sur du papier et au pinceau, des essais d'imitation de la signature d'Irma Stern. Un observateur extérieur ne manquerait pas de conclure que le sous-sol servait d'atelier à un faussaire.

Kevin n'était pas enchanté de se séparer ainsi des belles peintures de papa Ole, surtout pour les abandonner aux mains de l'homme qui les méritait le moins au monde. Il ne s'accommodait de la manœuvre qu'en raison de son objectif suprême.

Jenny formula quelques objections concrètes. Peindre aussi bien qu'un artiste connu n'était pas un crime. Pas plus que reproduire la signature dudit artiste sur un bout de papier. Ce n'était que quand une signature falsifiée se retrouvait sur une peinture également falsifiée que cela commençait à se gâter.

Hugo y avait également pensé. Or, l'ère des réseaux sociaux avait vu naître un phénomène qu'on qualifiait de tribunal populaire. Si la fière équipe de La Vengeance est douce SA faisait correctement son travail, Victor Alderheim n'échapperait pas à la vindicte populaire et à celle du milieu du commerce de l'art. Cela serait encore mieux que quelques années sous les verrous pour tentative d'escroquerie.

— Pourquoi pas les deux ? suggéra Kevin. Si la combine des tableaux n'est qu'à demi illégale, pourquoi ne pas en rajouter une louche ?

— De la drogue ! lança Jenny.

C'était ce qu'elle connaissait de plus illicite.

— Du porno, proposa Kevin.

Hugo se sentit fier de ses employés. Naturellement, ils déposeraient quelques sachets d'héroïne à côté du chevalet. Le porno n'était pas nécessairement illégal, mais quelques accessoires un peu spéciaux feraient leur affaire.

Ni Jenny ni Kevin n'étaient familiers de leur usage. Leur seule audace jusqu'ici avait été de laisser le plafonnier allumé pendant leurs ébats. Durant son adolescence à Bollmora, Kevin avait surfé sur des sites de jeux vidéo. De là, il n'y avait qu'un pas vers tout et n'importe quoi, aussi avait-il des connaissances théoriques sur des gadgets tels que l'œuf vibrant télécommandé, le gode anal pour débutant et la classique pompe à pénis. Et d'autres encore qu'il comprenait mal, tels que les chaînes, cravaches, masques occultants et presque tous les accessoires en cuir imaginables.

— Je peux trouver des sex-toys, proposa-t-il.

— Ah oui ? fit Jenny.

— Bravo, Kevin, le complimenta Hugo. Tu as un budget de 7 000 couronnes pour les jouets, poupée gonflable incluse.

Restait la came. La tendance actuelle était aux opiacés. Hugo avait lu qu'ils faisaient des ravages aux États-Unis. Le corps médical prescrivait des antidouleurs à base d'opioïdes à un rythme jamais vu, encouragé par les laboratoires. L'espérance de vie masculine avait chuté à une vitesse telle que, selon des estimations, si rien n'était fait, il n'y aurait plus d'hommes d'ici trois cent quatre-vingts ans.

— C'est triste pour les hommes, dit Kevin.

— Presque autant pour les femmes, je trouve, ajouta Jenny.

Hugo leur demanda de ne pas s'égarer. Ou plutôt, de garder le silence un instant. Il devait téléphoner à son frère.

Malte, médecin reconnu, avait toujours fait ce que son petit frère lui demandait. Il laissait tout tomber quand Hugo l'appelait.

— Bonjour, mon cher frère, dit Hugo.

— Bonjour. Comment ça va ? J'ai une opération de la cataracte dans quelques minutes, mais dis-moi en quoi je peux t'être utile.

Hugo aurait voulu amener le sujet avec délicatesse, mais il devait aller droit au but.

— Peux-tu me prescrire un kilo d'oxycodone ? Et un de fentanyl ?

L'ophtalmo n'en croyait pas ses oreilles.

— T'es devenu dingue ? Je veux dire, *vraiment* dingue ? Pas simplement dingue comme le Hugo Hamlin normal ?

— Mais ce n'est pas pour moi !

— Et donc, ça change tout ?

— Cinq cents grammes, alors ? Quatre cents, c'est ma dernière offre... Trois cents ?

Malte n'avait pas le temps de bavarder. Il rétorqua que le diplôme auquel il avait consacré tant d'années passerait par une déchiqueteuse du Conseil national de santé publique s'il accédait à la demande de son frère.

Par chance, il raccrocha avant qu'Hugo puisse s'empêtrer dans l'argument qu'un diplôme, ça se falsifiait.

Hugo n'ayant jamais traîné dans le centre de Stockholm en soirée, il n'avait pas la moindre idée de la façon de se procurer de la drogue. Il était temps de consulter de nouveau ses assistants.

— L'un de vous sait-il où on peut acheter de la came ?

— Pas moi, répondit Jenny, dont le passif en matière de stupéfiants se résumait à une cigarette refusée à l'âge de 16 ans.

— Il y a, dans la savane, une feuille très intéressante, qu'on peut mâcher quand on a besoin de courir un peu plus longtemps que le permettent ses forces, dit Kevin.

Mais Hugo ne prévoyait pas de second voyage en Afrique. Il leur demanda si leur quincaillier à Bollmora pourrait les aider. S'il vendait de tout, des matelas d'occasion jusqu'à des alliances en or plaqué, peut-être avait-il un peu d'héroïne au fond d'un tiroir ?

En prononçant ces mots, il comprit que son idée était stupide.

— Laissez tomber, dit-il.

Puisqu'ils n'avaient pas le choix, ils se rabattraient sur de petits sachets de farine abandonnés à côté de gants en caoutchouc qui trahiraient... on ne sait quoi. Un trafiquant de sex-toys, ou quelque chose comme ça.

Le trio sentait qu'avec ça la réputation de Victor Alderheim ne résisterait pas. Il ne restait qu'un point d'interrogation : comment le long bras de la justice atteindrait-il le sous-sol d'Alderheim ? Aucun d'eux ne pouvait téléphoner à la police pour les tuyauter, tous les appels étaient enregistrés. Confier la tâche à un intermédiaire recruté sur un banc public ne leur disait rien qui vaille. L'indicateur devait être influent et crédible.

Influence et crédibilité : telle était la clé. La maison d'enchères Bukowski, à Stockholm, avait un département appelé Private Sales. C'est vers lui que se tournait, par exemple, une personne ruinée qui ne voulait pas l'avouer à son entourage, ni à elle-même. Pour échapper à la honte suprême de devoir emménager dans un camping-car, il était monnaie courante de décrocher un tableau de la collection familiale du mur – une œuvre d'une grande valeur artistique et financière – et de s'adresser à Bukowski. L'œuvre et l'argent changeaient de main, la provenance de l'œuvre étant tenue secrète à l'acquéreur. Le tableau laissait un vide sur le mur du vendeur, mais rien qui ne puisse être réglé par une ou deux demi-vérités. « Mon Renoir ? Oh, je m'en suis lassé, je l'ai remisé à la cave. La place des fleurs est dans un vase, pas au mur. »

Pour que l'illusion opère, il était bien sûr essentiel que l'intermédiaire observe la plus grande discrétion. Ce qu'il faisait. L'affaire de Bukowski reposait sur la confiance et la crédibilité. Hugo le savait pertinemment. Une dizaine d'années auparavant, Great & Even Greater Communications avait tenté d'accueillir la maison de vente aux enchères parmi ses clients. Ce n'était pas Hugo qui avait dirigé l'équipe, et une autre agence avait remporté le contrat. Cependant, ses collègues avaient suffisamment discuté de leur échec pour qu'il soit renseigné.

Hugo pariait sur le fait que Bukowski alerterait la police pour eux. Ils ne trouveraient pas meilleur indicateur.

Jenny jugea l'idée bonne, mais compliquée.

— S'ils sont aussi discrets que vous le dites, n'auront-ils pas peur de ternir leur réputation ?

Elle avait raison, mais l'expérience d'Hugo à la tête de La Vengeance est douce SA lui avait apporté une nouvelle expertise de l'âme humaine.

— Je crois que je sais comment faire. Mais, une chose à la fois.

Tout d'abord, il fallait remplir le sous-sol de la galerie d'éléments compromettants. Quand la police interviendrait, Victor devrait s'expliquer sur le soupçon de falsification d'œuvres d'art et de consommation de stupéfiants. Ses mœurs sexuelles inhabituelles ne constituaient pas un délit en soi, mais le trio ambitionnait que tout Stockholm en serait informé. Pourquoi pas tout le pays, tant qu'à faire ? Ou l'Europe, pendant qu'ils y étaient. Soyons fous, le monde entier.

Le projet ne rapporterait rien, mais le plus grand publicitaire de Suède aurait sa fierté.

— Victor ne se relèvera pas si nous nous y prenons bien.

— Vous êtes le meilleur ! dit Jenny.

— Nous n'avons pas encore marqué, dit Hugo.

Il avait parfaitement raison.

Kevin emprunta la voiture de la société pour sa sortie shopping. En plus des sex-toys, il avait reçu la mission de rapporter un kilo de farine et un paquet de petits sachets en plastique. Soucieux de se rendre utile, il ne révéla pas qu'il n'avait pas le permis. En revanche, il savait conduire. Du moins, les Range

Rover du WWF. Et du moins dans la savane, où on se fichait du sens de circulation, maintenant qu'il y pensait. À droite au Kenya et à gauche en Suède. Ou était-ce l'inverse ?

À peine quatre pâtés de maisons et un rond-point pris à contresens plus tard, tout allait comme sur des roulettes. En plus, la voiture passait les vitesses toute seule.

Ses emplettes achevées, Kevin eut une idée.

Elle était excellente, se convainquit-il. L'occasion parfaite de briller aux yeux des deux autres.

Ou d'encourir leur mépris éternel.

Kevin se décida. Garant la voiture devant un arrêt de bus, il sortit son téléphone flambant neuf pour effectuer une recherche sur Internet. Seulement 2 000 couronnes ? Il pouvait retirer cette somme à un distributeur.

Cela impliquerait un détour de quelques heures, mais Hugo et Jenny seraient fiers de lui. Pas vrai ?

— Tu es un génie, espèce d'idiot, déclara le publicitaire.

Kevin avait rarement entendu plus beau compliment.

Il s'était rendu près de Sigtuna pour acheter une chèvre auprès d'un éleveur.

— Chèvre ou bouc ? avait demandé le paysan, pour éviter tout malentendu.

— Quelle est la différence ?

— Mâle ou femelle ?

— Plutôt femelle, avait répondu Kevin.

Il y avait des limites.

27

La Vengeance est douce SA procéda à l'effraction la nuit même. Si tant est que l'on puisse parler d'effraction, vu qu'ils possédaient la clé.

Le lendemain matin, Hugo attendit l'arrivée de ses deux assistants avant de passer le coup de téléphone décisif.

— Vous êtes prêts ?

Ils l'étaient. Une sonnerie retentit, une seconde, puis on décrocha.

— Private Sales, Gustav Jansson à l'appareil.

— Bonjour. Je m'appelle Victor Alderheim. De la galerie d'art Alderheim.

— Une maison respectable. Que puis-je pour vous ?

— Eh bien, j'ai deux Irma Stern en stock. Enfin, façon de parler, hé ! hé ! Je me disais que vous pourriez m'aider à les refourguer contre un joli paquet d'argent. Si vous faites du bon boulot, vous aurez une part du gâteau.

En vingt ans de carrière, dont quatre à son poste actuel, Gustav Jansson n'avait jamais entendu ça.

— Excusez-moi, mais j'ai dû mal comprendre. Sont-ils d'Irma Stern, ou non ?

— Irma Stern, pour sûr. Il ne manque que la signature, mais je m'en occupe. Ils sont vraiment beaux, vous pouvez me croire, mon cher Jansson. Que diriez-vous de venir les voir dans mon sous-sol ce soir ? Vers 23 heures, par mesure de précaution ? Je compte sur votre discrétion.

Gustav Jansson, qui espérait avoir mal compris la première fois, dut se rendre à l'évidence.

— Vous avez contacté le mauvais établissement, monsieur Alderheim. Notre maison défend manifestement une autre éthique que la vôtre. Je suis profondément choqué et je vous serais reconnaissant de ne plus nous importuner.

Gustav Jansson avait reçu une ou deux offres douteuses au fil des ans. Elles étaient peu fréquentes, mais c'était tout de même deux de trop. Chaque fois, il avait réussi à raccrocher avant que Bukowski soit associé à une histoire compromettante, même en tant que témoin.

Hugo sentit que le chef des Private Sales tentait de couper court, mais il s'y était préparé. Il devait provoquer Jansson avant qu'il soit trop tard.

Il se dépêcha d'expliquer – en prétendant toujours être Alderheim – que l'argent n'avait pas d'odeur, comme Jansson aurait dû le savoir. Il émit ensuite des hypothèses sur les choses peu avouables que le chef des Private Sales faisait à sa mère, et la profession tout aussi peu avouable de cette dernière. Puis Hugo lui ordonna de bouger son cul jusqu'à la galerie le soir même. Les Irma Stern seraient alors achevés, avec la signature. Une avance de 50 000 couronnes en liquide l'attendrait, contre la promesse de ne pas aller le crier sur tous les toits.

— Vous avez intérêt à venir, foutue couille molle, conclut Hugo.

À présent, Gustav Jansson avait connaissance de la préméditation d'un crime. Une partie de son esprit recherchait furieusement une issue. L'autre souhaitait à Victor Aderheim la damnation éternelle.

— Vous préférez peut-être que je transfère directement le fric sur votre compte ?

C'en était trop. Et si jamais ils étaient sur écoute ? Jansson *devait* appeler la police.

— Qu'est-ce que vous préférez, espèce de con ? insista Hugo.

En l'espace de dix secondes, Jansson s'était vu traiter de sexe masculin, puis de sexe féminin. Il n'était plus question de faire son devoir. Mais de se faire plaisir.

Au vu de la crédibilité de l'indicateur, la police effectua une descente à la galerie Alderheim l'après-midi même. La police saisit deux contrefaçons présumées, huit sachets de stupéfiants présumés, un certain nombre de sex-toys pour connaisseurs qui faisaient de la lumière et du bruit, une femme nue en plastique gonflable... et une chèvre

Partie V

28

Une fois par an, les deux épouses d'Ole Mbatian réunissaient le clan. Six des huit filles, qui avaient quitté la maison, faisaient l'effort de revenir pour honorer leurs parents, entendre les dernières nouvelles, et danser, festoyer et danser encore jusqu'à tard dans la nuit.

Kevin était présent lors des derniers rassemblements familiaux, mais pas cette fois-ci, aussi Ole avait-il du mal à se réjouir.

Au milieu des premières danses, le facteur arriva au village sur son vélo. Il alla saluer courtoisement le chef et requit la permission de passer la nuit sur place, car le crépuscule approchait. Traverser la savane à vélo dans le noir était suicidaire. Les villageois pouvaient-ils lui offrir l'hospitalité, une couverture et un repas ?

Le chef Olemeeli ne renvoyait jamais un hôte. En général, il n'osait pas. Cette fois, en plus, le visiteur était arrivé à bicyclette, comble du luxe.

— Ça, oui, dit le facteur.

Il apportait une enveloppe, adressée à l'homme-médecine, qui arborait un timbre fascinant. Le courrier semblait venir de loin.

Ole Mbatian fut profondément ému. Il lut la lettre deux fois avant d'interrompre la danse pour annoncer à ses deux femmes et ses huit filles qu'il avait reçu un message du garçon qui lui était plus cher que tout.

À ces mots, deux des filles fondirent en larmes, trois autres les imitèrent, une des épouses quitta la fête tandis que l'autre se mettait à crier.

— Regarde ce que tu as fait, espèce d'âne bâté !

Ole ne comprendrait jamais les femmes. Kevin était un don du ciel, le fils déposé à ses pieds qui ne savait rien des Massaï et était devenu le meilleur d'entre eux.

Trois ans après sa seconde naissance dans la savane, il maîtrisait l'art de vaincre un lion du regard, en progressant à pas lents, droit vers la bête, les yeux rivés aux siens. Sans montrer la moindre hésitation. À cette vue, l'incertitude naissait chez le lion, qui portait inscrite dans ses gènes l'équation « tissu à carreaux = ennuis ». Comme si le *shúkà* criait : « Je suis un Massaï… Attrape-moi si tu l'oses. »

Le mâle de 200 kilos n'avait pas osé.

Au bout de deux ans, Kevin savait déjà se servir du casse-tête, en tenant compte de la force du vent. L'épreuve pour cette arme exigeait de trouver un buffle, l'animal le plus susceptible de toute la savane, et de lui faire revoir sa décision d'encorner le bipède devant lui. Seuls les gnous pensent moins que les buffles. Pour arriver à faire penser des animaux qui ne pensent presque pas, il fallait figurer parmi les meilleurs.

Kevin était de ceux-là.

La dernière année de sa formation n'avait été que pure formalité et consistait à survivre dans la savane de migration en migration, à la période où les zèbres et les gnous remontaient par centaines vers le nord du Serengeti. Kevin avait traversé la rivière Mara comme les gnous, en échappant aux crocodiles. Les gnous se fiaient à la chance. Quatre-vingt-dix-huit pour cent d'entre eux atteignaient la rive opposée. Kevin, lui, avait analysé son environnement, étudié chaque reptile. Il semblait savoir lequel était de quelle humeur. Il nageait avec son arc et ses flèches sur le dos, au cas où il aurait fait un mauvais calcul. Ole aurait presque souhaité que cela arrive, juste pour voir comment le garçon comptait tirer sur le crocodile en nageant. Tout ce que savait Ole, c'était que Kevin savait.

Son cher Kevin.

Après l'année passée dans la savane, les jeunes devaient se soumettre à leur dernier examen, la circoncision rituelle. Ole savait que Kevin réussirait cela, comme tout le reste. C'était lui-même, en sa qualité d'homme-médecine, qui y procéderait. La lame n'était pas vraiment émoussée, mais pas trop affûtée non plus. C'était censé être lent et douloureux. Quiconque émettait un seul son pendant l'opération serait condamné à un avenir de ferrailleur à Nairobi. Dans le meilleur des cas. Quoi qu'il en soit, il serait banni du village. Ceux qui parvenaient à garder les dents serrées devenaient d'authentiques guerriers massaï, ils basculaient dans le monde adulte, ils étaient libres de se marier et d'engendrer une descendance. De préférence des fils. Ou plutôt un peu des deux, tout bien réfléchi.

Si Kevin avait parlé à son père, ils auraient pu trouver une autre option. Le forgeron était tout à fait disposé à imprimer au fer rouge une pleine lune sur la nuque des amateurs. Le principal était d'avoir mal et de ne pas le montrer.

Si seulement il avait parlé à son père.

Le village entier l'avait cherché pendant des heures. La seule chose qu'on avait trouvée était le vide laissé par le sac à dos de Kevin et les peintures de l'homme-médecine. Le garçon avait dû filer.

Ole avait eu le cœur brisé. La lettre lui apporta une guérison instantanée. Son fils était à un endroit qui s'appelait…

Une de ses épouses continuait à l'enguirlander, ses filles pleuraient. Ole alla voir le chef pour avoir la paix.

— C'est où, la Suède ? demanda-t-il à Olemeeli le Voyageur.

— Je suis allé partout, dit le chef.

— N'importe quoi. Et donc c'est où, la Suède ?

— Aucune idée.

29

Jusqu'à cette lettre, Ole s'était senti trop vieux ou trop bien chez lui pour voyager plus loin que Tabaka. Éventuellement Ndonyo, mais seulement pendant la saison des petites pluies. À présent, il devait aller au-delà, le pas plein d'entrain.

Il le savait, l'obstination d'Olemeeli maintenait les villageois dans une ignorance inutile. Seule la sœur du forgeron, qui avait vu du pays, aurait pu lui en dire plus sur ce qu'il allait trouver, mais Ole Mbatian préférait l'ignorance à ses bavardages.

Il choisit quatre vaches, qu'il poussa jusqu'à Narok. Il n'y avait rien de tel que le bétail comme moyen de paiement.

À la station-service travaillait un des aspirants massaï qui avaient failli et avaient été bannis. Il avait vu passer des voitures pendant des années et était connu pour demander aux gens d'où ils venaient et où ils allaient. Il roulait lui-même dans une vieille Toyota. Pour une, ou maximum deux vaches, il serait sûrement disposé à emmener Ole là où il voulait.

— Bonjour, Hector.

— Ah, le grand homme-médecine au couteau émoussé. Tu es venu couper ce qui tient encore ?

Vingt ans après, il boudait toujours.

— Non, pour te demander d'être mon chauffeur en échange d'une vache.

Pareil paiement en nature ne se refusait pas quand on travaillait dans une station-service.

— Où veux-tu aller ?

— En Suède.

Hector vit la vache s'envoler.

— Connais pas. Ça risque d'être de l'autre côté du lac, encore plus loin que le Kilimandjaro. Dans ce cas, tu auras besoin d'un passeport.

— Un passeport ?

— Va voir Wilson, à la mairie. C'est un pro des papiers, tampons officiels et compagnie.

Wilson ? Un des autres Massaï ratés. Voilà qui augurait mal de la suite du voyage.

Le secrétaire de mairie s'était dégonflé avant l'année dans la savane, mais s'était tout de même soumis à la circoncision, car il avait entendu dire que cela plaisait à Dieu. Seulement, pour filer la trouille aux autres candidats, il avait poussé cris, plaintes et jurons pendant qu'Ole officiait. Après tout, il n'avait rien à perdre. Ensuite, il avait pansé son bas-ventre sanguinolent, fait ses bagages et annoncé qu'il allait découvrir le monde plutôt que de rester coincé au village.

Il n'était pas allé plus loin que Narok. Mais Wilson savait mieux qu'Hector ce qu'il y avait au-delà de la montagne.

— Tu veux aller à l'étranger, déclara-t-il. Pour ça, tu as besoin d'un passeport.

— Encore cette histoire de fichu passeport.

Wilson expliqua à Ole Mbatian qu'il pouvait en obtenir un à Nairobi, à condition de prouver qu'il était kényan.

— Je suis un Massaï, dit Ole Mbatian le Jeune.

— Tu es aussi kényan, et mes documents et tampons officiels servent à prouver que tu existes.

— Mais je me tiens devant toi !

Pendant des siècles, les Massaï avaient circulé entre le Kenya et la Tanzanie sans se poser de questions sur les actes de naissance et les frontières invisibles. Aucun policier, ni d'un côté ni de l'autre, n'avait jamais osé leur demander leurs papiers.

Ole n'avait pas le temps de discuter son existence avec Wilson. Si le passeport était tellement important, alors soit.

— Commence à tamponner, sinon nous y serons encore demain.

Ce n'était pas si simple. Les cachets de Wilson étaient très particuliers et ils exigeaient le respect. Que l'homme-médecine revienne dans une semaine avec ses quatre vaches.

Ole Mbatian s'emporta. Une semaine pour un coup de tampon ?

— *Deux* coups de tampon, si je peux me permettre.

Du reste, pour la gouverne de l'homme-médecine, il s'agissait de bien plus que cela en réalité. Cela s'appelait *l'administration* – un travail très important.

Ole ne voulut rien savoir.

— Tu auras une vache par tampon, une troisième si tu fermes ton accueil maintenant, que tu empruntes la Toyota d'Hector et que tu me conduis à Nairobi. Une quatrième en échange de papier-monnaie. Non que je trouve ce moyen fiable, mais c'est plus facile à ranger dans ses bagages.

S'opposer à un guerrier massaï doublé d'un homme-médecine en colère dépassait les responsabilités de Wilson. Après un coup d'œil au planning, il annonça pouvoir réduire légèrement les délais administratifs. D'une semaine à un quart d'heure. L'aller-retour à Nairobi restait problématique. Qui accomplirait le travail capital à la mairie pendant son absence ?

Ole, qui avait vu comment se maniait le tampon, jugea qu'Hector s'en sortirait.

Confier les tampons à Hector ? Jamais de la vie. Cela serait l'anarchie absolue.

Wilson les glissa dans sa mallette, le rouge et le bleu.

— Viens, on y va.

— Tu n'as pas dit qu'il te fallait un quart d'heure ?

— Je peux tamponner en conduisant.

Le lendemain, Ole Mbatian le Jeune tenait son passeport tout neuf, indiquant une date de naissance approximative.

— Avec une photo de moi et tout, dit Ole en le feuilletant. Né le 7 août. Je ne savais pas. C'est quoi, août ?

Wilson n'arrivait pas à savoir si l'homme-médecine plaisantait.

— Je dois rentrer à Narok, maintenant, dit-il. Bon vol, homme-médecine.

— Vol ?

Personne n'avait jamais traité Ole Mbatian de radin. Et ça n'allait pas commencer aujourd'hui. En plus des quatre vaches promises, l'homme-médecine dit à Wilson de se rendre au village et de choisir deux bêtes supplémentaires de son troupeau en remerciement pour son aide et sa dextérité avec les tampons. Pour faciliter l'opération, mieux valait s'adresser au chef, pas aux épouses d'Ole, surtout pas à la première. Ni à la deuxième, en fait.

Wilson déclara que l'homme-médecine était plus honorable qu'il croyait. Il le remercia pour le pourboire et lui souhaita bonne chance.

Une fois le préposé aux tampons parti, Ole se retrouva seul avec le fonctionnaire de la police kényane des frontières. L'homme-médecine demanda si l'officier pouvait l'escorter jusqu'à un avion qui se rendait en Suède. Non seulement il ne pouvait pas, mais Ole apprit qu'il avait besoin d'une chose appelée « visa » avant d'embarquer. Or, on ne les distribuait pas comme ça, pas pour la Suède.

C'est fou comme c'était compliqué. Ole contesta tout avec tant d'emphase que le fonctionnaire fut à court d'arguments. De toute façon, ce n'étaient pas ses arguments, mais ceux des représentants de la

Suède. Pour ne plus subir cette avalanche de jurons inédits, il décida de déposer le pénible Massaï à l'ambassade.

— Voilà un raisonnement objectif et sage, monsieur Mbatian, mentit le policier pour le faire taire. Veuillez me suivre, je sais à qui vous devriez parler.

Quinze minutes plus tard, il se débarrassait d'Ole devant le bâtiment officiel et retournait au cours normal de sa journée.

Après avoir franchi les imposantes portes de l'ambassade de Suède, l'homme-médecine découvrit une pièce où une vingtaine de personnes attendaient leur tour. Le Massaï, qui n'avait jamais entendu parler de ticket ni de file d'attente, dépassa les 20 personnes présentes et toqua à la vitre du guichet. La femme de l'autre côté semblait occupée à ne rien faire. Ole trouvait judicieux qu'elle passe à autre chose.

La femme leva la tête, irritée : ce n'était pas la première fois qu'un provincial essayait de resquiller. Cependant, son expression changea aussitôt, et elle fit coulisser la petite fenêtre.

— Monsieur Mbatian ! Quel honneur. Que puis-je faire pour vous ?

Elle éprouvait une reconnaissance éternelle envers l'homme-médecine qu'elle avait consulté sept ans plus tôt. Grâce à lui, ses enfants, au nombre de cinq, n'étaient pas devenus six, ni sept, ni même plus.

Ole Mbatian ayant traité des centaines de patientes, on ne pouvait attendre de lui qu'il se rappelle chacune d'entre elles.

— Ravi de vous revoir, la salua-t-il. Je me souviens très bien de vous.

Ensuite, il présenta sa requête : il voulait découvrir la Suède et il avait compris que, pour cela, il avait besoin de tout un tas de choses. À l'exception de nouveaux coups de tampon dans son passeport : il en avait déjà deux.

L'employée lui demanda à qui il allait rendre visite et où il avait l'intention de séjourner. Elle voulait aussi consulter les billets d'avion de M. Mbatian, en particulier son billet de retour.

Ole secoua la tête. Il était homme-médecine, pas devin. Par quel miracle pourrait-il dire quelles personnes il croiserait, et sous quel ciel il dormirait ? Il ignorait qu'il fallait un billet pour prendre l'avion, mais il n'était pas surpris. Toute cette histoire était compliquée depuis le début, alors pourquoi pas ça ?

Ce n'était pas vraiment le genre de réponse qu'espérait l'employée. À vrai dire, c'était même la pire. Mais elle avait une longue expérience et savait comment ces affaires fonctionnaient en coulisses.

— Un instant, monsieur Mbatian. Je vais voir ce que je peux faire.

Elle disparut dans une pièce adjacente avec le passeport de l'homme-médecine. Quatre minutes plus tard, et après avoir enfreint au moins autant de règles de délivrance des visas, elle revint avec le document tamponné et validé.

— Puis-je faire autre chose pour vous ? demanda-t-elle, s'attendant à ce qu'il décline sa proposition.

— Puisque vous le proposez si gentiment, accepta Ole, j'ai du papier-monnaie sur moi. Mon chef préfère les paiements en vaches, mais cela n'aurait pas été pratique dans l'avion ni après. Pouvez-vous me dire combien d'argent j'ai là et si cela suffira pour tout le trajet ? Sinon, je devrais faire la dernière partie à pied.

L'employée devint soucieuse. Dans quel pétrin s'était-elle fourrée ?

C'est alors que la file d'attente derrière l'homme-médecine lui vint en aide. La grogne commençait à monter. Pourquoi ce Massaï obtenait-il ce qu'il voulait à l'instant où il arrivait, quand les autres devaient attendre leur tour ?

Elle aimait son travail d'accueil des clients à l'ambassade. Le seul problème, c'étaient les clients. Comme il serait agréable de leur échapper un moment !

Elle accrocha son panneau « De retour dans cinq minutes » à la vitre de son guichet, enfila sa veste et sortit à la rencontre du Massaï.

— Où est-ce que vous allez ? demanda l'homme le plus énervé de la file.

— Mêlez-vous de vos oignons, répliqua-t-elle.

L'ancienne patiente éternellement reconnaissante guida Ole d'un pas vif vers l'agence de voyages au coin de la rue.

L'employé trouva un billet d'avion abordable pour Stockholm, via Addis-Abeba et Istanbul. Une fois le vol payé, il restait à Ole Mbatian 2 000 shillings kényans, soit 20 dollars ou encore 1/25 de vache. En conséquence, la réceptionniste laissa le panneau « De retour dans cinq minutes » la remplacer un peu plus longtemps. Elle rendit à Ole Mbatian un dernier service en le déposant en scooter à l'aéroport Jomo Kenyatta.

Ole la remercia, l'embrassa sur les joues et le front, et se dirigea vers le poste de contrôle.

Il fut immédiatement délesté de la lance sur son dos et du couteau à sa hanche.

— Pourquoi ? protesta le Massaï.

— Ils représentent un danger, répondit l'agent de sûreté.

— Bien sûr, sinon à quoi me serviraient-ils ?

Plus il s'éloignait de chez lui, plus les gens étaient bizarres. Ole Mbatian ne ferait pas un mètre sans ses armes ! Ce qu'il allait d'ailleurs annoncer à l'agent, quand son regard tomba sur quelque chose un peu plus loin. Qu'est-ce que c'était que ça ?

— Bon, d'accord, dit Ole. Gardez-les, puisque vous y tenez.

Puis il fila vers ce qu'il venait d'apercevoir.

30

Lorsqu'il emprunta pour la première fois un escalier roulant, à l'aéroport de Nairobi, Ole Mbatian jura de ne plus se plaindre de quoi que ce soit de nouveau ou d'inhabituel. Imaginez donc, un escalier qui, dans une direction, avançait pour vous et qui, dans l'autre, vous laissait sur place, peu importe le nombre de pas que vous faisiez. Ole se représenta le dispositif devant sa propre hutte médicale, située depuis trois générations au sommet de la petite butte au fond du village. La sœur du forgeron n'arriverait jamais à l'utiliser.

Cependant, l'escalier fonctionnait à l'électricité. Quand il rentrerait au pays, Ole aurait une sérieuse discussion avec Olemeeli le pas si voyageur que ça.

Le périple se poursuivit. Ole effectua son changement à Addis-Abeba sans difficulté – il lui avait suffi de demander son chemin. Il fut mêlé à un incident à Istanbul, ignorant qu'il était d'usage dans les toilettes modernes de séparer les hommes et les femmes. Tout d'un coup, il s'était retrouvé encerclé par des dames courroucées tandis qu'il se lavait les pieds dans leur lavabo.

L'homme-médecine écopa pour sa méprise d'une escorte personnelle jusqu'à la porte d'embarquement pour Stockholm. Avant de le quitter, l'agent de sûreté aéroportuaire turc félicita le voyageur africain d'attacher tant d'importance à la propreté de ses pieds.

L'homme-médecine atterrit à l'aéroport de Stockholm-Arlanda, où il constata que les visas apposés dans son passeport par la réceptionniste de l'ambassade à Nairobi remplissaient leur fonction. Ole remercia chaleureusement la policière des frontières d'avoir choisi un tampon noir pour son entrée sur le territoire suédois. Il en avait déjà un rouge et un bleu quelque part. Il ne savait pas vraiment où, mais tout de même.

La policière accepta ce compliment, souhaita à Ole Mbatian le Jeune la bienvenue au royaume de Suède et le mit en garde contre la température. Loin d'elle l'idée d'émettre un quelconque jugement sur les vêtements des voyageurs, mais dans le cas présent... La tenue composée en tout et pour tout d'une étoffe à carreaux rouges et noirs et de sandales ne lui semblait pas optimale pour les – 15 °C au-dehors.

Ole, qui ignorait qu'on pouvait répartir les degrés en positif et négatif, haussa les épaules.

Lorsqu'il franchit les portes de l'aéroport, son *shúkà* se raidit immédiatement sous le froid, et ses sandales dérapèrent sur la neige et la glace. Quinze degrés ? La policière racontait n'importe quoi.

Ole n'avait ressenti cela qu'une seule fois auparavant. Un des ingrédients de son armoire à pharmacie les plus difficiles à se procurer avait le mauvais goût de ne pousser qu'à la limite du glacier du Kilimandjaro, à une altitude si élevée qu'on y haletait comme un poisson hors de l'eau. Cependant, l'homme-médecine était un homme de vocation. Si le lichen antiseptique ne venait pas à lui, il irait au lichen. En cet instant, il éprouvait la même sensation de froid, sans montagne ni remède.

Un passant charitable dissuada immédiatement Ole de parcourir à pied le chemin qui le séparait du centre-ville.

En revanche, il y avait le train rapide. Pour lequel il fallait évidemment un ticket. Ole omit cette étape et se retrouva vite en discussion avec un homme en uniforme. Le contrôleur lui expliqua que, sans titre de transport à la montée, il fallait payer à bord du train, amende comprise. Par carte ou en fournissant la somme exacte en liquide.

Ole ne comprit pas un traître mot de ce que lui disait le contrôleur suédois, mais ce n'était sans doute pas plus mal : il avait une petite idée de ce que l'homme lui voulait.

Au manque de réaction du passager clandestin, et au vu de ses vêtements fort peu traditionnels, le contrôleur changea de langue.

— *Do you speak English ?*

L'homme-médecine parlait cette langue parfaitement, mais il jugea qu'une discussion plus approfondie avec quelqu'un qui lui réclamait de l'argent qu'il n'avait pas n'était pas dans son intérêt. Une repartie en swahili, n'importe quoi, s'avérerait plus utile.

— *Mke mmoja hatoshi, ila ukiongeza mke wa pili hilo nalo ni tatizo la kukupasua kichwa.*

(« Une épouse ne suffit pas, deux épouses sont un casse-tête. »)

Après quelques secondes de réflexion, le contrôleur décida que son salaire ne justifiait pas de s'obstiner dans ce dialogue de sourds. Il salua, la main à la visière, et dit en suédois que monsieur pouvait garder son argent, ou plutôt l'utiliser pour s'acheter un manteau.

Une fois arrivé dans la capitale suédoise, l'homme-médecine se mit en quête d'un endroit où se reposer. Hors de question de dormir à la belle étoile, la météo suédoise était trop étrange pour cela.

Aucune hutte en vue où demander l'hospitalité. La ville était plus grande qu'il ne l'avait imaginé. Comment retrouverait-il son cher garçon dans ce labyrinthe ? Bon, chaque chose en son temps.

En sortant de la gare centrale, il découvrit une enseigne avec le mot « hôtel » de l'autre côté de la rue. À Narok, il y avait un établissement de ce genre à côté de la mairie. Avec deux chambres. Ouvert de temps en temps. L'hôtel, c'était l'endroit où on séjournait quand on ne voulait pas passer la nuit dehors et qu'on avait les moyens de payer.

Ce dernier point était justement le problème. Ole Mbatian le Jeune était en réalité un homme aisé, comme il l'expliqua à la femme responsable de la location des chambres. Il possédait 8 000 vaches et plus de 200 chèvres, qu'il n'avait pas pu emporter jusqu'ici. À l'aéroport de Nairobi, ils avaient déjà protesté contre sa lance et son couteau, qu'auraient-ils dit à propos du bétail ?

La jeune réceptionniste n'avait jamais eu l'occasion d'enregistrer des guerriers massaï. Pas étonnant qu'elle se soit méprise sur un ou deux détails. Elle croyait avoir entendu qu'il avait une lance et un couteau sur lui et voulait payer en vaches. Ou avec 200 chèvres. Elle n'était cependant pas certaine d'avoir été menacée.

— Notre hôtel n'accepte pas les paiements en espèces, répondit-elle.

Cela tombait bien, se réjouit l'homme-médecine, car il n'avait presque plus de liquide. Ce qu'il voulait, c'était dormir d'abord et payer ensuite. Que mademoiselle ne s'inquiète pas. Ole Mbatian le Jeune, homme-médecine de profession, n'avait qu'une parole. Là d'où il venait, soit vous vous comportiez honorablement, soit vous n'étiez plus en mesure de faire grand-chose après ça.

Afin de donner plus de poids à ces derniers mots, Ole leva son casse-tête et lui adressa un sourire. Qui se voulait chaleureux.

À présent, la réceptionniste n'avait plus aucun doute. L'homme qui se tenait en face d'elle menaçait bien sa vie. Il dissimulait une lance et un couteau, et affichait son intention de la tuer au moyen du casse-tête qu'il avait en main, s'il ne se voyait pas attribuer une chambre gratuitement.

Au vu des garanties qu'il lui offrait sur son honnêteté, jamais Ole Mbatian n'aurait pu anticiper la réaction de la jeune femme. Au lieu de lui indiquer la direction de sa chambre, elle se mit à hurler. Impossible de déterminer la raison de ses cris, mais il distingua les mots « police » et « au secours ».

Partie VI

31

Christian Carlander suivait des cours d'espagnol le mardi de 18 à 20 heures. Malheureusement, étant incapable d'assimiler quoi que ce soit, il se réinscrivait chaque automne au niveau débutant. « *El perro está bajo la mesa.* » (Le chien est sous la table.) Depuis que Carlander avait réussi à retenir cette phrase, il se demandait à quoi elle rimait.

Le samedi, il allait parfois voir les matchs de la ligue 1 avec des copains chez O'Learys. Une tradition qui commençait à se perdre. La dernière fois, seul le chef du bureau des objets trouvés s'était déplacé. La conversation avait été aussi morne que le match, qui s'était conclu sur un zéro à zéro.

Le dimanche, il regardait les chaînes sportives : ski alpin, ski de fond ou biathlon, si la saison le permettait. En bon Suédois qui se respecte.

Exception faite des skieuses suédoises, c'était mieux avant, trouvait Carlander. Avant que les enfants quittent le nid. Et que sa femme le quitte, lui, parce qu'il passait trop de temps au travail. Avant qu'il se lasse de son métier et commence à virer tire-au-flanc.

Inspecteur de police, cela sonnait bien. Autrefois, il était l'un des meilleurs. Mais voilà bien longtemps que plus aucun défi ne s'était présenté. Plus personne ne braquait de banques. Il n'y avait plus que des meurtres et, dans neuf cas sur dix, la victime avait simplement été moins rapide que l'assassin. Ou de la cybercriminalité, ce qui dépassait les compétences de Carlander. Qui laissait des empreintes digitales ou des traces de pas sur le Web ?

Lors d'une pause-café au commissariat, il avait d'ailleurs soulevé cette question. Ses jeunes collègues avaient protesté, les criminels de l'ère numérique laissaient simplement d'autres sortes d'empreintes. Avant même la fin de la pause, ils avaient conclu qu'il était dépassé. Ils avaient parfaitement raison. Carlander s'en était accommodé.

À présent, il comptait les jours qui le séparaient de la retraite. Du lundi au vendredi, il arrivait au travail peu après 9 heures. Entre 10 et 11 heures, il faisait une petite coupure. Il allait déjeuner tôt, sans se presser, et veillait à être de retour pour la pause de l'après-midi. Vers 15 heures, il quittait le commissariat. Il marchait jusqu'à la station de métro quelques centaines de mètres plus loin – une station, changement, trois stations – puis remontait dans son deux-pièces de Södermalm, où personne ne l'attendait.

De temps en temps, il faisait une halte dans un pub. Une bière, deux au maximum, quelques quotidiens du soir et le livre qu'il avait sur lui. En ce moment : *Cent ans de solitude*. Carlander l'avait choisi à cause de son titre.

En ce jour fatidique, l'inspecteur se sentait particulièrement désœuvré. Il délaissa son bureau immaculé encore plus tôt que d'habitude, avançant l'heure de sa bière et de son livre. Il choisit le bar du Nordic Light Hotel, à un jet de pierre de la gare centrale, à trois stations de la sienne (place Mariatorget) et de la solitude séculaire de son appartement.

Soudain, sa lecture fut interrompue par des éclats de voix à la réception de l'hôtel. Une femme criait, elle prononça le mot « police ».

Quatorze jours avant la retraite. Carlander songea à la quantité de paperasse et autres tracasseries qui l'attendaient s'il s'en mêlait, et préféra rester avec sa bière et son bouquin.

Mais, à présent, la femme criait « au secours » et « à l'aide ». L'inspecteur soupira. Sans doute un directeur d'entreprise bourré qui exigeait une chambre plus grande. Carlander arriverait sûrement à calmer le jeu avant que des collègues doivent intervenir. Il était policier pour quelques jours encore. Et, pour être franc, il était encore en service.

Mais une tout autre scène se jouait. Le trublion ne portait ni costume ni cravate. Il était drapé d'un tissu à carreaux rouges et noirs, pieds nus dans ses sandales, ct tenait une masse en bois à la main. Autant de signes lui indiquant qu'il n'avait pas affaire à un chef d'entreprise.

L'inspecteur Carlander montra sa carte de police en se présentant et demanda des explications. Sans trop savoir pourquoi, il parla en anglais. Cet étrange client lui semblait cosmopolite.

Ole Mbatian fut enchanté. Enfin, on allait l'aider à parlementer avec cette impossible femme. Inutile d'arrêter la réceptionniste, une bonne réprimande devrait suffire.

— Merci, monsieur le policier, d'être venu si vite, dit-il en essayant – comme l'exigeait la tradition – de l'embrasser sur les joues et le front.

Cependant, le nouvel arrivant, qui ne souhaitait visiblement pas de baisers, le repoussa et adopta une attitude agressive. Arrêter Ole Mbatian quand l'employée de l'hôtel causait des difficultés ? L'homme-médecine n'avait pas le choix. Il asséna un coup de casse-tête au policier.

— Aïe, merde, pesta l'inspecteur Carlander en atterrissant sur les fesses.

Il se releva maladroitement, mais était si étourdi qu'il dut s'asseoir sur une chaise.

C'est le moment que choisirent deux de ses collègues, un homme et une femme, pour faire leur entrée.

— Qu'est-ce qui se passe ? demanda la femme.

— Violence sur représentant de l'autorité publique ? proposa l'inspecteur Carlander, les mains plaquées sur le front.

Avant qu'Ole ait eu le temps de décider s'il serait convenable d'utiliser son arme contre la femme en uniforme, elle l'avait projeté par terre.

Le code pénal suédois, chapitre VII, paragraphe 1, prévoit noir sur blanc que quiconque exerce ou menace d'exercer une violence contre un représentant de la loi encourt jusqu'à quatre ans de prison ou, pour des faits mineurs, une amende ou une peine d'emprisonnement de six mois.

Les deux agents en uniforme, reconnaissant l'ancien inspecteur émérite, lui demandèrent s'il souhaitait porter plainte. Carlander, qui ne s'était pas encore remis de ce coup sur la tête, répondit qu'il réfléchirait en finissant son livre et sa bière. Pourraient-ils passer le chercher plus tard ?

Ole Mbatian pouvait se montrer charmant quand il le voulait. En outre, son casse-tête avait été confisqué. Il expliqua à la jeune policière que tout ceci n'était qu'un malentendu. Son arme avait malencontreusement heurté le front du premier policier quand Ole avait tenté de le serrer dans ses bras en signe de gratitude. La femme à l'accueil avait perdu les pédales quand Ole avait voulu discuter le paiement de la chambre.

Le brigadier Appelgren était jeune, mais assez talentueuse pour comprendre quand les faits exigeaient d'assouplir les règles. Elle flairait un malentendu culturel derrière l'incident. Pour autant, elle ne pouvait fermer les yeux sur le fait qu'un éminent collègue avait été jeté à terre.

Elle déclara au Massaï qu'elle lui retirerait les menottes s'il promettait de ne pas lui faire de câlin, d'être sage pendant le trajet vers la maison d'arrêt et de ne plus l'appeler « mademoiselle la jeune policière ». Elle était brigadier et se prénommait Sofia.

Ole ignorait ce qu'était une maison d'arrêt, mais il accepta l'explication selon laquelle, si on se querellait avec un policier, on pouvait y être conduit, logé et nourri en guise de punition. L'homme-médecine hocha la tête en signe d'approbation. Ce n'était pas vraiment comme ça qu'on châtiait les criminels dans la savane.

— Mon nom est Ole Mbatian le Jeune. Mais, au vu de la convivialité qui est en train de s'instaurer entre nous, Ole Mbatian suffira.

En route, Sofia l'interrogea sur le but de sa visite en Suède et apprit qu'Ole Mbatian cherchait son fils, Kevin, le plus grand des guerriers massaï. Du moins le plus grand de ceux qui n'avaient jamais passé l'examen.

Ils n'eurent pas le temps de pousser plus loin la conversation à l'arrière de la voiture de police. Ils étaient déjà arrivés.

La maison d'arrêt de Kronoberg se situe depuis plus de cent ans à Kungsholmen, à Stockholm. Elle enregistre en moyenne 25 nouveaux trublions par jour, toute l'année, un peu plus la veille de Noël, un peu moins un mardi de novembre, et entre les deux un jour comme celui-ci, en milieu de semaine en février. Un surveillant de prison officiant suffisamment longtemps à la maison d'arrêt avait rapidement tout vu. Vraiment tout.

Sauf un guerrier massaï doublé d'un homme-médecine.

— Une chambre individuelle, constata Ole Mbatian. Quel honneur !

Le gardien était là pour faire appliquer certaines règles, comme le port par chaque détenu de la tenue carcérale : pantalon et maillot verts. Cependant, le nouveau venu s'y opposa avec une telle conviction que le brigadier Sofia l'entendit de l'autre bout du couloir et vint parlementer avec le gardien : le Massaï lui semblait paisible et – surtout – son *shúkà* était si fin, presque transparent, qu'il serait impossible d'y cacher quoi que ce soit. Avec un profond soupir, le gardien céda. Il s'était querellé avec sa femme le jour même et n'avait pas la force d'entamer une nouvelle dispute.

Le dîner fut servi dans la chambre : pâtes aux Knacki et jus de fruits. Son repas avalé, Ole appela le gardien pour l'informer qu'il ne voulait pas être dérangé, sauf urgence. Fatigué par ce long voyage, il pensait dormir jusqu'au lendemain.

— Je comprends, dit le garde sans vraiment comprendre.

32

Ole Mbatian passa une excellente nuit dans sa cellule. À son réveil, il était affamé. Il demanda au gardien si une collation serait envisageable avant son départ.

Le petit déjeuner étant déjà servi dans le réfectoire, tout le monde gagnerait du temps si l'homme-médecine était autorisé à s'y rendre. Le gardien alla vérifier les éventuelles restrictions le concernant. En chemin, il croisa l'inspecteur Carlander, qui venait de s'entretenir avec son avocat. Le Massaï pouvait manger où il voulait.

La nourriture ne ressemblait pas à celle du village, mais Ole Mbatian était satisfait. Il reconnut du pain, un pichet de lait de vache, quoique le liquide fût légèrement translucide. À côté, il remarqua une jatte contenant d'étranges petites feuilles brun clair et flétries rappelant celles du baobab. De quoi pouvait-il bien s'agir ? Il y avait aussi de la confiture. Et des œufs durs, rien que ça.

Ole observa les gestes d'un autre client de l'établissement. L'homme remplit une assiette de feuilles brun clair, versa du lait dessus et ajouta une cuillère de confiture sur le tout. C'était plutôt rigolo : certaines des feuilles flottaient, les autres coulaient.

— Dites, l'ami, ces petites feuilles brunes sur lesquelles vous venez de verser du lait, ça se mange ?

L'intéressé l'ignora. D'une part, il était encore fou de rage d'avoir été arrêté la veille dans sa galerie d'art et accusé de crimes qu'il n'avait pas commis ; d'autre part, l'homme qui l'interpellait en anglais était noir. De l'avis de Victor Alderheim, les étrangers en général – et les Noirs en particulier –, les féministes, les libéraux, les militants écolos, les sociaux-démocrates et les homosexuels constituaient une menace terrible envers sa nation bien-aimée.

— Commence par apprendre le suédois.

Rabrouer n'était pas bavarder.

Ole Mbatian ne se laissa pas démonter. Il avait enfin une personne à qui parler, autre que la sœur du forgeron et des gens qui n'avaient rien à lui apprendre.

— Excusez-moi, mais vous me rappelez une de mes femmes quand elle vient de se lever.

— *Une* de vos femmes ? Vous en avez deux ?

Victor regretta immédiatement d'avoir mordu à l'hameçon, mais comment ne pas se montrer curieux ?

— J'avais envisagé d'en épouser une troisième, parce que les premières ne m'ont donné que des filles. Mais elles m'ont dissuadé de le faire. Heureusement, le problème s'est arrangé quand même, car Dieu m'a envoyé un fils. Il est venu directement du ciel. Vous mangez les drôles de petites feuilles, maintenant ? C'est bien ce que je pensais. Je peux goûter ?

Ole s'assit en face de Victor Alderheim qui, pendant une seconde, resta muet d'étonnement.

— Pourquoi, au nom du ciel, est-ce que je vous laisserais goûter mes corn flakes ?

— Ah, c'est ça, leur nom ? Eh bien, c'est comme ça que ça fonctionne chez moi. On partage tout.

C'en était trop. Victor Alderheim déclara qu'il ne parlait pas aux Noirs, sauf urgence absolue, ce qui, en l'occurrence, n'était pas le cas.

— Alors bouclez-la, s'il vous plaît.

Ole Mbatian se mit à rire.

— Là d'où je viens, une personne qui ne parle pas aux Noirs n'aura pas beaucoup d'occasions de parler.

Mais soit, si le colérique y tenait. Ole Mbatian connaissait peu de personnes capables de garder le silence comme lui. Une fois, il n'avait pas prononcé un mot pendant quatre mois d'affilée. Certes, il effectuait un voyage solitaire horriblement long à la recherche d'un remède pour le cœur censé pousser près du grand lac Nyanza, que les ignares appelaient Victoria. Le lac, pas la plante. Cette dernière portait un autre nom, avait des fleurs roses et arrivait à peu près à la taille. Il ne l'avait jamais trouvée.

Pendant qu'Ole Mbatian s'employait à démontrer combien il excellait à rester muet, le marchand d'art observa les vêtements de cet énergumène. Il était enveloppé d'une étoffe à carreaux rouges et noirs comme les indigènes que Victor avait croisés sur sa route, une heure avant de larguer Kevin. Est-ce qu'ils s'habillaient tous pareils, là-bas ?

— Pouvez-vous me passer la confiture ? demanda Ole Mbatian. Pardon, voilà que j'ai parlé.

Tout en discourant sur sa capacité à se taire, il s'était préparé sa propre assiette de ces fameux corn flakes. Il ne lui manquait plus que les baies rouges confites.

— Vous venez d'Afrique ? demanda Victor Alderheim en lui tendant la confiture d'airelles.

— Non, du Masai Mara. Et puisqu'on parle alors qu'on ne devait pas parler, puis-je vous demander ce qui vous amène ici ? En ce qui me concerne, je voulais me reposer et me réchauffer avant de partir à la recherche de mon fils, Kevin. Celui qui est tombé du ciel. Ce serait trop beau, mais sauriez-vous par hasard où il se trouve ?

La ville était bien trop grande pour un pareil hasard. Mais Ole Mbatian n'avait pas de meilleure idée que de poser des questions. Et puis, cela entretenait la conversation.

Victor tressaillit. Kevin. Simple coïncidence. Son Kevin était mort et digéré depuis longtemps.

Question ridicule, de toute façon.

Il répliqua qu'il ne connaissait pas de Kevin.

— Et je suis ici parce que quelqu'un essaie de m'emmerder ! Comme si j'étais du genre à contrefaire des œuvres d'art et à baiser des chèvres.

Ole Mbatian exprima sa compassion pour l'homme accusé à tort. Voilà qui expliquait sa colère. L'histoire des chèvres était très contrariante. La sœur du forgeron, au village, avait des traits caprins, mais ce n'était pas la même chose.

L'homme-médecine se resservit une assiette de ce délicieux mélange de feuilles, lait et confiture. Il avait toujours mangé avec bon appétit.

— Au fait, comment sont ces toiles que vous n'avez pas falsifiées ? J'en possède moi-même deux, très belles, depuis de nombreuses années. Ou plutôt, possédais. Ce gredin de Kevin les a emportées en s'enfuyant. Il ne voulait pas être circoncis. Ça peut se comprendre, après coup.

Victor Alderheim songea vaguement que les coïncidences devenaient trop nombreuses. L'homme venait de la région où il avait abandonné Kevin à son sort. Son dieu lui avait envoyé un fils du même nom, qui avait ensuite volé des peintures à son père adoptif. Parmi toutes les choses qu'on pouvait voler à ses parents – alcool, argent, montre en or du papa social-démocrate –, il avait dérobé des *peintures*.

— J'espère qu'il ne les a pas jetées à la poubelle, poursuivit Ole Mbatian, parce qu'elles sont belles, je l'ai déjà dit ? Pourtant, elles sont restées enroulées presque une vie entière. Au village, les tableaux et les murs ne font pas bon ménage. Ils sont en bouse de vache, et ça attaque presque tout ce que ça touche.

— Les tableaux sont en bouse de vache ?

222

Victor Alderheim avait du mal à suivre le verbiage de l'indigène, qui passait de la circoncision à la bouse de vache en quelques secondes.

— Non, les murs. Les peintures ont été réalisées par une femme qui a séjourné chez nous quand je n'étais qu'un môme.

L'homme-médecine rit à nouveau. Il avait complètement oublié de se présenter.

— Ole Mbatian le Jeune. Homme-médecine de profession. Meilleur lanceur de casse-tête du village. Deux épouses, huit filles et un fils, Kevin, mais vous savez déjà tout ça. Je suis ici pour le chercher. Cela aussi, vous le savez déjà. Pas ici, dans cette pièce, mais dans votre pays, la Suède.

Le marchand d'art, qui avait achevé ses corn flakes, se leva pour se préparer un toast garni de tranches d'œufs durs et décoré d'un trait d'une mystérieuse pâte rose.

C'est ainsi qu'Ole Mbatian découvrit le condiment national suédois en tube, Kalles kaviar. Aucun Iranien respectable n'aurait osé appeler ça du caviar, mais la tradition remontait à 1954. Cinquante pour cent d'œufs de cabillaud, 50 % de sucre, sel, concentré de tomates, flocons de pommes de terre et conservateurs. Un tube pour les toasts de dizaines de milliers de Suédois chaque matin. Délicieux avec des œufs durs, comme il venait d'en voir la démonstration.

— Si j'ai bien cerné votre caractère, inutile que je vous demande si je peux goûter de ce que vous tenez à la main ? lança Ole Mbatian.

La question ne coûtait rien.

Cette fois, Victor Alderheim avait trop à assimiler pour refuser. Ce qu'il venait d'apprendre était extraordinaire.

— Je vous en prie, dit-il en lui tendant son toast, qu'il n'avait pas entamé.

Aussi enchanté qu'étonné, le Massaï mordit dans le pain plat, garni d'œuf et de Kalles, tandis qu'Alderheim cogitait.

Lors de son entretien préliminaire, les enquêteurs lui avaient montré des photos des objets saisis à la cave. En plus de la chèvre, de la fausse came et des sex-toys, il y avait deux peintures représentant des sujets *africains*. Une femme sous une ombrelle et un garçon près d'un ruisseau. L'enfant ne portait-il d'ailleurs pas *une étoffe à carreaux rouges et noirs* ?

Alderheim décida de vérifier son hypothèse.

— Ils m'accusent d'avoir plagié Irma Stern. Est-ce que ce nom vous…

— Cette chère vieille Irma. Vous l'avez plagiée ? Non, c'est vrai, vous êtes innocent. Délicieux, ce toast !

Le cœur du marchand d'art manqua peut-être un battement.

— Vous l'avez rencontrée ?

Quelque chose de phénoménal était sur le point de se produire. Mais quoi ?

— C'était il y a des années. Elle est venue au village alors qu'elle était malade. Mon père l'a soignée, elle a peint des portraits de ma mère et moi en remerciement, et elle est repartie.

Il y a des années. Oui, le contraire ne tiendrait pas debout. Elle avait peint... ?

— Est-ce que vous étiez assis près d'un ruisseau quand elle a peint votre portrait ? Et votre mère tenait-elle une ombrelle ?

Ole rit une troisième fois. Il n'avait jamais entendu personne émettre une hypothèse si juste. Ni même deux.

Alderheim avait le tournis. Kevin et Kevin étaient le même garçon. Les faux Irma Stern étaient authentiques. La police croyait qu'ils appartenaient à Victor, qui était en train de nourrir leur véritable propriétaire.

Avec du Kalles kaviar.

— Et vous êtes venu récupérer vos peintures ?

— Pas du tout ! Je cherche mon fils.

— Alors... vous ne tenez pas à ces toiles ?

Ole réfléchit un instant. Tata Irma était gentille, il s'en souvenait. Elle lui caressait souvent la tête dans un geste maternel. Elle avait un beau sourire. Et elle peignait bien.

Ses œuvres avaient été rangées dans la troisième hutte d'Ole Mbatian l'Ancien, sur la colline, aussi longtemps qu'il avait vécu. Depuis qu'Ole junior avait repris le flambeau, il ressortait les toiles chaque année à la cérémonie du feu. Pour égayer la scène. C'était tout. Les villageois s'imaginaient qu'il était l'artiste, et il ne les détrompait pas. Un homme-médecine devait soigner sa réputation.

Pourquoi son fils avait-il emporté les toiles dans sa fuite, ce n'était pas très clair, mais seul Kevin comptait. Ole espérait simplement que ces peintures finiraient un jour sur un vrai mur, où elles apporteraient de la joie à plus de gens, et plus souvent.

— Non, je n'y tiens pas.

— Dans ce cas, pourrais-je vous les acheter ? Je suis marchand d'art, et j'aime les œuvres simples et peu ruineuses. Cent dollars pour les deux, qu'en dites-vous ?

Combien cela faisait-il en bétail, déjà ? Et combien de cartes ? Cette offre rappela à Ole Mbatian le refus obstiné du chef du village face à la moindre innovation. Parmi les nombreux dispositifs que l'homme-médecine avait observés pendant son voyage figuraient ces petites cartes en plastique. C'était comme un paiement, et pourtant pas : l'acheteur conservait la carte, sans que le vendeur proteste.

Il devait encore élucider leur fonctionnement exact. Cependant, la folle réceptionniste de l'hôtel avait refusé non seulement le bétail à crédit, mais aussi l'argent liquide, c'est-à-dire les dollars. Il serait peut-être plus sage de demander une carte contre les peintures. Ou plutôt deux.

Non. L'homme-médecine savait combien de poules il fallait pour une chèvre, et combien de chèvres pour une vache. Avec un petit effort, il pouvait convertir le tout en dollars pour faciliter les négociations, mais il n'irait pas plus loin.

De toute façon, ils avaient un problème plus immédiat. Kevin avait disparu avec les peintures.

L'homme-médecine eut une idée.

— Si vous m'aidez à trouver mon fils, je vous offre les peintures.

Cette réponse était aussi fantastique que problématique. Aucune chance que cela finisse bien si Victor et l'indigène cherchaient Kevin ensemble. C'était sûrement le garçon qui avait placé les toiles dans le sous-sol de la galerie pour lui causer des ennuis. Sale gosse. Qu'est-ce que Victor avait fait pour mériter ça ?

Cependant, Kevin n'avait sans doute pas imaginé les conséquences de son mauvais tour. Victor devait acquérir officiellement les peintures avant que le mioche et le sauvage se retrouvent.

Le marchand d'art tendit à nouveau son toast.

— Prenez-en encore un morceau, monsieur Mb… Mbth… monsieur l'Africain. Et parlez-moi d'Irma Stern.

La deuxième bouchée était presque meilleure que la première. Ole raconta les quelques mois que tata Irma, convalescente, avait passés au village, s'en remettant aux bons soins d'Ole Mbatian l'Ancien.

— Vous voulez voir les photos de moi avec Irma ? proposa-t-il.

— Hein ? lâcha Victor.

— Ah non, je suis bête. Les photos et les lettres sont restées dans ma hutte.

Victor Alderheim s'était déjà ressaisi. Il *devait* conclure l'affaire ici ct maintenant, c'était impératif.

— Vous êtes très généreux de vouloir offrir vos Irma Stern à un pauvre marchand d'art, mais je ne peux accepter. Je doute qu'on me laisse sortir d'ici avant longtemps, alors j'ignore comment je pourrais vous aider à chercher... Kevin, c'est bien cela ?

L'homme-médecine comprenait. Malheureusement, les dollars ne valaient plus rien, du moins dans les hôtels.

— Puis-je vous demander ce qu'est la pâte rose dans ce tube jaune et bleu ? Elle relève bien le goût des œufs et du pain.

— Vous savez quoi ? lança Victor. Vous pouvez avoir le reste de ma tartine au Kalles kaviar en échange des toiles !

De toute façon, le sauvage en avait déjà mangé un tiers. Deux toiles valant plusieurs millions contre le reste du toast, cela lui paraissait correct.

— Mais si je ne trouve pas Kevin et les peintures ? Vous aurez payé pour rien.

À la différence d'Ole, Victor savait que les œuvres se trouvaient au commissariat de police.

— Bah, ce sont des choses qui arrivent. La simple *pensée* de les posséder me remplit de joie.

Ce fut au tour d'Ole Mbatian de réfléchir. Offrir les peintures à une personne qui les aimait était une chose. Mais les *vendre* ? Cela devenait une transaction et, en affaires, on ne faisait pas de cadeaux. Une tartine ne suffirait pas.

— Il y avait *deux* peintures, commença Ole.

Victor Alderheim réagit vite.

— Vous avez parfaitement raison. Permettez-moi de vous offrir un toast de plus. Œufs et kaviar. Est-ce que cela vous convient ?

Une augmentation du simple au double en quelques secondes. Ole Mbatian était satisfait. Tandis qu'il mastiquait le restant de la première tartine, Victor préparait la seconde.

— Un peu moins de beurre, dit Ole, la bouche pleine. Et du kaviar jusqu'au bord, s'il vous plaît.

Quand le Massaï eut avalé le paiement de ses Irma Stern, Victor Alderheim voulut coucher l'accord sur papier. Tandis qu'il tentait de rédiger un acte de vente sur une serviette, l'homme-médecine parla encore de tata Irma qui, une fois guérie, était si reconnaissante qu'elle avait décidé de peindre la première épouse de son sauveur avec une ombrelle et son fils, le petit Ole, en train de jouer près d'un ruisseau. Enfin, jouer était un peu exagéré : assise face à son chevalet, elle lui avait demandé de se tenir immobile, son bout de bois à la main.

Alderheim avait besoin de confirmer le nom du sauvage.

— Comment écrit-on monsieur Mb... Mbth...

— Mbatian, répondit Ole le plus distinctement possible. M, B, et la fin comme ça se prononce. Et quel est votre nom ?

— Victor Alderheim.

Ole Mbatian retiendrait plus facilement *le colérique*. Quoiqu'il ne fût plus aussi en colère en cet instant. On pouvait arranger cela. Ole décida de l'interroger sur sa relation aux chèvres.

— Je change de sujet. Chez moi, les chèvres servent de moyen de paiement et de source de lait. Pour le sexe, nous préférons nos femmes. Et elles nous préfèrent. Nous sommes comme ça. Vous êtes d'un autre avis ? La chèvre était peut-être consentante ?

Victor Alderheim était trop focalisé sur sa tâche pour s'emporter. Il venait de mettre le point final à la serviette. Seule manquait la signature de l'indigène. En espérant qu'il sache écrire, ce qui n'était peut-être pas le cas de tout le monde en Afrique, songea Victor. Il devait y avoir quelques lettrés, bien sûr. Mais au fin fond de la jungle ?

— Voilà, monsieur Mbatian. La tradition suédoise exige qu'à présent nous apposions nos noms sur ce petit document, en souvenir de l'accord conclu aujourd'hui.

Ole l'informa que dans son Masai Mara natal, on n'avait qu'une parole. Les personnes qui se rétractaient ne faisaient pas de vieux os. Mais soit, l'homme-médecine signerait. Il s'y était d'ailleurs exercé quelques jours plus tôt, quand il avait reçu son passeport.

— C'est une chose dont on a besoin pour entreprendre un long voyage, expliqua-t-il au colérique.

33

L'homme-médecine et le marchand d'art furent interrompus par l'entrée d'une troisième personne dans le réfectoire de la maison d'arrêt. Voilà longtemps que l'inspecteur Carlander n'était pas venu travailler si tôt. Aujourd'hui, il espérait pouvoir classer sans suite une plainte pour violence sur personne dépositaire de l'autorité publique. Il redoutait le volume de paperasserie inhérente à la procédure et, surtout, les blagues de ses collègues pendant les pauses, l'imaginant vaincu par un homme-médecine africain plus vieux que lui.

Il s'agissait de maintenir le cap vers la retraite – plus que treize jours – en évitant les remous.

— Ça alors, monsieur le policier d'hier, le salua Ole Mbatian. Comment va votre tête ? Je vous aurais donné une bouchée de mon toast s'il m'en restait, comme baume au cœur en plus du pansement que je vois sur votre front. Œufs au kaviar en tube.

Avant que l'inspecteur ait pu dire un mot, Victor Alderheim s'était levé et avait contourné la table. Il avait le visage rouge. Carlander sentait qu'il avait interrompu quelque chose.

Victor ne laisserait personne lui barrer la route. Aucune des accusations contre lui ne comptait, s'il devenait officiellement propriétaire des peintures. Il attrapa le Massaï par le bras, lui plaça le crayon dans la main et indiqua la serviette.

— Signez !

Ole était dépassé. Le colérique semblait sur le point de redevenir lui-même. L'homme-médecine l'observa, crayon à la main.

Se tournant vers l'inspecteur, Alderheim clama qu'il avouait tout ce qu'on lui reprochait, sauf cet appel téléphonique par lequel il se serait trahi. La chèvre, la farine, les sex-toys étaient à lui... et surtout, les deux toiles !

— Je reconnais ce que vous voulez, mais, s'il vous plaît, rendez-les-moi. Elles sont authentiques ! Et elles m'appartiennent ! Demandez au sauvage ! Elles m'appartiennent !

Victor Alderheim exigea d'être relâché immédiatement. Garder d'authentiques œuvres dans son sous-sol n'avait rien d'illégal. Il était marchand d'art, bon sang ! Mais d'abord, le Noir devait ratifier la serviette en papier.

— Signez, bordel de merde !

Après le coup de casse-tête de la veille, l'inspecteur Carlander avait encore la migraine, et il la sentait s'intensifier au son de cette voix tonitruante qui donnait des ordres.

Il se plaça entre le Massaï et l'excité.

— Je me fiche de ce que vous faites de votre bite pendant votre temps libre. Mais dans cet établissement, vous la mettez en veilleuse, c'est clair ? Sinon, je vais chercher le taser.

Hors de question de se plier aux exigences de ce coureur de chèvres.

Ole Mbatian ignora la serviette en papier, sa parole d'honneur suffirait. À présent, il voulait partir.

— Si messieurs le colérique et le policier veulent bien m'excuser, je vais me mettre à la recherche de mon fils. Auriez-vous l'amabilité de me rendre mon casse-tête ? Je promets de ne taper personne, y compris le colérique, même si je sais que cela lui remettrait les idées en place.

L'inspecteur se demanda comment le Massaï pouvait savoir qu'il était libre. La décision avait été prise quelques minutes plus tôt, quand Carlander avait expliqué au procureur, une connaissance de plus de trente ans, qu'il ne souhaitait pas donner suite à sa plainte. Le procureur avait répondu qu'il comprenait.

— Suivez-moi, monsieur Mbatian. Votre dossier est clos. Malheureusement, je ne peux pas vous rendre votre massue, elle est, comme on dit ici, confisquée.

Ole Mbatian se retrouvait donc dépouillé de son couteau, de sa lance *et de* son casse-tête.

Lorsqu'il quitta la salle avec l'inspecteur Carlander, Alderheim fulminait. L'homme-médecine ne comprenait pas pourquoi. S'il n'avait rien fait à la chèvre, alors tout allait bien, et s'il lui avait fait quelque chose, c'était plutôt la chèvre qui avait des raisons de se plaindre.

Au fil des couloirs qui les ramenaient vers le commissariat, l'inspecteur Carlander réfléchissait à ce qui venait de se passer. Y avait-il un dénominateur commun entre le violeur de chèvres et l'homme-médecine ? Comme les peintures saisies en même temps que les sex-toys et l'animal ?

Autrefois, avant que l'inspecteur jette mentalement l'éponge, cette affaire de contrefaçons dans le sous-sol de la galerie d'art n'aurait pas manqué de l'intéresser. Son chef avait tâté le terrain le matin même, mais Carlander avait prétexté un rendez-vous chez le dentiste. Aucun policier avec deux sous de jugeote n'accepterait une enquête de cet acabit à deux semaines de la retraite.

Mais voilà que cette affaire piquait sa curiosité.

— Vous êtes libre, monsieur Mbatian, répéta Carlander. Néanmoins, j'aimerais m'entretenir brièvement avec vous, si vous n'y voyez pas d'inconvénient.

— Comment savoir à l'avance ? répondit Ole Mbatian.

Sur le chemin de son bureau, Christian Carlander passa la tête dans celui du commissaire :

— Dis, tu as réussi à refiler l'affaire du violeur de chèvres à quelqu'un ? Sinon, je la prends.

— Elle est à toi, Carlander, fit son supérieur, surpris.

Il avait confié le dossier à cet idiot de Gustavsson, qui avait immédiatement posé un congé maladie. Et voilà que Carlander venait à sa rescousse de lui-même. Décidément, la vie ne cessait de l'étonner.

34

L'inspecteur Carlander pria Ole Mbatian de prendre place d'un côté du bureau immaculé, avant de s'asseoir en face de lui.

Il expliqua sans détour qu'il enquêtait sur une affaire concernant un marchand d'art appréhendé deux jours plus tôt. Au départ, la liste des soupçons pesant sur le suspect était assez longue, mais la plupart avaient été écartés l'un après l'autre.

Le Massaï n'avait nul besoin d'être informé des détails, à savoir que la chèvre découverte au sous-sol, l'air étonné, n'avait subi aucun sévice sexuel. Ni aucune cruauté au sens large, elle avait de l'eau et des carottes à volonté. Aussi bizarre que ce soit, rien n'interdisait d'élever des chèvres dans sa cave. Quand l'héroïne saisie se révéla être de la farine de blé, et puisque – qu'on se le dise une bonne fois pour toutes – il n'était pas illégal de pimenter sa vie sexuelle, seule resta la présomption de contrefaçon d'œuvres d'art. Un crime plutôt sérieux. S'il était bien question de ça, ce dont l'inspecteur doutait soudain.

— Monsieur Mbatian, se lança Carlander. Si je vous montre ceci, qu'avez-vous à dire ?

Il posa sur le bureau deux photographies, l'une représentant *Femme à l'ombrelle*, l'autre *Garçon près d'un ruisseau*.

— Que voulez-vous que je dise ? demanda Ole Mbatian.

— Reconnaissez-vous ces toiles ?

— Bien sûr. Elles étaient à moi. Je viens de les vendre au type à la chèvre. J'ai sans doute fait une meilleure affaire que je ne croyais, parce qu'il doit encore être en train de brailler si personne ne l'a fait taire.

— Sont-elles à vous ?

C'est fou ce que cet inspecteur entendait mal.

— Non.

En réalité, Carlander voulait savoir si M. Mbatian pouvait prouver que ces peintures lui avaient appartenu jusqu'à récemment et quelle relation il entretenait avec Victor Alderheim.

Ole Mbatian répondit qu'il n'en avait aucune. C'était sans doute une bonne chose, vu les fréquentations que ce Alder… machin semblait choisir.

— Mais vous avez bavardé pendant le petit déjeuner.

— Oui, un peu. Au début, il voulait que je me taise, parce que je suis noir. Après, il était content, puis il s'est remis en colère. Une des personnes les plus pénibles que j'aie rencontrées. Que vouliez-vous savoir, déjà ?

L'inspecteur en avait presque oublié sa question.

— Comment vous connaissez-vous ?

— Mais on ne se connaît pas.

Carlander poursuivit :

— Il affirme n'avoir aucune idée de la façon dont ces peintures d'Irma Stern sont arrivées dans son sous-sol. Savez-vous quelque chose à ce sujet ?

— Pas du tout. Demandez à mon fils, si vous le trouvez. Je vais me mettre à sa recherche dès que vous m'aurez relâché.

— Votre fils ? Comment s'appelle-t-il ?

— Kevin.

— Kevin Mbatian ?

— Si vous voulez. Ou simplement Kevin. Il m'a été offert par le ciel.

L'inspecteur Carlander avait conduit de nombreux interrogatoires par le passé, mais chaque fois qu'ils atteignaient un tel niveau de délire, c'est que le suspect était défoncé. Dans quel micmac venait-il de se fourrer ?

— Où puis-je trouver Kevin ?

Ole Mbatian regarda fixement l'inspecteur Carlander.

— Ah, oui, c'est vrai, se rattrapa l'inspecteur. Vous êtes à sa recherche. Vous avez une adresse ?

— Si j'en avais une, je n'aurais pas besoin de chercher.

L'inspecteur reformula sa question.

— Connaissez-vous le numéro d'identité de Kevin ?

Le numéro d'identité ? s'étonna Ole Mbatian. Qu'est-ce que c'était que ça ?

— Neuf, répondit-il.

— Neuf ?

— J'ai d'abord eu huit filles.

— Le numéro d'identité suédois comporte 10 chiffres. Ou bien 12.

— Pour combien d'épouses ?

Carlander sentit qu'il ferait mieux de repartir de zéro.

— Ce qui m'intéresse, ce sont surtout les toiles. Je crois que vous avez dit que ces peintures ont été réalisées par Irma Stern. Comment le savez-vous ?

— J'étais là quand elle les a peintes.

— Pouvez-vous le prouver ?

— Pour quoi faire ?

L'inspecteur se le demandait aussi. Après tout, personne n'avait affirmé qu'il s'agissait d'authentiques Irma Stern, ni tenté de les vendre comme telles. Ni même simplement tenté de les vendre tout court. Alderheim avait d'abord réfuté chacun des chefs d'accusation, y compris celui concernant la chèvre. Il n'avait pas contacté Bukowski ni acheté de sex-toys, il n'avait pas rempli la dizaine de sachets de farine avec des gants en latex. Et voilà qu'un peu plus tard il avait tout reconnu, sauf l'appel téléphonique. On l'entendait brailler dans le réfectoire au bout du couloir, à travers les deux portes, exigeant de voir ses toiles d'abord et un avocat après.

Le Massaï confirmait être l'ancien propriétaire des peintures et les avoir cédées à Victor Alderheim, un homme qu'il n'avait jamais rencontré auparavant. La conversation avec Bukowski n'avait pas été enregistrée. Peut-être l'inspecteur Carlander pourrait-il déterminer la provenance de la chèvre, et certainement celle des sex-toys. Mais pourquoi explorer des pistes parfaitement légales ? Si seulement l'enfoiré ne s'était pas ravisé. À présent, la police n'avait même plus de soupçons à éclaircir. L'ordinateur n'avait donné aucun résultat pour le nom de Kevin Mbatian.

À cet instant, le brusque enthousiasme de Carlander retomba. Sans doute valait-il mieux pour tous clore cette affaire qui n'en avait peut-être jamais été une. Notamment pour lui-même.

— Je vous remercie de m'avoir accordé un peu de temps, monsieur Mbatian.

— Je vous en prie.

Plus que douze jours et demi. Après cette éreintante journée d'investigation, Christian Carlander décida de poser un congé le lendemain.

Partie VII

35

L'Afrique du Sud était devenue trop exiguë pour Irma. En particulier Le Cap. Dans une lettre furieuse à une amie, elle écrivait combien ce vase clos provincial, où tout le monde surveillait tout le monde, lui pesait, à elle qui était habituée à la vie dans une métropole comme Berlin.

En plus, le continent africain s'ouvrait devant elle, il lui suffisait de se tourner vers le nord. Ce qu'elle fit.

Au cours des années qui suivirent, son style évolua, alimenté par ses voyages incessants. Sa première escale fut un village côtier du KwaZulu-Natal. Irma nouait des liens d'amitié par-delà toutes les conventions de l'époque. Quand les autres clients de l'hôtel déposaient leur linge sale dans le panier, Irma s'asseyait à côté de la blanchisseuse. Elles devinrent amies et la jeune femme l'invita à son mariage.

Irma reprit son périple à travers l'Afrique. En long et en large. Zanzibar, Congo, Sénégal… L'artiste rencontra des gens de haute et de basse extraction. Après la blanchisseuse, ce fut la reine du Rwanda,

Rosalie Gicanda, qui posa pour elle. Puis un prêtre arabe. Deux hommes. Une jeune Bahora. Une jeune fille nue avec un panier d'oranges.

Les fleurs peuplaient aussi l'univers d'Irma. Glaïeuls, delphiniums, lys blancs... Elle peignait des couleurs, des formes et une beauté intérieure sur tout un continent. Madère la toucha profondément. « Soleil, couleurs vives et beaux enfants aux grands yeux noirs », écrivit-elle dans l'une de ses nombreuses lettres.

Sa contribution à l'expressionnisme ne fit que s'accentuer. Pendant ses premières années au Cap, un homme rempli de compassion pour la jeune peintre médiocre lui fit don de 30 livres et emporta un de ses tableaux.

Cent ans plus tard, la jeune peintre médiocre décédée depuis longtemps, la toile refit surface dans la prestigieuse maison de vente aux enchères londonienne, Bonhams. Le prix avait quelque peu augmenté.

De 30 à 3 millions de livres.

36

Les pérégrinations d'Irma Stern à travers l'Afrique sont bien documentées grâce à sa correspondance. Contrairement à ses peintures, ses lettres n'étaient pas des œuvres d'art, malgré de braves tentatives : « Les images tombaient à mes pieds comme les poires mûres dans l'herbe en automne. » Toutefois, sur une brève période, ses voyages évoquent la fameuse *terra incognita* citée dans les planisphères antérieurs au XIXe siècle. En dépit des efforts pour reconstituer ses déplacements, il subsiste douze mois de silence au début des années 1960. Irma Stern était alors âgée de plus de 70 ans et affaiblie par son diabète. Sa fin approchait, alors qu'elle avait encore tant de choses à voir. Notamment le Congo, une fois de plus. Et après cela ?

Ses lettres adressées à l'homme-médecine Ole Mbatian l'Ancien, encore inconnues du public, permettraient bientôt de combler ce vide. Irma avait emprunté un bateau fluvial depuis Kinshasa jusqu'à Kisangani. De là, les jambes vacillantes, elle était montée dans un bus, puis dans un train pour l'Ouganda. Un second bus, puis à nouveau le train.

Sa maladie s'était déclarée quelque part à l'est de Kampala, s'abattant comme une masse sur son corps épuisé par le diabète. Les autres voyageurs s'en étaient aperçus avant elle et les discussions étaient allées bon train dans le wagon. Fièvre de Lassa ? Fièvre jaune ? Dengue ? Zika ?

Diagnostiquant un mélange des quatre, le tribunal improvisé avait actionné le freinage d'urgence et jeté la femme blanche dans un fossé, la poussant à coups de canne. Son sac l'avait bientôt rejointe. Il ne contenait aucun objet de valeur, seulement du matériel de peinture.

L'histoire d'Irma Stern aurait pu se terminer ici, si un gardien de vaches n'était pas passé par là avec son maigre bétail. Il était allé chercher son âne et son chariot et avait transporté la femme mourante jusque chez l'homme-médecine de la région, connu des hauteurs du Chyulu à l'est jusqu'au Kisumu à l'ouest.

La patiente avait de la fièvre, sans doute du diabète et se plaignait de douleurs musculaires pendant ses phases de réveil.

Ole Mbatian l'Ancien avait choisi une mixture à base de menthe, de gommier blanc et d'une plante apparentée au sésame que les générations précédentes nommaient la « griffe du diable ». Le remède était resté longtemps inutilisé dans son armoire à pharmacie. Serait-il encore efficace ?

Trois mois plus tard, Irma était de nouveau sur pied grâce aux herbes de l'homme-médecine, à la

246

fraîcheur de la hutte et à trois verres de jus de papaye par jour.

Pour remercier l'homme qui lui avait sauvé la vie, elle avait peint un portrait de sa première épouse sous une ombrelle, et de son fils aîné près d'un ruisseau. Elle n'avait pas apposé sa signature sur les œuvres, car elles revenaient de droit à Ole Mbatian, sans qui elles n'auraient jamais vu le jour.

Elle avait aussi rédigé deux lettres, une pour chaque peinture, dans lesquelles elle exprimait du fond du cœur son éternelle gratitude.

Guérie de sa fièvre mais plus diabétique que jamais, elle était partie pour l'ouest.

Seize mois plus tard, juste avant sa disparition, elle avait envoyé une dernière lettre de remerciement à Ole Mbatian du Cap, le vase clos provincial qui s'était développé depuis.

Elle était morte couverte de gloire. Acclamée par le milieu artistique. Sa maison avait été convertie en musée. Le prix de ses œuvres avait doublé. Puis doublé encore. Et quintuplé encore après ça.

Partie VIII

37

L'hiver suédois est rigoureux. Surtout quand on ne porte qu'un *shúkà* et des sandales. Il faisait – 4 °C sur le perron du commissariat de police quand Ole Mbatian le Jeune prit congé de ce fouineur d'officier Carlander au front pansé.

Ole eut la sensation que le vent froid lui montait au cerveau. Son vœu de quitter cet endroit ayant déjà été exaucé, à présent il devait se concentrer sur sa mission.

Rester planté là, hésitant sur la direction à prendre, n'était pas la meilleure façon de se réchauffer. Que faire alors ?

La surveillance de la maison d'arrêt était confiée à une société privée. Un gardien était posté en permanence devant l'entrée. L'endroit accueillait toutes sortes de détenus, et il n'était pas rare que des connaissances au premier, voire au second degré viennent mettre la pagaille. Ce jour-là, le gardien de service s'appelait Pettersson.

Ole comprit que l'homme qui se tenait devant les portes plutôt que derrière n'appartenait pas véritablement aux forces de l'ordre. Cependant, il portait un uniforme et, comme tout le monde, il devait être sensible à la flatterie.

Mieux valait engager la discussion du bon pied.

— Bonjour, monsieur le commissaire, le salua le Massaï en se dirigeant vers lui. Pourriez-vous me dire si par hasard vous auriez vu mon fils Kevin ? Je crois qu'il habite dans cette ville.

Promu de surveillant remplaçant à commissaire en une seconde, Pettersson fut tout disposé à se rendre utile.

— C'est comment, le nom de famille du petit Kevin ?

— Petit ? Il est plutôt grand, mais plus jeune que moi.

Voilà qui lui faisait une belle jambe.

— Vous connaissez son numéro d'identité ? Cela nous permettrait d'obtenir son adresse.

Deux fois qu'on posait cette étrange question à Ole en l'espace de dix minutes.

— Tout ce que je sais, c'est que ce n'est pas neuf.

Le surveillant remplaçant Pettersson sentit que la conversation risquait de durer. L'idée de bavarder dans le froid perçant avec le Massaï si légèrement vêtu le rendit soudain nerveux.

— Vous n'auriez pas envie de poursuivre cette conversation dans l'entrée ?

— Vous n'avez pas l'intention de m'enfermer, dites ?

— Absolument pas !

— Dans ce cas, d'accord.

Une fois au chaud, Pettersson expliqua qu'il avait besoin de plus de renseignements pour avoir une chance de l'aider.

Ole réfléchit. Derrière les grandes baies vitrées, des gens allaient et venaient sur le large trottoir. Si l'un de ces passants présentait des ressemblances avec Kevin, peut-être cela avancerait-il le commissaire ?

Pas cet homme pressé vêtu d'un drôle de collant, à la peau blanche et aux joues rouges.

Pas la femme qui poussait un petit lit à roulettes devant elle. Encore plus blanche que le précédent, sans les joues rouges. Et du mauvais sexe, qui plus est.

Encore moins la personne allongée au fond du petit lit. Kevin ne rentrerait jamais là-dedans.

L'homme-médecine continua à regarder à droite et à gauche, tandis que le surveillant perdait lentement patience. Ils n'allaient tout de même pas fixer le trottoir jusqu'à ce que les Dieu sait combien de millions de Stockholmois et les 500 000 touristes aient défilé.

— Écoutez, monsieur, commença-t-il.

— Là-bas, peut-être ! l'interrompit Ole. Vous voyez les trois personnes qui s'approchent ?

— S'il vous plaît...

Ce n'était pas ainsi que Pettersson imaginait le boulot de commissaire.

— Celle du milieu a la même couleur de peau que mon Kevin. Et que moi, maintenant que j'y pense. Même taille et même âge. Que lui, je veux dire.

Jenny, Kevin et Hugo approchèrent.

— Et exactement la même tête, conclut Ole Mbatian.

La Suède compte environ 10 000 Kevin, dont un quart vivent à Stockholm et dans ses environs, mêlés à environ 2 millions et demi d'habitants portant un autre nom. Trouver le bon Kevin ne serait pas une mince affaire. Surtout quand on ne connaissait ni son nom de famille, ni son adresse, ni son numéro d'identité.

La meilleure méthode aurait consisté à diffuser une annonce dans un des grands journaux de la ville, voire dans tous.

Ce qu'avait fait Ole Mbatian. Sans le savoir.

Les quatre principaux quotidiens de la capitale avaient eu vent de l'incident au Nordic Light Hotel. Les rédactions avaient cependant publié des articles très différents. Dans le *Dagens Nyheter*, un entrefilet indiquait qu'un homme âgé était suspecté d'avoir commis des violences mineures contre un représentant de l'autorité publique, au cours d'une bagarre à la réception d'un hôtel du centre-ville. L'*Expressen* était plus direct : « Un guerrier massaï sème la panique dans un hôtel. »

L'impression de l'article avait été précédée d'un débat éthique au sein de la rédaction de l'*Expressen*. On jugeait que les origines ethniques de l'interpellé n'étaient pas pertinentes. Toutefois, écrire « un septuagénaire » ne manquerait pas de susciter une avalanche de questions de la part des lecteurs, vu que la photo montrait un homme vêtu d'une simple étoffe à carreaux rouges et noirs et d'une paire de sandales malgré l'hiver, encadré de deux agents de police.

Le rédacteur en chef avait opté pour « guerrier massaï ». Après tout, n'était-ce pas un métier comme un autre ? La corporation comptait d'ailleurs suffisamment de membres pour que nul ne cherche à contester son authenticité. Ils étaient libres d'exercer leur métier où bon leur semblait. Quant à savoir s'il avait vraiment « semé la panique », le titre était trop beau pour s'en priver.

Résultat des courses, l'*Expressen* battit son record de ventes des sept dernières années. Le *Dagens Nyheter*, qui avait consacré sa une à l'éternel chaos au sein du Parlement britannique, n'en retira aucun bénéfice.

C'était devant un kiosque à journaux de Bollmora, sur le chemin de l'arrêt de bus, que Jenny avait aperçu les gros titres. Aussitôt, elle avait tapé sur l'épaule de Kevin et tendu l'index vers la photo.

— Papa ! s'était écrié le jeune homme.

Au lieu d'attendre le bus, le jeune couple était monté dans un taxi, direction Lidingö. Une fois arrivés à l'agence, Jenny et Kevin s'étaient mis à parler en même temps. Il avait fallu une minute à Hugo pour démêler leurs explications. Et quinze secondes pour prendre les rênes.

— Violence envers un représentant des forces de l'ordre. Cela signifie maison d'arrêt de Kronoberg. C'est à dix minutes d'ici. Venez !

Les retrouvailles entre Ole Mbatian et Kevin furent émouvantes. Le fils demanda pardon, le père le serra contre lui en le traitant d'idiot. Ils parlaient en anglais ; mieux valait réserver le swahili et le maa à la savane.

Le surveillant remplaçant Pettersson, qui observait la scène, renonça définitivement à ses rêves de carrière dans la police en entendant leur drôle d'échange.

— Mon cher Kevin ! Personne ne te coupera le zizi contre ta volonté. Personne ! clamait l'homme en rouge et noir.

— Merci, mon cher papa, merci ! répondait le jeune homme.

38

Ole et Kevin n'en avaient pas encore fini de leurs embrassades qu'une jeune femme fit son entrée. Un cameraman se tenait derrière elle.

— Bonjour. Magda Eliasson pour TV4. Vous devez être Ole Mbatian. Accepteriez-vous de répondre à quelques questions ?

L'homme-médecine ignorait ce qu'était TV4, mais il adorait papoter.

— Absolument, avec plaisir.

En plus, « Magda Eliasson », c'était amusant à prononcer.

— Que voulez-vous savoir, Magda Eliasson ? Je suis homme-médecine. Si vous avez des problèmes de grossesses trop nombreuses, Magda Eliasson, je suis votre homme.

La reporter répondit que tout allait bien de ce côté-là. En revanche, elle serait curieuse d'en apprendre davantage sur M. Mbatian : qui il était, d'où il venait, et ce qui était vraiment arrivé la veille au Nordic Light Hotel.

Elle tendit son micro et fit signe à son collègue de commencer à filmer.

— J'ai appris que les soupçons qui pesaient sur vous étaient levés. Y a-t-il eu ou non violence envers un officier de police ?

Ole Mbatian eut soudain mauvaise conscience. Mais la vérité était sacrée, quand bien même elle ne servait pas vos intérêts.

— Je reconnais que j'ai poussé un policier à terre, dans des circonstances tout à fait singulières et malheureuses. Mais il est tombé aussitôt, alors qu'un coup aussi insignifiant n'aurait pas fait chanceler une antilope naine. Si l'envie vous prenait d'essayer.

Ce n'était pas tout à fait la réponse qu'espérait la reporter.

— Et ensuite ? insista-t-elle. Les policiers ont-ils riposté ?

— Après cela, nous avons papoté et ils m'ont offert un dîner. Des pâtes, c'était le nom du plat. Vous en avez déjà goûté, Magda Eliasson ?

La journaliste abandonna la piste des violences contre un représentant des forces de l'ordre, trop difficile à concilier avec l'assiette de pâtes offerte. Sous quel angle devait-elle aborder l'affaire ? Y en avait-il seulement un bon ? Autant reprendre depuis le début : les raisons de la présence du Massaï en Suède.

— Dites-moi, que faites-vous ici ?

— Pas grand-chose, se méprit Ole Mbatian. Je serais déjà parti d'ici depuis longtemps sans vos questions, Magda Eliasson.

— Qu'avez-vous fait jusqu'à maintenant ?

— Jusqu'à maintenant, j'ai dormi dans un lit confortable, après cet excellent dîner. Et ce matin, j'ai mangé un petit déjeuner : des feuilles brun clair dans du lait avec de la confiture. Sucré, mais délicieux. J'ai aussi troqué deux toasts avec du kaviar qui s'appelait Kalles. Un coup de maître, si vous me permettez ce manque d'humilité, Magda Eliasson.

— Troqué ?

— Une longue histoire. Elle commence par une bouchée de pain. Seulement, on commence par donner un doigt, et ils exigent tout le bras. J'ai misé deux vieilles peintures à l'huile et j'ai gagné deux toasts. Elle s'appelait Irma. Très gentille. Mais gravement malade. Papa lui avait sauvé la vie. Ouh là, ça remonte à loin.

L'homme-médecine était lancé. Après les retrouvailles avec son Kevin, le plus fantastique dans ce voyage était qu'à chaque instant il rencontrait des gens avec qui parler. Cela le changeait de ses heures, jours et parfois semaines solitaires dans la savane.

Ce n'était certes pas ce qu'était venue chercher la reporter de TV4, mais elle avait entendu parler du type à la chèvre et de ses contrefaçons. Instagram, Facebook et Twitter, pour ne nommer qu'eux, y avaient veillé. Le Massaï et le faussaire avaient-ils conclu des affaires en prison ?

— Irma Stern, n'est-ce pas ? Ces peintures sont donc authentiques ?

— Comment ça ?

— Eh bien, c'est vraiment Irma Stern qui les a réalisées ?

— Qui d'autre peindrait une toile d'Irma Stern ? Vous ne vous sentez pas bien, Magda Eliasson ? Ça ne peut pas être la chaleur, elle s'est envolée quelque part à hauteur d'Istanbul.

La journaliste chercha ses mots. Cette histoire devenait de plus en plus alambiquée. Était-il question du Massaï, du faussaire, ou des deux ? Mieux valait poser ses questions et bricoler ensuite une histoire qui tienne la route. Dans le meilleur des cas.

— Vous connaissez donc le marchand d'art interpellé ?

— Le marchand d'art ?

— Victor Alderheim.

— Ah, lui. Non, je ne le connais pas. Nous avons bavardé un moment, même s'il y était d'abord opposé. Je n'ai pas réussi à comprendre s'il était en colère parce qu'il avait des relations avec des chèvres ou parce qu'il n'en avait pas.

— Mais, les peintures… Vous avez dit qu'il s'agissait d'authentiques Irma Stern. Quel est le lien entre… euh, l'homme aux chèvres et l'artiste ?

— Il n'y en a aucun, à ma connaissance. Sauf les peintures, mais c'est tout récent. D'accord, au début, il disait qu'il ne savait rien sur elles, et ensuite il les voulait tellement qu'il m'a donné son toast pour conclure l'affaire et m'en a même préparé un autre. Chez moi, dans la savane, nous appelons ça l'art de la négociation. Ah, voilà que je fanfaronne de nouveau.

— Les toiles d'Irma Stern sont donc à vous ?

C'était quoi, leur problème, aux Suédois ?

— N'ai-je pas dit à l'instant que je les avais troquées ?

Jenny, Kevin et Hugo ne rataient pas un mot de l'échange. Sidérés. Décontenancés. Consternés. Les rouages du cerveau d'Hugo tournaient à toute allure.

Irma Stern était vraiment l'auteure des deux Irma Stern.

Pour une raison aussi incompréhensible que catastrophique, Ole Mbatian le Jeune les avait échangés contre deux toasts avec l'homme qui les méritait le moins du monde.

C'était le pire échec de La Vengeance est douce SA. La plus lourde défaite, toutes catégories confondues, d'Hugo Hamlin, même en comptant l'épluche-patates doré. Le trio avait ruiné la réputation du marchand d'art, mais en échange de deux toiles valant une fortune.

Hugo ne savait pas ce qui était le plus déprimant : voir les peintures lui passer sous le nez, leur prix dérisoire équivalent à deux tartines de Kalles kaviar, ou l'acquéreur choisi parmi les milliers de possibilités.

Pourtant, il refusait d'abandonner. Il y avait une lueur au bout du chemin. À commencer par ces peintures d'Ole Mbatian qui avaient changé d'auteur, voyant ainsi leur valeur démultipliée. Pour le moment, elles étaient entre les mauvaises mains, certes, mais si Hugo parvenait à arranger cela, sa fortune serait faite. Il partagerait, d'ailleurs. Ce magot suffirait amplement pour en faire profiter les deux employés bénévoles et le guerrier massaï.

Hugo décida que le trio devenu quatuor devait discuter. Le publicitaire installa Jenny et Kevin dans une des chambres d'amis de sa maison de Lidingö, Ole Mbatian le Jeune dans l'autre, puis il les convoqua dans la salle à manger. Ils devaient empêcher une catastrophe. Et puis, c'était l'heure du repas. Ils commanderaient des pizzas.

— Ah non, pas de pizzas ! protesta Kevin.

— Des hamburgers, alors ?

— Je préfère.

Kevin commença par raconter à son père adoptif sa vie passée en Suède. Le Massaï croyait que son fils était un envoyé d'En-Kai et Kevin ne l'avait jamais détrompé, en grande partie parce qu'il y voyait une part de vérité. À moins que ce ne soit l'inverse : Ole Mbatian avait été guidé vers lui par Dieu. À présent, il craignait de blesser Ole Mbatian en lui apprenant qu'il menait une existence terrestre auparavant.

Heureusement, la foi de l'homme-médecine était plus profonde que cela. Cacher un si gentil garçon pendant tant d'années, quel gâchis ç'aurait été. Bien sûr que Kevin avait déjà foulé cette terre.

Son premier passage dans ce monde n'avait pas si bien tourné, poursuivit Kevin. Son père précédent était plutôt un tuteur. Qui n'était nul autre que Victor, dont Ole avait fait la connaissance en prison.

— Le colérique ? L'homme aux chèvres ? Alors, lui et moi sommes quasi parents ! Si j'avais su, je l'aurais embrassé sur le front.

Mais Kevin se rebiffa. Le colérique n'était pas seulement cela, il était aussi *malfaisant*. Dieu avait visiblement bâclé le boulot, ce qui expliquait sans doute pourquoi Il avait repris à partir de zéro et envoyé Kevin dans la savane.

Ole, songeur, acquiesça.

Hugo s'impatientait. Il voulait travailler à leurs objectifs. Ils avaient ruiné la réputation d'Alderheim, désormais ils devaient le ruiner tout court.

— Nous voulons nous venger de Victor, expliqua-t-il à l'homme-médecine.

— Intéressant, dit Ole Mbatian.

Le Massaï s'y connaissait en matière de vengeance. Elle pouvait être sournoise, alors il fallait rester sur ses gardes. Ole se remémora un incident, il y avait de nombreuses années, quand 18 chèvres de son village avaient disparu au cours de la nuit. Le jeune garçon chargé de les surveiller s'était endormi. Chacun comprit que Miterienanka, du village voisin, avait frappé. Le chef de l'époque, Kakenya, avait réuni une large troupe armée jusqu'aux dents. Ils avaient massacré le voleur, brûlé son village et rapporté les 18 chèvres, plus 30 qui n'avaient plus nulle part où aller.

Hugo jugea la réaction un peu excessive, mais lancer un débat maintenant ne l'avancerait en rien. Il se contenta d'un « Sale histoire ».

L'homme-médecine acquiesça.

— L'ennui, c'est qu'à notre retour nos 18 chèvres étaient réapparues. Elles avaient filé par une brèche dans la clôture, parce qu'elles trouvaient l'herbe plus verte de l'autre côté. Après le repas, elles s'étaient senties nostalgiques et étaient rentrées.

Hugo ne voulait pas en savoir davantage. Il ramena la conversation à leur époque et à leur continent.

Ole leur offrit avec joie ses services. Voilà longtemps qu'il n'avait pas eu l'occasion d'exercer sa vengeance, cela le changerait un peu.

— Tu rentres à la maison avec moi, après ? demanda-t-il à Kevin.

Son fils adoptif se sentit mal à l'aise.

— Je viens de me fiancer, papa.

— Qu'est-ce que ça veut dire ?

— Je vais me marier.

— Avec combien de femmes ?

— Une, pour commencer.

— Avec moi et moi seule, déclara Jenny.

Ole Mbatian félicita les jeunes gens, ajoutant qu'il comprendrait s'ils préféraient la Suède à la savane, même s'il y faisait froid comme pas permis. Pas étonnant que Jenny soit si blafarde, comme tous les autres, d'ailleurs. Néanmoins, pourraient-ils y réfléchir ?

Kevin éprouva plus d'amour que jamais pour son père adoptif.

— Nous verrons. D'abord, nous devons veiller à régler nos problèmes.

Hugo fut enchanté que Kevin revienne à leurs moutons.

— Parfaitement. Avant toute chose, nous devons reprendre vos peintures au colérique, dit-il.

Ole l'arrêta tout de suite.

— Il me les a achetées.

— Pour deux toasts, objecta Hugo. Ça ne compte pas.

— Avec du kaviar, insista l'homme-médecine.

— Des œufs de cabillaud, du sucre et des flocons de pommes de terre, corrigea Hugo.

— Un deal est un deal.

Rideau.

Projecteur coupé.

Que faire, maintenant ?

Hugo n'était certain que d'une chose – à 100 % –, c'était qu'Ole Mbatian ne changerait pas d'avis. Dans la publicité, il arrivait parfois, d'un point de vue purement objectif, que le client ait tort mais soit incapable de revenir sur sa décision. C'était alors au publicitaire de le faire.

Le premier plan d'Hugo avait consisté à faire passer des faux pour des peintures authentiques. Des complications avaient surgi. La procédure avait été révisée.

Deuxième plan : faire passer deux œuvres authentiques pour des faux en cours de réalisation. La procédure avait été révisée. Des complications avaient surgi.

Repartir à nouveau de zéro signifiait : faire passer les Irma Stern avérés pour des faux. Cela exigerait une authentification inversée. Un manque de traçabilité. Et tous les mots savants que Jenny lui avait débités.

Ainsi raisonnait Hugo

À 6 kilomètres de là, en tête à tête avec sa chèvre, Victor se disait la même chose. Dans l'autre sens.

39

Le monde de l'art était en ébullition après que des récits douteux dans la presse et sur les réseaux sociaux à propos de sex-toys, de drogue et de chèvres eurent révélé l'existence des deux faux Irma Stern. Les photos des enquêteurs s'étaient mystérieusement retrouvées entre les mains des médias (rien de mystérieux pour les habitués de la manœuvre : la tarification actuelle prévoyait 5 000 couronnes non imposables par photo pour le policier X de la part du journal Y). Les photos étaient de bonne qualité et les sujets des peintures, extraordinaires. S'ils n'étaient pas l'œuvre de l'artiste elle-même – ce qui était difficile à croire –, on s'interrogeait sur le faussaire. Parmi les commentateurs les plus bruyants figurait un membre prestigieux de l'Académie suédoise de Stockholm. Il s'était rendu célèbre en clamant que l'art était au-dessus du viol, du crime et de la délinquance en général. L'intéressant – selon les valeurs de l'académicien – n'était pas tant l'implication présumée du faussaire présumé dans des histoires de stupéfiants ni de zoophilie, mais comment il parvenait à une telle maestria dans ses contrefaçons.

Le principal protagoniste de ce mélodrame artistique était libre et de retour dans sa galerie d'art. Quelques minutes plus tôt, un fourgon de police était venu lui restituer les deux toiles d'Irma Stern, quatre gros cartons de sex-toys et une chèvre. Les sachets de farine avaient disparu en route.

Victor essaya de refuser la chèvre et les sex-toys, mais les transporteurs n'étaient pas d'accord.

— Ils sont sur notre liste, vous ne pouvez pas choisir comme bon vous semble ce que vous reprenez ou pas. Signez le bordereau de réception, s'il vous plaît.

Afin de garder la chèvre sous contrôle, ils lui avaient passé un collier et une laisse autour du cou. À peine Victor avait-il signé que le transporteur lui tendit la laisse.

— Passe une bonne soirée, vicelard !

Entre-temps, son collègue avait déposé les cartons et les toiles avec le chevalet dans l'entrée de la galerie. En ressortant, il cracha aux pieds de Victor Alderheim.

Les hommes repartis dans leur fourgon, Victor s'aperçut qu'on avait peint de grandes lettres blanches sur sa devanture :

« PER » sur une vitre, et « VERS ! » sur l'autre.

Il se dépêcha de rentrer avec la chèvre et verrouilla la porte.

Le plus grand pervers de Stockholm était assis dans la cuisine de son sept-pièces pour réfléchir. Dans un premier temps, ce fut difficile, car la chèvre bêlait pour réclamer à manger et à boire. Un peu d'eau et quatre pommes plus tard, il s'avéra que l'animal ne maîtrisait pas les règles de propreté les plus élémentaires.

Quelqu'un avait réussi à s'introduire dans la boutique, se faufiler au sous-sol et créer une petite mise en scène avec les peintures, les sex-toys, la fausse héroïne – et une chèvre.

Et ce quelqu'un devait être Kevin, qui n'était plus son protégé, et dont Victor avait cru qu'il n'était plus tout court.

Pourquoi ce sale tour ? Et comment avait-il obtenu les peintures ? Ah, oui ! Par le biais de l'indigène à la maison d'arrêt, à qui il les avait volées. Selon toute vraisemblance, il était tombé sur le garçon au milieu de la savane. Oui, ils étaient tous les deux dans le coup.

Le sauvage du nom de Mb... machin affirmait que les toiles lui appartenaient. Et surtout, qu'elles étaient authentiques – et Victor les avait achetées pour un toast de Kalles kaviar chacune. Malheureusement, avec l'arrivée de l'inspecteur et le chaos qui avait suivi, la serviette n'avait jamais été signée.

Victor devait tirer le meilleur parti de cette occasion. Si les peintures étaient d'authentiques Irma Stern encore inconnus, sa fortune était faite. Cela tombait à pic, car les comptes de la galerie étaient de moins en moins florissants depuis que le vieil Alderheim les avait quittés.

En parlant du vieux, la réputation des Alderheim avait été piétinée à cause d'une chèvre et d'autres broutilles. Mais un nom, ça se changeait, Victor le savait par expérience. Du reste, s'appeler Per Vers ne le dérangeait pas, tant que son compte en banque était bien rempli. Plusieurs millions, semblait-il.

Grâce à eux, il pourrait refermer cette parenthèse de plus de vingt ans en tant que marchand d'art. Il aurait assez d'argent pour financer ses rendez-vous amoureux et accomplir une vraie révolution. Il n'avait pas encore réfléchi à la façon dont il procéderait, les derniers événements s'étant précipités. Peut-être pourrait-il rendre visite à ses anciens amis révolutionnaires (ceux qui n'étant pas derrière les barreaux) et, grâce à sa maturité, à sa sagesse et à son capital, pourrait-il grimper au sommet de l'échelle.

Dès son premier jour de travail, Victor n'avait ressenti que mépris pour la clientèle de la galerie. À croire que le fier nationalisme était tombé aux oubliettes. Le vieil Alderheim aimait se vanter de l'étendue de son offre. « Nous avons *tout*. » *Tout, sauf ce qui compte*, songeait Victor.

Le vieux se flattait d'être une mine de savoir dans le domaine de l'art scandinave, mais en dehors d'un Carl Larsson dans un coin, Victor n'avait rien trouvé qui évoque l'âme du peuple suédois. Le tableau représentait un Noël traditionnel dans la campagne, hors d'atteinte des Kurdes, des Afghans et autres sous-hommes. Pourtant, l'œuvre ne trouvait pas d'acquéreur. C'était la faute de leur gouvernement social-libéral, Victor en était certain. Rien à voir avec le prix qu'il avait doublé pour rendre justice au grand artiste.

En dehors de l'unique peintre scandinave, la galerie offrait un large choix de sculptures européennes, de porcelaine asiatique et d'antiquités de tous les coins du monde. Et, surtout, du foutu modernisme.

Au fil des ans, Victor en avait appris davantage sur l'art que Jenny ne le soupçonnait ou ne voulait bien l'admettre. Évidemment, il méprisait Irma Stern, mais il comprenait sa valeur marchande. Plus de cinquante ans après sa mort, elle était plus en vogue que jamais. Et, contrairement à Hugo Hamlin, Victor comprenait que ses peintures authentiques devaient être expertisées par des spécialistes. Les élucubrations d'un Massaï égaré dans Stockholm ne suffiraient pas.

Le plus grand spécialiste d'Irma Stern vivait à New York. Mais une chose à la fois. La priorité du moment était attachée à côté du four de Victor et venait de pisser par terre.

40

Comme nous le disions, une bonne connaissance du contexte est fondamentale. Le lendemain de l'apparition inattendue d'Ole Mbatian à Stockholm, Hugo réunit ses invités dans son salon. Pour commencer, il voulait tout savoir sur la relation qui unissait Irma Stern à l'homme-médecine.

Ole, pourtant très étourdi, s'écria qu'il s'en souvenait comme si c'était hier. Avant de démontrer aussitôt que son affirmation était largement exagérée. Il ne savait plus trop s'il avait déjà effectué son rite de passage à l'arrivée d'Irma. À l'époque, l'aspirant guerrier massaï n'était pas envoyé dans la savane pour surmonter une saison des grandes pluies et des petites pluies avant la circoncision, il lui suffisait de croiser un lion et de remporter le combat. Le candidat qui échouait ne recevait aucun diplôme. Ni sépulture digne de ce nom.

Le Massaï leur parla tout de même du portrait que tata Irma avait fait de lui près d'un ruisseau. Il avait dû passer presque une journée entière assis à agiter un bout de bois dans l'eau.

— *Garçon près d'un ruisseau*, souffla Jenny.

Aux yeux d'Hugo, tout lien avéré entre Irma et Ole Mbatian était une mauvaise nouvelle.

— Avez-vous des preuves matérielles de son séjour chez vous ? demanda-t-il, sournois, espérant une réponse négative.

— Oh oui. Papa avait un appareil photo. À l'époque, c'était le seul du village. C'est toujours le cas aujourd'hui, en fait. Nous ne sommes pas connus pour notre modernité. Nous avons pour chef un âne bâté à moitié édenté. J'aurai beaucoup à lui raconter quand je rentrerai, sur les escaliers roulants et tout.

— Les escaliers roulants ? s'étonna Hugo.

— Oui, c'est comme un escalier normal, mais il bouge tout seul dans un sens ou dans l'autre. Tu imagines, marcher et marcher sans arriver nulle part ? Ça aussi, ça me rappelle un peu le chef.

Hugo interrompit doucement le Massaï. Il croyait deviner à quel dispositif Ole faisait allusion. En revanche, il voulait en savoir plus sur l'appareil photo de son père.

— Il prenait des photographies et les développait lui-même dans sa hutte médicinale. J'avais le droit de regarder. Je me souviens qu'un jour j'ai goûté le révélateur. Je n'aurais vraiment pas dû. Une chance que papa ait été homme-médecine. En cas d'ingestion, il faut neutraliser la substance avec de l'herbe aux flèches et…

Hugo était trop impatient pour écouter avec quelles décoctions Ole Mbatian l'Ancien avait sauvé la vie de son fils.

— Parfait, le coupa-t-il.

Ce qui était on ne peut plus faux. Chaque nouvelle était pire que la précédente.

— Selon la loi de l'emmerdement maximal, je présume que les photos existent encore, n'est-ce pas ?

— Je ne connais pas cette loi, mais toutes les photos ont été conservées, oui. Y compris celle où je suis près du ruisseau avec tata Irma.

C'était une catastrophe. Avec cette photographie, l'expert devrait être aveugle et demeuré pour ne pas authentifier le tableau, même plus de cinquante ans après son exécution. Les photos souvenirs d'Ole Mbatian devaient disparaître. Immédiatement !

Cependant, Hugo ignorait ce qu'en penserait le fier Massaï. Mieux valait garder certains détails secrets.

— Ce serait vraiment fantastique de pouvoir admirer ces photos. Seriez-vous d'accord pour que j'aille les chercher chez vous ? Nous pourrions les regarder ensemble ici.

La course lui reviendrait cher, mais cette fois, c'était la guerre. Hugo ne supportait pas l'idée d'avoir rendu Victor Alderheim riche comme Crésus. La réputation du marchand d'art était ruinée, leur vengeance était consommée, mais d'ici à ce qu'elle soit douce, ils avaient encore du pain sur la planche.

— Entendu, accepta Ole Mbatian. Mais le trajet est horriblement long.

Hugo le savait bien.

— Au fait, ajouta l'homme-médecine, profites-en pour rapporter les émouvantes lettres de remerciement d'Irma à papa. Elles sont dans la même boîte.

Parce qu'en plus il y avait des lettres ? Il ne manquait plus qu'Irma se relève de sa tombe.

Toutefois, il serait peu avisé de la part d'un Blanc inconnu de débouler dans le village massaï, de demander la direction de la hutte d'Ole Mbatian, et d'emporter les affaires de l'homme-médecine. Il risquerait de finir avec une ou deux lances plantées dans le corps.

— Je ferais peut-être mieux de t'accompagner, suggéra Ole.

— Mais, papa, tu viens juste d'arriver ! protesta Kevin.

Hugo n'aimait pas l'idée de passer d'un continent à l'autre en compagnie de l'imprévisible massaï.

Jenny vint à son secours. En consultant le passeport du père adoptif de son fiancé, elle s'aperçut que son visa n'autorisait qu'une seule entrée sur le territoire. S'il retournait au Kenya, il devrait déposer une nouvelle demande de visa. La réponse était plus qu'incertaine, à présent qu'Ole Mbatian figurait dans les fichiers de la police.

— Quel dommage, dit Hugo.

La décision commune fut qu'Ole Mbatian le Jeune appellerait le fonctionnaire Wilson, à la mairie de Narok, pour lui demander de se rendre au village massaï, à une demi-journée de route, afin d'annoncer au chef la visite prochaine d'un Blanc.

— Bonjour, Wilson. C'est Ole.

— L'homme-médecine ?

— Le Kényan. Comme tu l'as confirmé avec ton cachet rouge. Ou peut-être était-ce le bleu.

— Les deux, en fait.

— Je t'appelle depuis... le fameux pays. Encore cette fichue mémoire. Ah oui, la Suède ! J'ai un service à te demander.

— Pas de fermer la mairie, j'espère, j'ai failli me faire virer l'autre fois.

— Je voulais te demander de fermer la mairie.

L'affaire n'était pas encore conclue que la conversation avait déjà coûté une vache supplémentaire à l'homme-médecine. Heureusement qu'il avait les moyens.

Wilson était parti vers le village. Au tour d'Hugo de se mettre en route.

— Tu veux que je t'explique la dernière partie du trajet ? proposa Ole Mbatian.

— Avec plaisir.

Comment trouverait-il l'endroit, sinon ?

C'était compliqué, prévint Ole. Jusqu'à Narok, Hugo pourrait demander son chemin, il verrait même des panneaux. Les difficultés commenceraient ensuite. Le point crucial était de ne pas prendre à gauche au croisement où se dressait jadis le bureau de poste, mais de continuer jusqu'au suivant.

— Comment je saurai où se trouvait jadis le bureau de poste ?

— Il ne faut *pas* tourner là.

Kevin interrompit Hugo et son père avant que la conversation dégénère.

— Tu préfères que je t'envoie un lien avec les coordonnées, Hugo ?

Il en serait ainsi.

— Vous vous rendez compte ? J'ai passé toute ma vie dans ce village sans me douter qu'il avait des coordonnées, s'étonna Ole Mbatian. Ne le raconte pas au chef, sinon il va les interdire.

Chaque jour qu'En-Kai faisait, l'édenté lui paraissait de moins en moins voyageur.

41

Victor Alderheim n'était pas un as de l'informatique. Ni des réseaux sociaux. Il n'avait pas de comptes Facebook, Instagram ou Twitter. En revanche, il fréquentait régulièrement un forum où des personnes qui partageaient ses convictions échangeaient des informations et des opinions.

Il y avait des fils de discussion sur presque tous les sujets. Comme le conflit entre nationalisme et libéralisme. La plèbe avait un mal fou à comprendre que ce n'était pas avec un vote à main levée qu'on construisait des nations fortes. Cependant, au cours de la dernière décennie, l'idée démente « un citoyen, une voix » avait commencé à se mordre la queue. Tandis que les politiciens, les médias traditionnels et la télévision nationale sombraient main dans la main au fond du gouffre, des gens se mobilisaient en silence. Comme sur le forum préféré de Victor. Ceux qui comprenaient expliquaient aux masses ce qu'elles avaient besoin de comprendre, menant à une amorce de déconstruction de la démocratie homo-libérale dans quasiment tous les pays d'Europe. Il y avait aussi de l'espoir pour les États-Unis et une partie de l'Amérique du Sud. En Russie, la démocratie post-communiste était déjà dépassée, tandis qu'en Chine on n'avait même pas essayé de faire semblant. Cette fichue Irma Stern aurait mérité le camp de détention pour avoir commis toutes ces horreurs. À présent, elle allait rendre Victor multimillionnaire, ce qu'on pouvait considérer comme un châtiment suffisant.

La lecture de ces fils de discussion lui apportait un sentiment d'appartenance, même si ça ne volait pas toujours très haut. Pour une réelle stimulation intellectuelle, il allait à la Bibliothèque royale. En explorant attentivement les rayons, on dénichait des pépites. Par exemple, le remarquable *Art et race* de Paul Schultze-Naumburg : l'auteur y affirmait que seuls les artistes aryens étaient capables de créer des œuvres de grande valeur culturelle. Dans son argumentation contre les formes d'art rebelles, il comparait certaines peintures modernes avec des photographies d'individus présentant des malforma-tions. Selon Schultze-Naumburg, la vérité résidait dans l'enseignement médiéval et grec antique. Le modernisme était une maladie mentale. Alderheim envisagea plus d'une fois de publier sur le forum des recommandations de lectures, seulement il rechignait à créer un compte.

Victor n'aurait cependant jamais cru qu'un jour il deviendrait le sujet de conversation numéro 1 du forum. Tant que cela servait la révolution de la libre parole, il s'en accommodait. Mais les commentaires qu'il découvrait étaient délirants. Un soupçon de relations sexuelles avec des chèvres, ça ne pardonnait pas.

Sa mise à mort sociale en ligne eut au moins un avantage : les médias traditionnels l'avaient remarqué et avaient étendu leur champ d'action. TV4 lâcha le mot « zoophile » dans son reportage sur le Massaï. En temps normal, Victor leur aurait intenté un procès, mais il avait tant gagné dans son malheur. Comme le nom de l'homme-médecine. *Ole Mbatian le Jeune.* Et ce crétin avait annoncé face caméra qu'il avait cédé ses peintures à Victor. Il le tenait, son certificat de vente !

Du reste, il n'avait plus l'animal sur les bras. L'encombrant problème avait exigé qu'il se creuse les méninges. Hors de question d'attacher la chèvre la plus célèbre de Suède, voire du monde, à un lampadaire au centre de Stockholm et de filer. Victor aurait de nouveau été accusé de cruauté envers les animaux.

Impossible aussi de se rendre à la campagne et de relâcher la bête en douce dans le premier enclos à moutons. Au mois de février, les prés étaient couverts de neige et les troupeaux rentrés pour l'hiver.

Une seule solution, vendre la bestiole. Victor n'avait pas la moindre idée de la valeur marchande des chèvres, mais il craignait qu'elle soit pire que nulle. Il décida de publier une annonce sur Internet : « À vendre : chèvre + 5 000 couronnes. Prix : 100 couronnes. »

En quatre minutes, il avait une réponse : un chauffeur de taxi de Solna. Vingt minutes plus tard, l'homme était sur place. L'acheteur et le marchand d'art conclurent l'affaire sur le trottoir. On fit monter la chèvre sur la banquette arrière, et 4 900 couronnes net changèrent de main.

La larme à l'œil, le chauffeur de taxi raconta qu'il était originaire de la région de Kandahar, en Afghanistan, qu'il trouvait la vie en Suède plus facile à bien des égards, mais que sa mère et ses chèvres lui manquaient. Il demanda si la bête dans son taxi avait déjà un nom. Sinon, il pensait lui donner celui de sa mère.

— Faites, dit Victor Alderheim. Votre maman sera sûrement flattée.

Le problème caprin réglé, la priorité d'Alderheim était maintenant à l'authentification des œuvres d'Irma Stern. L'expert new-yorkais, un certain docteur Harris, était difficile à joindre, il fallait s'adresser à l'assistante de son assistant. Après deux allers-retours de mails, Victor fut mis en contact avec l'assistante en chef qui, deux échanges supplémentaires plus tard, annonça qu'elle présenterait dans les plus brefs délais sa requête au docteur.

Avant même de s'être entretenu avec l'expert, Alderheim avait déjà une bien piètre opinion du personnage. Malheureusement, il avait besoin de la validation de l'arrogant docteur. Et il ne l'obtiendrait pas sans effectuer d'abord sa part du boulot.

Partie IX

42

Un 4 × 4 de location attendait Hugo à l'aéroport Jomo Kenyatta, avec son volant du mauvais côté. Les colons britanniques avaient infiltré le pays jusqu'à la moelle.

Le GPS du téléphone d'Hugo le guida quatre heures durant à travers la campagne kényane, puis encore deux dans la savane et la brousse kényanes. Si, en route, il passa devant un bureau de poste qui ne se trouvait plus à son emplacement d'origine, il ne le saurait jamais.

Le village d'Ole Mbatian ressemblait à s'y méprendre à l'image qu'il s'en était faite. Une quarantaine de huttes avec quatre murs en bois et boue et un toit en feuilles de palmier séchées, entourées d'une clôture de protection contre les animaux sauvages nocturnes. Même d'excellente humeur, le buffle représentait un danger mortel s'il se mettait en tête d'aller se gratter le flanc contre les parois rugueuses d'une hutte. Les murs céderaient, une famille massaï ensommeillée émergerait des ruines pour tomber nez à nez avec l'animal. Or le buffle était à l'homme ce que le lama était au berger allemand.

Les trois huttes d'Ole Mbatian se dressaient au fond du village, près de la clôture. La numéro 1 abritait la première épouse ; la numéro 2, la seconde épouse ; et la numéro 3, sur la colline, tout le reste : Kevin, les peintures et sa pharmacie.

L'homme-médecine avait recommandé de ne pas s'introduire dans une des huttes sans avoir d'abord annoncé son arrivée et bu du thé avec le chef. Bien sûr, il avait le droit de papoter avec Olemeeli s'il le souhaitait, mais Ole lui recommandait de ne pas mentionner ses dents manquantes. En revanche, quelques compliments à l'égard d'Ole ne feraient pas de mal.

— Par exemple ?

L'homme-médecine ne savait pas trop. Pourquoi ne pas dire qu'il avait amené la paix entre deux peuples, ou sauvé une vie ? Ce n'était pas la stricte vérité, mais on pouvait voir les choses d'une façon plus philosophique. Qui sait, peut-être Ole avait-il rendu service au marchand d'art en lui vendant les deux peintures. Vu le caractère colérique du personnage, il lui avait sans doute épargné une attaque d'apoplexie.

Hugo songea que lui-même avait frôlé la crise cardiaque en l'apprenant, mais il acquiesça. Ça ne pouvait pas nuire à un homme-médecine en voyage loin de chez lui de voir sa position renforcée de temps en temps. Sans cela, il risquait de trouver la place prise à son retour.

Hugo salua poliment les villageois qu'il croisa et allait demander le chemin de la hutte du chef quand il tomba dessus : c'était la plus grande, construite au centre du village. Elle approchait la taille d'un quatre-pièces. Avec un deux-pièces mitoyen.

Devant la hutte principale, trois femmes étaient accroupies, chacune en train de laver son linge dans une bassine. Certainement les épouses 1, 2 et 3. Hugo leur demanda où se trouvait le chef mais, au même instant, un homme à moitié édenté apparut sur le seuil.

Il dévisagea ce Blanc des pieds à la tête.

— Bonjour. Que puis-je pour vous ? Je suis le chef, Olemeeli le Voyageur, fils de Kakenya le Beau et petit-fils de Lekuton le Brave.

Le visiteur se présenta à son tour : Hugo Hamlin, fils d'Erik Hamlin le saoul et petit-fils de Rurik Hamlin le chef de gare. Un travail courageux, où l'on risquait chaque jour de se faire renverser par un train.

La généalogie du visiteur impressionna fortement Olemeeli, et Hugo ne baissa pas dans l'estime du chef quand il expliqua qu'il était maître d'une tribu appelée La Vengeance est douce SA. Ole Mbatian était leur invité d'honneur depuis qu'il avait… apporté la paix entre Israël et la Palestine, et sauvé la vie… d'un homme inestimable. Potentiellement.

Le chef ignorait qui étaient Israël et Palestine et pourquoi ils étaient ennemis, mais il remercia son visiteur pour ce récit des exploits de l'homme-médecine.

Au fond, Olemeeli n'était pas fâché que cet enquiquineur d'homme-médecine soit absent. Lui qui, profitant de sa position, était le seul à avoir l'audace de le contredire. L'histoire des dents manquantes remontait à cinquante ans, mais Olemeeli, en plus d'être voyageur, était rancunier.

À son hôte venu d'un pays lointain, il déclara cependant qu'Ole Mbatian leur manquait beaucoup, qu'il se réjouissait d'avoir de ses nouvelles et d'apprendre que ses talents étaient florissants.

Le soir tomba. Hugo aurait voulu accomplir sa mission afin de rentrer immédiatement en Suède mais comprenait qu'il fallait procéder dans l'ordre. Le chef décida de trinquer à la prospérité avec son homologue avant le repas. Ensuite, son hôte pourrait choisir avec quelle épouse il désirait passer la nuit. Deux avaient déjà manifesté leur intérêt, la troisième se laisserait convaincre, avec un peu d'encouragements.

Hugo redoutait l'une comme l'autre perspective. Heureusement, la vie lui avait appris à ne pas se tracasser d'avance à l'égard de présumés ennuis, mais à les affronter quand ils se présentaient. Sa première interrogation étant : qu'allaient-ils boire ? Du sang de bœuf ?

Non, plutôt un Glenfiddich, 18 ans d'âge, s'entendit-il répondre.

— Papa et papi partageaient du lait de chèvre fermenté, mais je suis un voyageur et j'ai eu l'occasion de goûter ceci dans ma jeunesse, expliqua le chef en remplissant deux verres. C'était lors d'un voyage d'études à Loiyangalani, au nord. Je m'étais évanoui après avoir été attaqué par une prise électrique. Il avait suffi de me passer cette boisson sous le nez pour que je revienne à moi.

Sur ces mots, Olemeeli but une gorgée de whisky. Peut-être les Massaï ignoraient-ils la coutume de trinquer avant de boire, songea Hugo. Ou alors le chef avait simplement soif. Hugo suivit son exemple, tandis qu'Olemeeli reprenait son récit.

L'incident avec la prise électrique avait été suivi par un accident pire encore. Olemeeli s'était coincé l'index gauche dans une machine à écrire, écopant d'une double fracture. Il avait horriblement souffert, et l'homme-médecine local avait suggéré qu'il ne se contente pas de respirer, mais boive le médicament couleur d'ambre.

— Vous connaissez toute l'histoire, dit Olemeeli.

Comme c'était bon ! Le liquide emplissait la bouche et l'âme, une sensation divine comme le futur chef n'en avait jamais expérimenté auparavant. On aurait dit un cadeau d'En-Kai.

Hugo ne savait pas ce qu'était En-Kai, cela devait avoir un rapport avec Dieu, ou peut-être le royaume des cieux. En revanche, il connaissait le Glenfiddich, et même si le parfum de tourbe était un peu trop léger à son goût, on ne pouvait exclure totalement une intervention divine. Après les revers de la veille,

Hugo avait l'impression de revenir brusquement à la vie.

— En-Kai, salua-t-il.

Deux verres plus tard, il demanda comment le chef s'était procuré le breuvage magique. Ce n'était tout de même pas la bouteille datant de son voyage dans le Nord ?

Non, Olemeeli avait trouvé à Nairobi une boutique de spiritueux qui effectuait des livraisons à domicile. Ils avaient râlé quand le chef leur avait demandé de se déplacer jusqu'à un village du Masai Mara, à six, sept heures de piste de la boutique, et râlé encore quand il avait proposé de les payer en bétail. Heureusement, après quelques jours de négociations, tout s'était arrangé. Aujourd'hui, ils venaient une fois par an avec un fourgon, déposaient les caisses de Glenfiddich et emportaient vaches et chèvres en dédommagement.

— Une vache pour deux caisses. Ou bien six chèvres. C'est ce que j'ai toujours dit : ils ne savent pas compter, à Nairobi !

Restait la question de l'épouse avec laquelle Hugo préférait passer la nuit, mais elle se régla d'elle-même. Après sept plats et une autre bouteille de whisky bien entamée, le visiteur s'endormit, la joue gauche contre la table. Le chef lui déposa deux couvertures sur le dos et chargea un de ses sujets de veiller sur son hôte.

Au petit déjeuner, Olemeeli le remercia pour la soirée de la veille et ajouta que son crâne l'élançait tant qu'il regrettait son homme-médecine. Hugo n'irait pas jusque-là, mais concéda qu'il avait également une bonne migraine.

Après une omelette, une salade de fruits et du café, il fut temps de passer aux choses sérieuses. Olemeeli le devança.

— Je m'aperçois que vous êtes un grand chef, Hugo. Pas comme l'autre *mzungu* qui est venu il y a deux jours.

— *Mzungu* ?

— Votre collègue, chef Hugo. Celui qui est venu chercher les affaires de l'homme-médecine. En revanche, je dois dire – de chef à chef – que votre collègue était loin d'être aussi sympathique. Je vous laisse le choix des éventuelles sanctions. Selon moi, un chef ne devrait pas empiéter sur les terres d'un autre.

Au début, Hugo ne comprit rien. Puis, il comprit tout.

Victor Alderheim était arrivé avant lui. Et le coup de fil d'Ole Mbatian lui avait ouvert la voie.

43

Victor avait déjà effectué ce voyage : Stockholm-Nairobi, voiture de location, piste rectiligne dans le désert. Il prit le même vol que cinq ans plus tôt, mais mit sérieusement les gaz pendant les dernières heures de route, afin d'arriver avant la tombée de la nuit. Ayant retrouvé l'endroit où il avait largué Kevin, il n'eut qu'à demander le chemin de la hutte du satané homme-médecine. En prévision de son objectif, à savoir s'emparer des photos mentionnées par le Massaï, il avait les poches bourrées de billets. S'il y avait une chose que les sauvages comprenaient, c'étaient les dollars.

Guidé par deux gardiens de chèvres (imaginez un peu), il atteignit le village d'Ole Mbatian plus vite qu'il l'espérait. Il fut accueilli comme s'il était attendu. Incompréhensible. Il eut à peine besoin de se racler la gorge que, déjà, les indigènes déposaient une boîte contenant toutes les preuves matérielles à l'arrière de sa voiture.

Victor s'attendait à une photographie floue de l'homme au plaid en compagnie d'Irma – qui aurait suffi à régler la question de l'authenticité des toiles –, mais il reçut un trésor tel qu'il n'aurait jamais osé en rêver.

Il ne restait plus qu'à fausser compagnie au chef. Comme s'il allait rester bavarder avec lui toute la nuit. Crétin !

Tandis que l'homme allait chercher de quoi trinquer dans sa hutte, Victor fila. Sans dire au revoir.

Alderheim dormit quelques heures dans la voiture, à mi-chemin de Nairobi, et embarqua pour la Suède à 7 heures du matin. Il croisa Hugo Hamlin quelque part au-dessus de l'Égypte. Aucun d'eux ne le savait. Pas plus qu'ils ne savaient ce que l'avenir leur réservait.

44

Victor Alderheim avait maintenant besoin que quelqu'un examine les lettres et les peintures, et certifie leur authenticité. L'homme de la situation était donc le docteur Frank B. Harris, de New York, le plus grand spécialiste mondial d'Irma Stern. Sa parole valait loi, littéralement, conformément à une série d'alinéas de la législation américaine.

Du reste, le docteur Harris était profondément religieux et observait des principes moraux très stricts. Son cercle de fréquentations se composait essentiellement de deux juges de la Cour suprême, d'un sénateur républicain et de l'archevêque de New York.

Depuis quelques jours, au cabinet du docteur Frank B. Harris à Manhattan, on ne parlait plus que de la découverte de deux présumés « faux Irma Stern » chez un galeriste adepte de la zoophilie. Le docteur et ses assistantes auraient pu fermer les yeux là-dessus si des images des peintures en question n'avaient pas laissé entrevoir qu'il s'agissait de chefs-d'œuvre plutôt que de contrefaçons. Ou a minima les deux à la fois.

Le docteur Harris mourait d'envie de savoir qui les avait exécutées, si ce n'était pas Irma Stern en personne. D'une part, parce que cette histoire était incroyable. D'autre part, parce que, depuis peu, des rumeurs sur Internet faisaient état d'un propriétaire autoproclamé qui affirmait l'authenticité des œuvres. Certes, le docteur n'était pas du genre à traîner sur des sites Web obscurs, ni sur les réseaux sociaux en général. Mais il avait deux assistantes, qui avaient elles-mêmes des assistants. Les gens simples avaient des distractions plus prosaïques que les siennes.

Le docteur Harris ne ressentait aucun désir de rencontrer ce galeriste suédois à la sexualité déviante. Malheureusement, une entrevue était inévitable s'il voulait examiner les peintures. En outre, ce pervers avait déjà contacté son cabinet.

Le docteur ne savait comment se tirer de ce mauvais pas. Afin de gagner du temps, il laissa ses assistantes se renvoyer l'odieux personnage pendant quelques jours et il appela son ami l'archevêque.

Celui-ci consulta son ami d'enfance et mentor, son ancien homologue à Buenos Aires, pour qui les choses avaient vraiment bien tourné dernièrement. Il habitait aujourd'hui un palace à Rome, où il s'était vu offrir le poste de grand manitou.

Le pape François fut aussi enchanté d'avoir des nouvelles de son ami l'archevêque que préoccupé par le sujet de l'appel. Il avait déjà bien assez de problèmes de pulsions sexuelles à régler dans son entourage. Soit, le Seigneur continuait à le mettre à l'épreuve. Il n'y avait qu'une solution, tenir bon.

La question de l'archevêque de New York s'avéra aussi concrète que diabolique : était-il convenable qu'un de ses amis s'entretienne – et peut-être lui serre la main – avec un homme qui forniquait avec des animaux ?

Par essence, non. Un tel péché devait être rejeté à tous niveaux et de toutes les manières imaginables.

Mais qu'en était-il si on opposait ce crime à un objectif supérieur, la possibilité d'offrir au monde deux nouvelles peintures extraordinaires d'une immense artiste ?

Le pape se tourna vers la Bible. Où sinon aurait-il pu chercher ? Les Psaumes disaient « Fuis le mal et fais le bien », ce qui interdisait clairement de fraterniser avec des gens qui, selon le Lévitique, méritaient la mort. Mais l'Épître aux Romains 12:21 tempérait d'un : « Ne te laisse pas vaincre par le mal, mais surmonte le mal par le bien. »

Le verdict fut d'affronter l'horrible personnage. La Bible avait une tendance, assez pratique, à se contredire souvent. Il suffisait de choisir le passage qui nous arrangeait le plus pour une situation donnée.

— Dis à ton ami qu'il peut aller voir la brebis égarée Alderheim à Stockholm et lui serrer la main s'il le faut, mais qu'il doit mettre à profit chaque possibilité de le ramener sur le droit chemin, de le submerger de bienveillance.

Voilà comment, un beau matin, le docteur Frank B. Harris atterrit au terminal 5 de Stockholm-Arlanda, avec la bénédiction indirecte du pape, pour retrouver un Victor Alderheim bouillant d'impatience.

— Docteur Harris ? C'est un honneur pour moi de vous souhaiter la bienvenue en Suède.

— Mon frère, tu as reçu la connaissance du bien, la seule chose que le Seigneur exige de toi : droiture, amour et piété, lui retourna le docteur Frank B. Harris.

— Pardon ? s'étonna Victor Alderheim.

Après un trajet silencieux de l'aéroport à la capitale, le docteur Harris s'assit dans la cuisine de ce dépravé avec les toiles présumées d'Irma Stern sous les yeux. Il remercia le Seigneur qu'aucune chèvre ne se trouve dans la pièce.

Il étudia minutieusement les peintures pendant plus d'une demi-heure, quoiqu'il en soit tombé amoureux en dix secondes.

— Alors, qu'en pensez-vous ? demanda finalement Victor.

Devant le silence de l'expert, Victor présenta les preuves qu'il avait réunies en Afrique.

Quel trésor ! Des photographies en noir et blanc d'Irma Stern en train de peindre un garçon près d'un ruisseau. Celui du tableau, bien sûr. Et ses lettres à l'homme qui lui avait manifestement sauvé la vie.

L'expert avait la larme à l'œil.

Ces lettres ! Incontestablement de la plume de la grande artiste ! Personne d'autre ne faisait autant de fautes d'orthographe et de ponctuation. Et son écriture : le lecteur devait deviner un mot sur quatre.

Mais quand on tombait juste et passait sur les virgules mal placées, on découvrait une certaine beauté dans ses textes. Comme les passages où la femme âgée remerciait l'homme-médecine de lui avoir donné la chance de vivre un peu plus longtemps.

Aucun doute n'était permis : les peintures sous les yeux du docteur Harris étaient deux œuvres tardives, jusqu'ici inconnues, d'Irma Stern.

— Seigneur, à qui appartiennent ces peintures ? demanda-t-il, se surprenant à penser un peu trop au pape.

— À moi, bien sûr, dit Victor.

— Pouvez-vous le prouver ?

Le prouver ? La nervosité que ressentait Victor se transforma en colère froide.

— En quoi est-ce utile pour l'estimation ? Ne pouvez-vous pas simplement confirmer que les peintures sont authentiques, et me laisser m'occuper du reste ?

Jusqu'à cet instant, l'homme aux chèvres s'était montré calme. Mais à présent le docteur Harris croyait entrevoir son vrai visage.

— L'apôtre Paul lui-même s'est repenti, répliqua le docteur Harris. Vous devriez suivre son exemple, monsieur Alderheim.

Quelle espèce de cinglé lui avaient-ils envoyé depuis l'autre côté de l'Atlantique ?

— Je sens que je vais bientôt me repentir de vous avoir fait venir. Dites-moi plutôt combien valent les toiles, et je vous reconduis à votre avion.

L'argent, songea le docteur Harris. Un obstacle qui détournait sans cesse les brebis du droit chemin. Le mercantilisme était responsable de la décadence du genre humain.

— Je suis disposé à signer un certificat d'authenticité et donner une estimation de la valeur des œuvres, mais seulement à leur propriétaire légitime. À en juger par les lettres, il s'agissait dans les années 1960 d'un certain M. Ole Mbatian. Je présume que ce monsieur est décédé depuis et que les œuvres ont été transmises à ses enfants, voire à ses petits-enfants, dans la mesure où aucune lettre de cession n'atteste le contraire.

Victor avait envie d'étrangler l'Américain, mais celui-ci serait sans doute trop heureux de rencontrer son Créateur. Il refréna ses ardeurs et lança un extrait vidéo de TV4, dans lequel un homme se présentant sous le nom d'Ole Mbatian le Jeune, manifestement fils de son père, annonçait avoir vendu les toiles à « l'homme aux chèvres ».

— Et c'est vous ?

— Oui, dit Victor. C'est-à-dire, non, enfin, oui.

Personne n'avait envie d'être affublé d'un titre pareil, mais il y avait plus important en jeu.

Le docteur Harris étudia à nouveau l'extrait vidéo.

— Des indices clairs, approuva-t-il. Dans ce cas, puis-je vous demander une copie du récépissé ?

Le docteur Harris posa sa mallette sur ses genoux, comme pour y glisser le document réclamé.

— Cela ne fonctionne pas comme ça en Afrique, tenta Victor.

— Vous avez acheté deux potentiels Irma Stern sans récépissé ?

— Mais bon sang...

— Permettez que je vous arrête : tout péché et tout blasphème sera pardonné aux hommes, mais le blasphème contre l'Esprit ne sera point pardonné.

— Hein ?

— Matthieu, 12:31.

Impossible de parlementer avec cet expert américain fanatique. Victor avait d'abord prévu de le conduire à son hôtel, mais il fut enchanté de le laisser repartir à pied sous la météo maussade. En guise d'adieux, le docteur Harris renouvela ses conditions.

— Je rentre aux États-Unis dans quelques jours. En attendant, je compte visiter le musée d'Art moderne et d'autres expositions. À en juger par les lettres d'Irma Stern, les chefs-d'œuvre appartenaient à Ole Mbatian l'Ancien et à Ole Mbatian le Jeune après lui. Je reconnais ces hommes comme propriétaires originaux des peintures. Afin d'établir les certificats que vous me demandez, monsieur Alderheim, il me faut la preuve de chaque nouvelle cession et donc de chaque nouveau propriétaire, depuis eux jusqu'à vous. Le matériel vidéo au sujet du zoophile, c'est-à-dire vous – Dieu me pardonne –, indique qu'aucun changement de main n'a eu lieu au cours des dernières décennies. Dans ce cas, il ne me manque qu'une transcription de ce qui a été rapporté à la télévision. Amen.

Victor fut si surpris d'entendre Harris mêler à nouveau le Seigneur à leur affaire qu'il perdit le fil.

— Qu'est-ce que vous avez dit ?

Le docteur Harris n'était qu'un être humain, sujet au stress. Il s'efforçait de s'exprimer en termes profanes, mais il sentait que le pape l'accompagnait. Il voulait expliquer au marchand d'art que les paroles, c'était bien beau, mais qu'un écrit serait exigé. Malheureusement, son cerveau mélangea les Écritures et le Verbe, et tout sortit dans le désordre.

— Quiconque rencontre le Verbe doit, sous la direction de l'Esprit, en commun avec d'autres, interpréter et comprendre.

— Docteur Harris, vous avez pété un boulon ?

L'expert fit une nouvelle tentative.

— Débrouillez-vous pour obtenir la signature d'Ole Mbatian sur une lettre de cession en bonne et due forme.

— Mais vous me l'avez déjà dit.

La neige tombait. Les chasse-neige ne passaient pas encore.

— Prenez garde à ne pas glisser, docteur Harris.

Par où commencer ? Victor devait trouver un homme-médecine noir dans la Stockholm blanche de neige et l'obliger à signer de son nom sur le bon papier, tout en protégeant ses nouvelles acquisitions, deux peintures valant peut-être plusieurs millions accompagnées des preuves presque irréfutables de leur authenticité. Ces documents étaient un trésor culturel inestimable à eux seuls.

En revanche, il avait aussi une porte d'entrée que Kevin, avec ou sans complice, avait franchie sans endommager la serrure. Celle-ci, vieille de trente ans, avait visiblement été forcée sans opposer la moindre résistance. À croire que le garçon avait la clé.

Nouvelle serrure. Immédiatement.

Ensuite, le Massaï. Si cet allumé d'expert voulait rentrer chez lui, grand bien lui fasse. Des avions décollaient chaque jour pour New York. Victor n'aurait aucune difficulté à s'y rendre pour lui faire avaler ses fichues preuves, de préférence avec le Nouveau Testament.

Nouvelle serrure ? Non.

Comme la plupart des Stockholmois, le serrurier moyen de la capitale était actif sur les réseaux sociaux. Un endroit où l'on en apprenait beaucoup plus que par les médias traditionnels. Et il s'y disait que ce qui se tramait entre les murs de la galerie d'art était répugnant au-delà de l'imagination. Les quatre chèvres (elles s'étaient multipliées comme des lapins) avaient la compagnie contrainte et forcée d'un agneau et d'un veau. Et le marchand d'art gardait aussi un hamster dans une cage. Nul ne voulait en savoir davantage. Ou plutôt, tout le monde voulait en savoir davantage. Assez de gens savaient ce qu'ils savaient pour donner à Victor Alderheim des raisons de déménager de l'autre côté de la Terre, voire sur une autre planète.

En un mot comme en cent, les trois premiers serruriers contactés refusèrent tout de go de l'aider. Le quatrième se montra plus réservé. Peut-être trouverait-il un créneau de libre l'automne prochain.

Victor dut opter pour une solution provisoire. Tout en installant un robuste cadenas, il songea à nouveau à la clé. Ses réflexions ne le menèrent pas jusqu'à Jenny, mais suffisamment loin pour envisager une seconde visite nocturne de Kevin. Lors de la première, le garçon avait – entre autres – déposé deux toiles dans son sous-sol et prévenu la police, qui avait accusé Victor de contrefaçon. Qui placerait deux authentiques Irma Stern ailleurs que sur son mur ou dans un coffre-fort ?

Victor en avait déduit que Kevin ignorait alors ce qu'il faisait.

Deuxième conclusion : si depuis il avait regardé la télé ou trouvé le Massaï, il avait appris la vérité.

La porte était à présent cadenassée de l'intérieur. De la rue, c'était indétectable.

Victor Alderheim ne connaissait aucun esprit plus brillant que le sien.

Une longue journée touchait à sa fin.

De retour dans son appartement, le marchand d'art s'assit sur la même chaise que le docteur Harris un peu plus tôt. Il était temps d'ouvrir le courrier, qui comptait une unique enveloppe. Marquée d'un tampon officiel.

Cinq ans et trois jours après le signalement par son ancien tuteur de la disparition et du décès présumé de Kevin, l'administration avait tranché.

Le garçon était officiellement déclaré mort.

Dommage que ça ne soit pas vrai.

45

Tandis qu'Hugo buvait du whisky en Afrique, Jenny et Kevin faisaient de leur mieux pour se divertir, eux-mêmes et le Massaï. D'abord, le musée d'Art moderne.

Les jeunes gens s'étaient trouvés l'un l'autre, mais tout était allé très vite. Ils accueillaient donc avec gratitude tout ce qui pouvait consolider des sentiments si précoces. Par exemple, leur émotion commune face aux œuvres de Sigrid Hjertén, une des rares représentantes suédoises du mouvement expressionniste. Une de ses peintures montrait une dame de la haute société sur un balcon au premier plan et, en contrebas, des attelages, tramways, rencontres et négoces. La femme était entourée d'une haute balustrade qui semblait la retenir prisonnière de sa condition sociale.

Kevin y voyait une rencontre entre l'expressionnisme et le féminisme. Jenny comprit ce qu'il voulait dire. Ses sentiments pour son petit ami croissaient un peu plus chaque jour.

— Pourquoi a-t-elle l'air si fâchée ? demanda Ole Mbatian.

Après le musée d'Art moderne, Jenny suggéra une balade au musée en plein air de Skansen, où l'on pouvait observer des animaux intéressants et des maisons anciennes. Ole répondit qu'il avait observé bien assez d'animaux au fil des ans. Quand il apprit que certaines maisons traditionnelles avaient plusieurs siècles, cela ne fit que l'agacer. Chez lui, aucune hutte ne tenait debout plus de quatre ans, il fallait sans cesse les reconstruire.

De toute manière, l'idée était peu judicieuse. Les températures extérieures étaient encore négatives, et Ole Mbatian n'avait aucune intention de renoncer à son *shúkà*.

Un centre commercial serait peut-être préférable ? Cette fois, Ole se montra intéressé, il voulait d'ailleurs acheter une ou deux bricoles. Il avait besoin d'un nouvel équipement. Sa lance et son couteau avaient été saisis dès Nairobi. Le casse-tête avait réussi à entrer en Suède, mais les policiers le lui avaient confisqué, au prétexte que l'un d'eux l'avait reçu sur le front.

Jenny et Kevin proposèrent une sortie au Mall of Scandinavia – plus de 200 boutiques, restaurants et offres de divertissement répartis sur plus de 100 000 mètres carrés. Là, toutes les marques internationales imaginables se disputaient l'attention des visiteurs : vêtements de luxe, décoration, technologie... On pouvait même s'acheter une voiture électrique.

Le véhicule n'impressionna pas Ole Mbatian. Si la voiture exigeait de l'électricité, elle ne lui servirait à rien dans son village. Chef édenté devrait se justifier sur pas mal de choses quand le jour viendrait.

En revanche, l'homme-médecine concéda que quelques vêtements sous son *shúkà* ne feraient pas de mal. Il n'était pas du genre à se plaindre, mais le froid était mordant.

Bien que Jenny et Kevin aient dissuadé Ole Mbatian de s'acheter de nouvelles armes, le centre commercial fut un succès, notamment grâce à tous les escalators. Ole voulut absolument en tester un dans le mauvais sens pour vérifier sa théorie. Fascinant ! Même s'il marchait inlassablement, il n'arrivait jamais nulle part.

Du reste, il était maintenant revêtu d'un caleçon long et d'un col roulé en maille fine invisible sous son *shúkà*. Avec, aux mains, une paire de gants noirs en cuir véritable. Ole savait ce que c'était, mais il n'en avait jamais porté auparavant.

— Le noir est bien assorti aux carreaux du *shúkà*, dit-il, admiratif.

— Quel sens de la mode, commenta Jenny.

Restait la question des pieds. Sans vouloir paraître aussi rétrograde que son chef, autant les gants étaient confortables, autant l'homme-médecine se sentait oppressé dans des chaussures. Il voulait conserver ses sandales, mais il envisageait d'enfiler des chaussettes, tant que la météo maussade persistait.

Chaussettes et sandales ? Le sens de la mode, disions-nous…

La vendeuse de chaussures remarqua la grimace de Jenny mais trouva un argument de poids : le *Wall*

Street Journal, rien que ça, avait cherché à déterminer si, finalement, les chaussettes dans les sandales n'étaient pas un style vestimentaire acceptable. Considérant la tenue de ce client, elle recommanda une paire de chaussettes bordeaux avec des Birkenstock noires. Par chance, elle avait les deux en stock.

L'homme-médecine approuva. Non seulement ses anciennes sandales brun clair dérapaient sans cesse, mais elles juraient désormais avec ses nouveaux gants noirs. Ole ne voulait pas se couvrir d'embarras durant son séjour en Suède. Si madame la vendeuse pensait que monsieur Wall Street Journal donnerait sa bénédiction, il était prêt à sauter le pas. En cas de doute, il suffisait de lui téléphoner pour poser la question.

De retour à Lidingö, Hugo réunit Jenny, Kevin et Ole Mbatian dans son salon. Le Massaï portait à présent des gants, dehors comme dedans, et arborait aussi une montre au poignet gauche. Kevin l'avait achetée pour une bouchée de pain chez le quincaillier de Bollmora. Ole l'avait regardée avec tant d'envie et d'insistance que son fils la lui avait offerte. En bonus : une introduction à la lecture des aiguilles. Son père apprenait vite.

Hugo leur raconta son entrevue avec le chef, la cérémonie du Glenfiddich ainsi que, le lendemain matin, son mal de crâne carabiné et sa terrible découverte : Victor Alderheim l'avait devancé, il était désormais en possession des peintures et des preuves de leur authenticité. Hugo se tourna vers Ole Mbatian, une pointe de froideur dans la voix :

— Avez-vous raconté à Alderheim... au colérique... qu'il existait des photographies d'Irma Stern et vous ?

Ole sentit qu'il aurait mieux fait de tenir sa langue. Mais comment aurait-il pu s'en douter pendant le petit déjeuner de kaviar en tube ?

— Il est vrai que le colérique a acheté mes peintures. Vendu, c'est vendu. Mais prendre quelque chose qui ne vous appartient pas... Tu sais comment les Massaï appellent cela ?

— Non..., dit Hugo.

— Du vol.

Hugo entrevoyait-il une issue ? Il se dépêcha de rappeler l'augmentation significative de la valeur des toiles à présent qu'ils disposaient de preuves matérielles de leur provenance. En tenant compte du buzz international, qui s'ajoutait au prix de base d'un authentique Irma Stern, on dépassait sans doute les 2 millions de dollars.

— Ça fait combien ? se renseigna Ole Mbatian.

— Combien fait quoi ? s'étonna Jenny.

Kevin calcula rapidement.

— À peu près 2 000 vaches, papa.

— Ouille !

L'homme-médecine mesurait-il l'ampleur des sommes en jeu ? Hugo demanda prudemment si, afin de débloquer la situation, Ole Mbatian envisageait de contester la transaction.

— Que veux-tu dire ?

— Vous pourriez affirmer que vous n'avez jamais vendu les toiles. Qu'il vous a mal compris.

— Mal compris ?

Voilà que c'était au tour d'Hugo de divaguer à présent. Le colérique avait parfaitement compris, et en une seconde il était passé de fou de rage à fou de joie. Certes, cela n'avait pas duré, mais c'était sans doute plutôt dû à sa personnalité. Qu'Hugo ne s'inquiète pas, il n'y avait aucun malentendu.

Hugo songea une fois de plus que le Massaï et lui n'étaient vraiment pas sur la même longueur d'onde.

— Ce que j'aimerais savoir, c'est si nous avons les coudées franches pour affirmer qu'il y a eu malentendu ? Peut-être pourrions-nous récupérer les toiles et les échanger ensuite contre, disons, 2 000 vaches.

Ole Mbatian secoua la tête. Une promesse était une promesse. Et puis, qui donc conduirait 2 000 vaches jusqu'au village depuis la Suède ? Vous imaginez les pauvres bêtes, avec cette météo ? Il leur faudrait au moins des gants sur les pattes.

Retour à la case départ.

En dépit de leur sombre situation, Kevin ne pouvait s'empêcher d'éprouver de la fierté pour son père, fidèle à sa promesse. Hugo était surtout contrarié. Jenny se sentait vide.

Cependant, l'homme-médecine tenait à clarifier un point : si une promesse était une promesse, un vol était un vol. Pour son larcin, le colérique méritait une bonne leçon. De préférence à l'africaine.

— À l'africaine ? répéta Hugo.

Kevin expliqua rapidement le principe de la fourmilière. Pour un crime mineur, le coupable se voyait maintenir la tête dedans pendant environ un quart d'heure. Pour des crimes graves, une demi-heure ou plus.

— Si nous récupérons mon bien, je me satisferai d'un quart d'heure, dit Ole. Mais s'il s'obstine à refuser de nous le rendre, et au vu de tout ce qu'il a fait par le passé, l'autre extrême pourrait devenir d'actualité, si tu me demandes mon avis. Ce que tu viens d'ailleurs de faire.

— L'autre extrême ?

— Mains attachées dans le dos, tête enfoncée dans la fourmilière, et bye bye.

À défaut de fourmilière, le Massaï suggéra qu'ils s'arment de tout ce qu'ils trouveraient dans le garage d'Hugo et rendent visite au marchand d'art.

Impossible pour les autres de donner leur aval. Certes, Alderheim méritait un peu de tout cela, mais si Ole Mbatian prenait les commandes, personne ne contrôlerait plus l'intensité du châtiment. Pas même le Massaï, qui semblait déjà penser à autre chose. Tandis que ses compagnons réfléchissaient à l'étape suivante, il tapait dans ses mains gantées, sauf quand il consultait sa montre pour leur annoncer l'heure. Absent ? Concentré ? Conscient de leur situation ? Nul ne le savait.

Hugo, dont le cerveau avançait à la vitesse d'un escargot, pesta contre le whisky. Les derniers effets persistaient encore, deux jours après la soirée et deux vols intercontinentaux. Pourvu qu'il ne soit pas en train de tomber malade.

À la mention de la boisson couleur d'ambre, Ole hocha la tête, compatissant. Olemeeli, Glenfiddich et lui observaient la tradition tous les jeudis après le coucher du soleil : le chef racontait des âneries, et l'homme-médecine le corrigeait.

— Aux alentours de 19 heures, je pense, ajouta-t-il en indiquant sa belle montre. Ou 7 heures, comme on dit.

Leurs discussions étaient suivies d'un compte rendu le lendemain matin. Ils s'aidaient mutuellement à se souvenir de ce qu'ils n'avaient pas pu décider la veille, faute d'avoir pu se mettre d'accord.

— Entre 10 heures et 10 h 30. À peu près. Éventuellement 11 heures. Mais pas plus tard.

Ils étaient dans une impasse.

Hugo avait besoin de réfléchir. Et de récupérer. Ou plutôt l'inverse. Il couvait quelque chose. Il demanda à ses invités de faire profil bas jusqu'à ce qu'il émerge. Cela prendrait un jour ou deux.

Tandis qu'Hugo se reposait et songeait à l'avenir, le Massaï, le demi-Massaï et l'ex-femme de leur pire ennemi se distrayaient en faisant de la luge sur une butte très appréciée des enfants du quartier. De temps en temps, ils croisaient leur hôte dans la cuisine.

— Vous n'avez pas envie de nous accompagner sur la colline ? demanda Kevin. Vous ne pouvez pas travailler sans arrêt.

— Il est 2 h 15, l'informa Ole. Quatorze et quinze.

— Merci, mais non merci. Et merci pour l'heure, Ole. Comme ça, je sais.

Armé de sa tasse de café, Hugo retourna dans sa chambre à l'étage. Le calme qui y régnait l'aidait à se focaliser sur leur situation et leur objectif. La vue d'un Massaï en *shúkà*, gants et sandales sur une luge ne ferait que le déconcentrer.

Malheureusement, les craintes d'Hugo se concrétisèrent. Il avait de la fièvre et un rhume. Lui, le seul du groupe qui n'avait pas passé des heures à se rouler dans la neige. La vie était injuste.

Il fallut au génie de renommée internationale trois jours de sommeil réparateur et des litres de limonade au gingembre pour se remettre sur pied et trouver une nouvelle solution. Ayant un air de déjà-vu.

Il devait coûte que coûte obtenir le consentement du Massaï. Hugo convoqua donc un nouveau sommet et s'adressa à Ole Mbatian :

— Vous avez vendu *Femme à l'ombrelle* et *Garçon près d'un ruisseau* à Victor Alderheim et vous ne reviendrez pas là-dessus. Correct ?

— Je n'ai jamais mangé d'aussi bons toasts, répondit Ole Mbatian.

— Et les vieilles photographies et lettres que vous n'avez pas vendues ?

— Du vol. Donne-moi un casse-tête, une fourmilière ou les deux, et je m'occupe du reste.

Hugo n'avait pas renoncé à l'idée de vengeance proportionnelle aux torts causés.

— Nous ne pouvons pas vous suivre sur cette voie. Je sais ce que vous pensez du vol, mais que diriez-vous plutôt d'une effraction pour subtiliser ce qui vous appartient ?

Le Massaï réfléchit. Cela revenait peu ou prou à la même chose que leur raid dans le village voisin pour récupérer les chèvres.

— À ceci près que cette fois nous ne comptons massacrer personne, tempéra Hugo.

— Et que les chèvres en question sont vraiment les nôtres, ajouta Jenny.

L'ex-publicitaire avait honte d'avoir eu besoin d'autant de temps pour conclure qu'ils devraient faire une nouvelle virée nocturne chez Alderheim. Il mettait ça sur le compte de son rhume. À moins que son subconscient n'ait repoussé cette solution comme un dernier recours, vu le risque que ce qu'ils venaient chercher ne se trouve pas dans la galerie, mais dans l'appartement au-dessus. Qui sait, sous l'oreiller du marchand d'art endormi.

Un plan périlleux, pour ne pas dire plus. Mais si les peintures étaient authentifiées, il serait trop tard.

Tel serait le programme pour cette nuit, donc. Ou plutôt celle de dimanche à lundi, quand la ville serait plus calme. Si le galeriste était aussi bête que le sous-entendait Jenny, il n'aurait pas encore changé les serrures.

46

Elle n'était pas donnée, la webcam que Victor Alderheim avait installée au-dessus de la porte de la galerie. Cependant, avec un peu de chance, l'investissement rapporterait plusieurs milliers de fois sa valeur. La caméra avait un capteur de sons et de mouvements, et envoyait le fichier vidéo à son propriétaire. Elle filmait même dans l'obscurité, ce qui n'était pas une mauvaise idée, sachant que c'était la caractéristique principale de l'hiver suédois. Sans compter que l'intrus ne frapperait sûrement pas pendant les quelques heures de milieu de journée, où on voyait plus loin que le bout de son nez.

La première nuit, la caméra resta en mode veille, comme son propriétaire un étage plus haut.

La deuxième nuit, Victor tira le gros lot. Quatre minutes et treize secondes d'enregistrement – entre 2 heures 5 minutes 30 secondes et 2 heures 9 minutes 43 secondes. Comme prévu, la vidéo fut envoyée sur son téléphone portable.

Le marchand d'art visionna avec fascination et terreur les images en question. Il reconnut l'homme à l'arrière du groupe : le Massaï ! Devant lui se trouvait un individu qu'il n'avait jamais vu auparavant. Mais en deuxième venait… Kevin ! Son Kevin. Son ancien protégé défunt. Victor le savait, sans le savoir. Comment était-ce possible ?

Seule satisfaction, Kevin était manifestement le fils du Massaï. Une question résolue une fois pour toutes. La mère pestiférée avait été si obstinée que Victor s'était soumis à un test de paternité pour la faire taire. Malheureusement, elle l'avait utilisé contre lui. Ne voyait-elle pas que le garçon et lui n'avaient pas la même couleur de peau ?

Au cours des négociations qui avaient suivi, la mère avait promis de ne pas faire de vagues, à condition que Victor s'occupe de son fils jusqu'à son dix-huitième anniversaire.

Une promesse facile à tenir, puisque la femme allait bientôt mourir.

Cependant, elle s'était montrée plus retorse que Victor l'avait cru. Sur des jambes chancelantes, elle l'avait traîné au bureau des Affaires familiales où, le couteau sous la gorge, il avait accepté des conditions sur lesquelles il n'avait pas pu revenir. L'autre option – le tribunal – aurait été pire. À ce qu'avait compris Victor, les assesseurs étaient des militants écolos, et autres horreurs. En plus, ils auraient entraîné le garçon dans cette sale histoire.

Voilà comment il en était arrivé à l'appartement de Bollmora et aux livraisons de pizzas jusqu'à la majorité du garçon. Puis à la conviction que le problème ne disparaîtrait pas, à moins de faire disparaître le garçon.

L'aller simple pour l'Afrique était une bonne idée. Si seulement ces feignasses de lions avaient fait leur boulot. Impossible de compter sur qui que ce soit dans ce bas monde, pas même sur les animaux sauvages.

La présence de Kevin parmi les intrus n'avait rien de surprenant. Mais au premier rang venait *Jenny*, clé en main. Comment, au nom du ciel... Mais bien sûr !

Trop occupé à vider le compte en banque de la jeune fille, Victor avait oublié de lui faire les poches.

À présent, cela n'avait plus d'importance. Jenny avait beau pousser, la porte résistait grâce au cadenas. Victor la surpassait intellectuellement. Rien de nouveau sous le soleil, mais inutile de bouder son plaisir.

Restait à savoir comment Jenny et Kevin s'étaient rencontrés.

Bollmora, comprit soudain Victor. Évidemment !

Quant au dernier homme, qui était-il donc ?

La plupart des pièces du puzzle étaient en place, à l'exception de l'une d'elles. Kevin et Jenny avaient organisé le coup monté pour se venger d'avoir été exclus des ambitions de Victor. Kevin avait rapporté les peintures d'Afrique, Ole Mbatian l'avait suivi, mais ne l'avait pas retrouvé à temps pour l'empêcher de s'introduire dans le sous-sol de la galerie d'art. Ensuite, le Massaï encore plus nigaud avait vendu les trésors volés par Kevin. À Victor ! Pour une tartine. Ou plutôt deux.

À présent, Victor ne pouvait exclure que les tambours de la jungle aient résonné depuis l'Afrique jusqu'en Suède, et que Jenny et Kevin sachent qu'il avait non seulement récupéré les peintures, mais aussi les preuves de leur authenticité.

Le marchand d'art avait toutes les cartes en main. Kevin et Jenny avaient gagné une manche en faisant croire au monde entier qu'il copulait avec des chèvres. Mais, à ce prix-là, les gens pouvaient bien croire ce qu'ils voulaient.

Restait à amener le Massaï à lui céder les peintures par écrit. Ce cinglé d'Américain et son Dieu l'exigeaient. C'était tellement frustrant. D'un autre côté, sans récépissé de la cession, il aurait des difficultés à les revendre, à moins d'en demander un prix insignifiant.

Victor n'avait osé croire que le Massaï tiendrait parole.

Du moins, jusqu'à maintenant.

À présent, l'indigène devrait choisir entre signer cette lettre de cession et partager une cellule avec Kevin, Jenny et l'inconnu pour effraction et cambriolage inversé – quel que soit le nom donné par la justice à ce genre de chose.

Tout allait s'arranger.

À condition de mettre le grappin sur le Massaï.

47

Une petite baisse d'énergie, un rhume carabiné accompagné de fièvre. Mais tout de même. Ces trois jours de convalescence avaient donné au salaud le temps de se barricader dans sa galerie. Hugo passa la plus grande partie du petit déjeuner de lundi à se demander lequel il détestait le plus : le marchand d'art ou lui-même.

Pendant ce temps, Ole Mbatian étudiait le grille-pain, réfléchissant à un développement du produit. L'idée de faire cuire le pain avec un œuf dessus dans l'appareil était vouée à l'échec, l'œuf dégoulinerait de la tartine avant d'avoir pu cuire. Qu'arriverait-il si on couchait le grille-pain ?

Il ne mena pas l'enquête plus avant, le toast à l'œuf ne tenait de toute façon pas la comparaison avec les feuilles brunes à la confiture dégustées à la maison d'arrêt. Le kaviar qui n'était pas du caviar n'était pas mauvais non plus.

Jenny et Kevin s'aperçurent qu'Hugo n'allait pas bien depuis ce dernier revers. Ils feraient mieux de le laisser se lamenter un moment en paix. Pourquoi pas une nouvelle sortie au centre commercial ? Histoire d'acheter des corn flakes et de la confiture d'airelles pour l'homme-médecine, et un tube de Kalles ? Ils pourraient flâner parmi les moules à gaufres, les ventilateurs de table, les machines à café et autres appareils électriques fascinants. Dissuader Ole d'acheter un nouveau couteau. Lui expliquer qu'on ne trouvait pas de lances dans le commerce. Peut-être éventuellement un maillet en bois ?

Par politesse, Jenny proposa à Hugo de les accompagner. Perdu dans ses pensées, ce dernier ne répondit pas.

Jusque très récemment, il dirigeait une entreprise fondée sur une idée brillante : convertir en espèces sonnantes et trébuchantes le désir des gens de se nuire mutuellement. Cent pour cent d'entre eux subissaient une injustice à un moment ou à un autre. Cinquante pour cent souhaitaient obtenir réparation. Dix pour cent avaient les moyens de payer. Si seulement 1 % sautait le pas, La Vengeance est douce SA aurait des perspectives d'avenir plus que douces.

Ceux qui cherchaient le plus à se venger étaient des États et des organisations terroristes. Il n'était pas rare que les États blâment un bouc émissaire, tandis que les organisations terroristes agissaient à couvert. Cependant, ni les premiers ni les seconds ne faisaient concurrence à Hugo. Il en allait autrement, par exemple, de la mafia italienne. Voilà pourquoi il avait veillé à souligner, lors de son lancement sur le marché, qu'il restait dans les clous de la légalité. Ce qui n'était pas la priorité de Cosa Nostra. Le fait qu'Hugo ait appliqué leurs méthodes dès sa première mission était un autre problème.

Son business plan incluait déjà des filiales dans une série de villes. D'abord Londres. Les Anglais n'avaient pas leurs pareils pour se fâcher à propos de broutilles. À qui était-ce de lancer les fléchettes au pub ? Quelle équipe de foot supporter, peu importe ses performances ? Ils n'arrivaient même pas à se mettre d'accord sur leur appartenance à l'Europe : quittera, quittera pas ?

Ensuite, Berlin. Les Allemands ressemblaient beaucoup aux Suédois. Ordre et discipline, ponctualité, respect des règles, écrites et orales. Quand quelqu'un marchait sur le pied d'un autre, il y avait des conséquences, aussi loin que remontait la mémoire collective. Hansel et Gretel eux-mêmes avaient pris leur revanche. Quand la sorcière avait exposé ses intentions, ils n'avaient pas cherché à parlementer – ils l'avaient poussée dans le feu.

Puis, ce serait le tour de la France. Non que ce marché soit très lucratif, les Français étant très doués pour se venger tout seuls, enfin, de préférence en bande. Mais Paris avait un certain prestige. Si vous vouliez exister, vous vous deviez d'y être représenté.

L'Espagne, c'était déjà fait. Sa vengeance avec le ballon de foot en béton avait atterri dans les journaux.

Une fois l'Europe conquise, il partirait à l'assaut des États-Unis. Hugo aurait alors besoin d'un solide business plan, incluant une analyse des forces, faiblesses, possibilités et menaces. Détail crucial, aux USA, si on éraflait une voiture, on risquait de finir – selon la définition locale de l'autodéfense – avec une balle entre les deux yeux.

Dans l'ensemble, les affaires se portaient bien jusqu'au moment où Jenny et Kevin avaient poussé la porte du bureau d'Hugo. Depuis, un homme-médecine africain tête en l'air avait frappé. Si une griffure sur la carrosserie pouvait entraîner une balle dans la tête aux États-Unis, qu'en serait-il de deux peintures estimées à plusieurs millions vendues pour une tartine de faux caviar en tube chacune ? Quand Hugo, désespéré, exposa l'absurdité de leur situation, le coupable souligna qu'avec le kaviar il avait mangé des œufs durs.

Pour l'heure, La Vengeance est douce SA était moribonde. La tentative d'effraction ayant échoué, le grand créatif était à court d'idées. Une chose était certaine, ce qu'il ne devait pas faire : accompagner Jenny, Kevin et la catastrophe ambulante pour une virée shopping.

— Amusez-vous bien. Je reste ici.

La quincaillerie Clas Ohlson proposait des maillets en chêne de 33 centimètres de long à 79,90 couronnes. Ole Mbatian en soupesa un et hocha la tête. Son fils paya avec une carte en plastique qui fit *bip* quand il l'approcha d'une boîte avec des boutons dessus. Ole nota que c'était le tintement qui valait paiement. Comparé aux quatre vaches qu'il avait guidées jusqu'à Narok, c'était là un bel exemple de progrès.

Quelques mètres plus loin se trouvait une supérette où ils firent le plein de corn flakes et de confiture d'airelles. Ces emplettes achevées, l'homme-médecine, de bonne humeur, se mit à balancer son nouveau casse-tête en marchant, tandis que Kevin portait le sac de courses.

— Je devrais peut-être rapporter des petits souvenirs à la maison, suggéra Ole. Il y a beaucoup de choix ici.

Il tendit le menton vers une vitrine montrant des bijoux en or et en argent.

Le visage de Jenny s'éclaira.

— Un collier, peut-être ?

L'homme-médecine secoua la tête. Ça n'irait pas, ses épouses étaient malheureusement deux.

— Deux colliers ?

Pas bête ! Jenny comprenait les femmes.

— Eh bien, il se trouve que j'en suis une.

Ce jour-là, pour la première fois, Fanny Sundin tenait seule la bijouterie Hellgrens Guld. Après une semaine d'observation, elle était fin prête. Elle avait appris à reconnaître les différents types de clients : ceux qui avaient besoin d'un temps de réflexion, ceux qui voulaient simplement jeter un coup d'œil. Elle avait aussi mémorisé l'emplacement du bouton d'alarme à ses pieds, au cas où l'impensable se produirait.

C'est alors que l'impensable se produisit.

Elle vit entrer un homme de grande taille, vêtu d'un plaid en tartan rouge et noir et de simples sandales. En plein hiver. Une de ses mains gantées serrait un maillet. L'individu n'eut pas le temps d'annoncer « Ceci est un hold-up » que Fanny avait déjà déclenché l'alarme.

Ole fut déçu. Lui qui espérait payer avec la carte de crédit de Kevin, celle qui faisait *bip*. Cependant, au lieu de le conseiller, la femme derrière la caisse éclata en sanglots. Quand Ole tenta de la réconforter d'une caresse sur la joue, elle se mit à pousser des hurlements encore plus stridents que la réceptionniste de l'hôtel, le jour de son arrivée en Suède. L'une refusait les vaches ou les espèces, l'autre ne voulait pas de sa carte. Comment ce pays fonctionnait-il si personne ne voulait être payé ?

Quelques minutes plus tôt, Jenny et Kevin avaient envoyé le Massaï seul dans la boutique et l'attendaient à quelques mètres de là en dégustant une glace. L'idée semblait bonne pour plusieurs raisons. Jenny voulait qu'Ole choisisse lui-même les colliers, gages d'amour, peu importait combien d'épouses il avait. Kevin avait noté la curiosité de son père pour la technologie, totalement inconnue dans sa vallée. La possibilité de conclure une transaction financière par un moyen entièrement électronique procurerait une immense fierté à l'homme-médecine. Et à son fils.

C'est alors que l'alarme se déclencha.

Kevin et Jenny échangèrent un regard, posèrent leurs glaces et se dirigèrent vers la source du raffut.

Combien de personnes se pressaient déjà devant la bijouterie ? Cinquante ? Cent ? Impossible de se frayer un chemin à travers cette marée humaine. De l'autre côté, Ole Mbatian se disait la même chose. Il sentait qu'il n'avait plus rien à faire dans la boutique. Embrasser la vendeuse sur les joues et le front était hors de question. Mais d'où venaient tous ces gens ? Et pourquoi ce vacarme ?

Braquer une bijouterie n'est pas un passe-temps recommandable. Si toutefois vous y tenez vraiment, évitez de choisir la plus grande galerie marchande de Scandinavie. Surtout ce jour-là. Il y avait non pas une, mais deux patrouilles de police dans les parages quand l'alarme se déclencha. Le plus expérimenté des quatre officiers prit les commandes, précédant ses trois collègues, et fendit la foule, jusqu'à apercevoir le braqueur présumé sur le seuil de la boutique.

— Posez votre arme et allongez-vous par terre ! cria le meneur autoproclamé, tandis que ses trois subalternes se faufilaient derrière lui, pistolet au poing.

— Vous en avez mis, du temps, dit Ole Mbatian.

Jenny et Kevin avaient réussi à se frayer un passage à travers la cohue. Que devaient-ils faire à présent ? La situation était risquée, et Kevin était aussi noir de

322

peau que son père adoptif. Il ferait mieux de rester discret. Un simple regard lui suffit pour communiquer avec Jenny. Puis il recula.

Jenny songea qu'elle paraissait suffisamment suédoise pour ne pas être abattue sans sommation. Avec un peu de chance, son sexe jouerait également en sa faveur. Mais avant qu'elle ait pu s'en mêler, un des trois officiers à l'arrière baissa soudain son arme, remit le cran de sûreté et s'avança vers le suspect.

— Ole, bon sang ! lança la femme en uniforme.

Le visage de l'homme-médecine s'illumina.

— Ça alors, ne serait-ce pas mademoiselle la policière ?

— Vous aviez promis de ne plus m'appeler comme ça.

48

Ole Mbatian atterrit à nouveau à la maison d'arrêt de Kronoberg. Pas de garde à vue cette fois-ci, mais il fallait clarifier l'incident. Notamment, le procureur de garde devait déterminer si l'article numéro 40-7527 de la quincaillerie Clas Ohlson, un maillet en bois de 492 grammes, était une arme ou non.

C'était l'avant-avant-avant-dernier jour de travail de Christian Carlander, si on pouvait le dire ainsi. Quand le commissaire passa la tête par la porte de son bureau, il était occupé à cracher des trombones dans une corbeille placée plus loin. Il atteignait son but deux fois sur trois.

— Salut, Carlander. Tu as l'air débordé. Dis, ton copain le Massaï est de retour. Il vient de braquer une bijouterie.

— Qu'est-ce que tu racontes ?

— Non, je plaisante. Mais tu dois l'interroger avant qu'on le remette dehors.

Il était 14 h 30, l'heure de la pause qui s'étirait d'ordinaire jusqu'à son départ. Mais Carlander ne pouvait dire une chose pareille.

Le commissaire débriefa son ancien meilleur enquêteur, invita Ole Mbatian à entrer et s'éloigna en arborant un sourire chafouin.

— Ravi de vous revoir, monsieur Mbatian, le salua l'inspecteur Carlander.

Ole, qui avait déjà compris qu'on ne l'enfermerait pas de nouveau pour rien, fut enchanté de cette occasion de papoter.

— Merci bien, répondit-il. Malheureusement, je n'ai pas la mémoire des noms. Quand j'étais jeune, un de mes camarades s'appelait Mzwaga Kit Chiu Wakajawaka, c'était quasi impossible à retenir. Quoique je m'en souvienne en cet instant. Étrange.

— Inspecteur Carlander, lui rappela Carlander.

— Ah oui, ça me revient. Que puis-je pour vous ?

Bonne question, que pouvait le Massaï pour lui ? De préférence, débarrasser le plancher. Christian Carlander pourrait l'imiter, et il ne lui resterait plus que trois jours.

— Racontez-moi ce qui s'est passé au centre commercial Mall of Scandinavia.

— Tout, ou seulement la fin ? demanda Ole, qui espérait que la réponse serait « tout ».

— La fin suffira.

— Je suis entré dans une boutique pour acheter un collier. Ou plutôt deux. Rentrer à la maison avec un seul bijou pour deux épouses, ça ne pardonnerait pas.

Carlander songea que lui-même était trop souvent rentré à la maison sans un cadeau pour son unique femme. Aujourd'hui, elle s'était remariée.

— Et ensuite ?

— J'ai dû effrayer la vendeuse avec mon maillet en bois, parce qu'il y a eu un sacré remue-ménage, jusqu'à ce que Sofia vienne clarifier le malentendu.

— Sofia ?

— Mademoiselle la jeune policière, mais prenez garde à ne pas l'appeler comme ça, s'il vous plaît.

Carlander hocha la tête. Le brigadier Sofia Appelgren. Efficace et enthousiaste. Exactement comme lui autrefois.

— Nous avons gardé votre casse-tête !

— Kevin m'en a acheté un nouveau. Chez un monsieur qui s'appelait Ohlson, je crois. Qu'est-ce que je vous disais, les noms et moi...

— Vous avez donc trouvé Kevin ?

— Si ce n'était pas le cas, il n'aurait pas pu faire du shopping avec moi.

Les questions rhétoriques n'étaient décidément pas son fort.

— Alors vous pourriez peut-être m'expliquer comment les Irma Stern ont fini chez Victor Alderheim ? Vous m'aviez dit que Kevin saurait.

Ole Mbatian réfléchit. Il avait compris que Jenny possédait un double de la clé du colérique, double qu'ils avaient employé pour tenter de subtiliser leurs biens. Heureusement, l'inspecteur n'avait pas directement parlé de ça. Ole *présumait* que la clé avait déjà été mise à contribution auparavant, mais quand on ne sait pas, on ne sait pas.

— J'ai dit ça ? Bah, je raconte beaucoup de choses. Une fois, j'ai tellement bavardé qu'à la fin l'autre m'a demandé de la boucler. D'ailleurs, c'était le colérique, Alderheim. Quel type désagréable.

Une fois cette discussion finie, il ne resterait à Christian Carlander plus que trois jours avant la retraite. Il se jura d'atteindre son objectif.

— J'aimerais rencontrer Kevin, déclara-t-il. À titre informatif, comme on dit dans la police. Pourriez-vous lui dire de passer demain matin ? À 10 h 30 ? Il se fait tard et j'ai encore pas mal de boulot à abattre.

Notamment Gabriel García Márquez et deux bières, avant trois stations de métro. À moins qu'une bière ne suffise, on était seulement lundi.

— Bien sûr, accepta Ole Mbatian, 10 h 30, c'est pareil que dix heures et demie.

— Je sais. Je vous remercie pour cette entrevue, monsieur Mbatian. Vous trouverez la sortie ?

Cependant, avant qu'Ole ait pu répondre, Carlander se ravisa. Il n'était pas sage d'envoyer l'homme-médecine seul en vadrouille dans les couloirs du commissariat. L'expérience lui avait appris que cela pouvait mal finir.

— Je vous raccompagne jusqu'à l'entrée.

49

Le marchand d'art était moins stupide que malfaisant. Il avait lu sur son Smartphone que le Massaï avait fait des siennes. De nouveau. Victor Alderheim eut vite fait de déduire où il se trouvait. Lui-même était à présent assis devant la maison d'arrêt de Kronoberg, dans sa Mercedes AMG S 65 Coupé, payée honnêtement avec l'argent de Jenny. Avec un peu de chance, l'horripilant docteur Harris était encore en Suède.

Les premières informations parlaient de braquage de bijouterie, mais au bout d'un quart d'heure le mot « malentendu » était apparu dans le fil d'actu. Victor ne croyait pas un instant le Massaï coupable. Un homme qui comprenait si mal la valeur réelle des choses aurait plutôt dévalisé un kiosque à journaux. Aussi avait-il bon espoir qu'il soit viré de la maison d'arrêt à tout moment, enroulé dans son rideau en tartan. De toute manière, il n'avait pas de meilleure idée pour retrouver ce pauvre type.

Kevin avait battu en retraite dès l'instant où la police avait cru à un braquage, considérant que sa couleur de peau n'apaiserait pas les policiers armés. Du moins pas pendant les premières secondes, les plus critiques.

Quelques instants plus tard, Jenny avait suivi son exemple : le danger était passé, un des agents de police avait reconnu leur Massaï.

Le jeune couple était donc encore inconnu des forces de l'ordre, tout comme Hugo, tandis qu'Ole Mbatian était plus célèbre que jamais.

À présent, Kevin et son patron étaient attablés dans un restaurant asiatique avec vue sur l'entrée de la maison d'arrêt de Kronoberg. Jenny s'était approchée pour attendre Ole. De l'avis général, c'était la plus à même de se fondre dans la masse et de passer pour un membre de la famille d'un suspect, innocent et négligeable.

Malheureusement, le Massaï était escorté par un inspecteur de police. Du regard, Jenny tenta de signaler à Ole de l'ignorer. Raté.

— Ça alors, Jenny ! s'exclama-t-il.

Décidément, dès qu'il ouvrait la bouche ou esquissait le moindre geste, les choses tournaient mal.

L'inspecteur, qui n'avait aucune raison de poser plus de questions à l'amie du Massaï, la salua poliment.

— Eh bien, à demain 10 h 30, conclut Carlander. Avec Kevin.

— Dix heures et demie, renchérit Ole Mbatian.

Jenny passa le bref trajet de la maison d'arrêt au restaurant à se demander si Ole Mbatian était vraiment sain d'esprit. Avait-il promis à l'inspecteur que Kevin viendrait le voir ? Qu'est-ce qui lui était passé par la tête ?

Elle était si secouée et lui, si calme, qu'aucun d'eux ne remarqua l'inconnu qui les suivait de près. Le soir tombait déjà.

Hugo et Kevin, depuis le restaurant, virent Jenny et l'homme-médecine traverser la rue. Et aperçurent aussi l'ombre derrière eux.

— Qui est-ce ? demanda Hugo.

— Pourvu que ça ne soit pas celui auquel je pense, pria Kevin.

À peine le Massaï et Jenny s'étaient-ils assis que l'inconnu entra et s'avança jusqu'à leur table. Ole reconnut immédiatement le voleur des lettres et de photographies.

— Voyez-vous cela, lança-t-il. Êtes-vous venu me rendre ce qui m'appartient ? Sinon, j'ai un beau casse-tête tout neuf à vous montrer.

Le marchand d'art ignora superbement la menace voilée. Hugo n'était pas certain de comprendre ce qui était en train de se passer.

— Puis-je vous aider ? demanda-t-il.

— Oui, dit l'homme. Mon nom est Victor Alderheim.

— Aïe, lâcha Hugo.

— Excellent résumé. Si vous me permettez de m'asseoir, je pourrais m'expliquer.

— Je n'aime autant pas.

Victor Alderheim s'assit.

— Bonjour, Jenny, dit-il à son ex-femme avec un sourire.

Jenny garda le silence.

— Et bonjour, Kevin. La Suède te manquait à ce point ?

Son ancien protégé ne répondit pas plus. L'attitude pleine d'assurance d'Alderheim le préoccupait. Que savait-il qu'ils ignoraient ?

Ole Mbatian croyait réellement que le marchand d'art venait lui restituer ses biens, aussi avait-il l'intention de passer l'éponge. Pourquoi se quereller inutilement ?

— À ce qu'il paraît, vos affaires vous ont conduit dans les environs de mon village, et au passage vous êtes tombé sur mes belles photographies d'Irma Stern et sur ses lettres tout aussi belles, pas vrai ?

Victor Alderheim se sentit insulté. Qui passait par hasard près d'un village paumé dans la savane africaine ? Non, c'était une question de pure stratégie et de talent.

Au silence du marchand d'art, Ole Mbatian poursuivit, rassurant :

— Ça arrive, d'emporter des choses sans s'en rendre compte. Une fois, pendant la cérémonie annuelle du feu, j'ai emmené une jeune femme derrière un buisson. Une de mes épouses s'en est aperçue avant moi. Chance et malchance à la fois. Où en étions-nous ? Ah oui, vous avez des choses qui m'appartiennent, et je veux les récupérer. Immédiatement serait parfait.

Victor Alderheim ignora l'homme-médecine et se tourna vers Hugo.

— Je suis ici pour que le sauvage signe une lettre de cession des deux toiles d'Irma Stern. Pas toi, Kevin, l'autre. Dès que ce sera fait, je m'en irai, conclut-il en posant un papier et un stylo devant Ole.

Victor Alderheim était aussi avide que Jenny et Kevin l'avaient décrit. La Vengeance est douce SA faisait une bonne action. Hugo n'avait pas beaucoup plus de raisons de se réjouir. Cependant, l'attaque restait la meilleure défense.

— En tant que représentant d'Ole Mbatian le Jeune, je vous annonce tout de suite qu'il ne signera rien sans la présence d'un avocat, déclara l'ancien publicitaire.

— Je n'ai pas saisi votre nom, monsieur le représentant.

— Tant mieux, dit Hugo. Pourtant...

Ole Mbatian s'était plongé dans la lettre de cession. Il se remémora le texte semblable que le colérique avait tenté de rédiger au cours de ce fameux petit déjeuner. Comme si la parole d'un guerrier massaï ne suffisait pas. Bah, à cultures différentes, traditions différentes. Chez lui, le bétail servait de monnaie d'échange. Ici, ils appelaient la police quand vous vouliez simplement payer.

— Ce document atteste la propriété des deux toiles qu'un ou plusieurs d'entre vous ont eu l'amabilité de déposer dans mon sous-sol.

— Comme je l'ai dit, répéta Hugo, en tant que représentant de...

Il s'interrompit en voyant Ole Mbatian signer le papier.

— Voilà. Maintenant, passons à la suite. Vous me rendez mes lettres et vous gardez votre tête sur les épaules. Entendu ?

Victor Alderheim s'attendait à mener un match difficile jusqu'à épuisement, mais voilà que ce foutu Massaï avait signé la lettre sans qu'il ait besoin d'abattre l'atout qu'il gardait dans sa manche, ou plutôt sur son téléphone. Alderheim s'empara du document et le glissa dans sa poche intérieure.

L'existence d'Hugo, qui ne pouvait plus empirer, venait d'empirer encore d'un cran. Ole, lui, attendait.

— Alors ? lança-t-il au colérique.

L'indigène croyait-il vraiment qu'il allait lui rendre les lettres et les photos ? Victor chercha une réponse appropriée. Par exemple : « Dans tes rêves ! » À présent, les peintures lui appartenaient, même l'expert américain devrait l'admettre.

— Tu peux toujours courir, crétin de Massaï, cracha-t-il en se levant.

Devant la porte, il se retourna. Les circonstances l'autorisaient à garder le meilleur pour la fin.

— Je sais que c'est vous qui vous êtes introduits chez moi avec une chèvre, des sachets de farine et d'autres trucs. Et que vous avez réessayé cette nuit.

Tout en parlant, il sortit son téléphone de la poche poitrine de son veston, avant de le ranger avec un sourire moqueur.

— Maintenant, j'ai ce dont j'avais besoin. Quant aux petits souvenirs que j'ai rapportés d'Afrique, ce n'est que justice après le tort que vous m'avez causé. Faites des histoires et j'irai voir la police. Et cette fois, ils vous enfermeront tous les quatre.

Sur cet adieu, il sortit.

Ole Mbatian se considérait comme un homme foncièrement pacifique. Cela expliquait son ton conciliant envers ce marchand d'art doublé d'un voleur. Comme les médecins occidentaux, il préférait réparer les gens plutôt que les couper en morceaux. Pourtant, lui n'avait prêté aucun serment. Seule sa fierté le guidait. Il se leva.

— Si vous voulez bien m'excuser. Mon casse-tête et moi avons une course à faire. Je reviens tout de suite.

Mais Hugo bondit de sa chaise et se plaça entre le Massaï et la porte.

— Arrêtez, Ole ! Vous ne pouvez pas attaquer Alderheim à coups de massue en pleine rue !

— Pourquoi pas ?

— Parce que nous sommes à 70 mètres du plus grand commissariat de Suède.

Le Massaï baissa son casse-tête. L'ex-publicitaire n'avait pas tort. Les autorités suédoises l'avaient déjà embêté deux fois et le feraient sans doute une troisième s'il leur en donnait l'occasion. La leçon pouvait attendre un peu.

Hugo réfléchit tout de même sérieusement à l'idée de lâcher le Massaï sur Alderheim. *Dans la limite du raisonnable.* Si le casse-tête d'Ole se chargeait du marchand d'art, il pourrait de son côté s'emparer de son téléphone et effacer les éléments embarrassants.

L'homme-médecine se rassit. Il s'aperçut alors qu'il avait faim et que les couverts habituels avaient été remplacés par une paire de baguettes.

— Qu'est-ce que c'est que ça ? s'étonna-t-il.

À cet instant, le serveur s'approcha de la table et demanda si ces messieurs dames étaient prêts à passer commande. Jusqu'ici, il n'avait pu leur servir que deux verres d'eau avec une tranche de citron.

Cependant, il n'était plus temps de manger : Alderheim était certainement en route pour sa galerie d'art. Hugo demanda l'addition pour les verres d'eau. L'établissement ne servait que des spécialités asiatiques, or cela n'était pas ce que ses amis et lui avaient en tête. Ils allaient donc chercher ailleurs.

— Merci quand même.

Le serveur présenta ses excuses, les mots « Cuisine d'Asie » en grandes lettres sur la devanture avaient sans doute prêté à confusion. Il promit d'en parler à son chef, puis il leur souhaita une agréable soirée. L'eau au citron était offerte.

Victor Alderheim avait quelques minutes d'avance sur le groupe mais, avantagé par son ignorance du code de la route, Kevin le rattrapa. Emprunter des rues à contresens peut avoir des conséquences désastreuses, mais aussi représenter un gain de temps significatif. Ils repérèrent bientôt le marchand d'art devant eux – en chemin, sans surprise, pour la galerie.

Sur la banquette arrière, Hugo expliquait son plan au Massaï.

— Quand Alderheim s'arrête et descend, nous l'imitons. À mon signal, vous lui donnez un léger coup sur le crâne avec votre beau casse-tête, puis je récupère son téléphone.

Le Massaï jugeait la punition trop faible.

— Un coup moyen, marchanda Hugo.

Cela pouvait avoir ses avantages et lui fournir une marge de manœuvre suffisante pour récupérer aussi cette foutue lettre de cession dans sa poche.

— À mon signal, hein. Nous devons attendre qu'il n'y ait pas de témoin.

— Un coup moyen sur la tête à ton signal, répéta Ole Mbatian. Il n'y a pas plus fort que moi pour taper moyennement sur la tête. Demande à l'inspecteur Carlander. Tu as vu ça, je me suis rappelé son nom !

— Vous êtes sûr de vous, Hugo ? demanda Jenny depuis le siège passager.

Victor Alderheim ne s'aperçut pas qu'il était suivi. Il ne regardait jamais dans son rétroviseur en conduisant, seul comptait d'aller de l'avant. De toute façon, il n'aurait rien vu de plus que deux phares de voiture parmi d'autres dans la capitale obscure.

Arrivé à destination, le marchand d'art fit plusieurs fois le tour du quartier à la recherche d'une place de stationnement, avant de jeter son dévolu sur un espace réservé à l'ambassade d'Éthiopie. Il avait l'intention de passer à la galerie pour faire une copie de la lettre de cession, attraper les photographies et les lettres, puis de filer voir ce fanatique de docteur Harris. Si son Dieu était suffisamment généreux, l'expert serait assis dans sa chambre d'hôtel, après s'être vautré toute la journée dans la cochonnerie moderne.

Le brusque arrêt d'Alderheim prit de court son poursuivant, peu accoutumé à la conduite en ville. Kevin pila à 60 mètres de leur cible, indécis. Alderheim était presque à la porte de sa galerie.

— Vite ! dit Hugo à Ole Mbatian en descendant de la voiture.

Le Massaï se demanda si c'était là le fameux signal. Mais, vu l'urgence, il n'eut pas le temps de poser la question.

Qu'est-ce que 60 mètres pour un multiple champion du casse-tête ? Mais, à la différence du modèle traditionnel, la variante ohlsonienne produisit un sifflement en fendant l'air, alertant la future victime, qui tourna la tête, étonnée. Un dixième de seconde plus tard, le maillet l'atteignait à la tempe au lieu de la nuque.

— Qu'est-ce que vous avez fait, bordel ? s'écria Hugo.

— J'ai obéi à ton signal. Le coup n'était pas aussi moyen que souhaité, mais maintenant nous avons tout le temps d'agir avant que le voleur se relève.

« Tout le temps » était un peu exagéré. En dehors du marchand d'art qui donnait l'impression de dormir profondément devant sa porte, le trottoir était vide. Mais pour combien de temps ? De l'autre côté de la rue, il y avait de l'animation devant un restaurant. Personne n'avait remarqué l'homme inconscient, pour la simple raison que des voitures en stationnement leur bouchaient la vue.

Hugo se précipita vers le marchand d'art assommé.

Quand l'homme-médecine s'approcha d'un pas tranquille, l'ex-publicitaire s'était déjà emparé du téléphone de la victime et tentait d'attraper la maudite lettre de cession dans sa poche intérieure. Alderheim était couché à demi sur le ventre, ce qui compliquait la tâche.

À son tour, Kevin descendit de la voiture. Tandis qu'Hugo s'affairait et qu'Ole Mbatian admirait la marque sur la tempe du voleur de lettres et de photographies, Jenny bondit sur le trottoir et rejoignit le groupe. Qu'Ole n'oublie surtout pas son casse-tête ! La police connaissait aussi bien l'original que la copie. Cela reviendrait à signer l'agression.

Ole réfléchit un instant. Il n'avait aucune envie d'effectuer une troisième visite au commissariat. Il ramassa son arme, se dressa sur la pointe des pieds et appliqua un coup de maillet sur la caméra au-dessus de la porte de la galerie. Puis, retournant vers la voiture, il fouilla dans le sac de courses à l'arrière, revint vers le groupe et lâcha un pot de confiture d'airelles près de l'homme inconscient.

Les projections éclaboussèrent Hugo. Il s'apprêtait à demander ce que l'homme-médecine fabriquait, quand la lumière s'alluma dans l'entrée d'immeuble voisine. Quelqu'un sortait. Hugo interrompit sa fouille. Tout le monde à la voiture ! Maintenant !

Si la vieille dame au caniche avait franchi le seuil quelques secondes plus tôt, elle aurait découvert un homme noir de haute taille, avec un maillet dans une main et une caméra de surveillance en miettes dans l'autre. Vêtu d'une sorte de plaid en tartan rouge et noir et de sandales, au lieu d'une doudoune et de bottes. À ses pieds, un autre homme aux vêtements plus ordinaires faisait un somme tout sauf ordinaire sur le trottoir glacé – visiblement assailli par l'homme en tartan. La vieille dame avait certes la vue qui baissait, mais pas au point de ne pouvoir fournir un signalement correct du suspect.

Mais à sa sortie, il n'y avait là qu'un homme inconscient et de la confiture d'airelles. La voisine reconnut le répugnant marchand d'art dont parlait tout le quartier et ne fut pas étonnée qu'il ait été agressé. Elle n'était même pas spécialement effrayée. Le Seigneur donnait, le Seigneur reprenait.

Pour autant, cela ne signifiait pas qu'il fallait le laisser mourir de froid. La promenade du chien devait attendre. La femme appela le 112.

Grâce à Jenny, Ole Mbatian avait récupéré son maillet et réfléchi, avec quelques coups d'avance.

D'abord, la caméra de surveillance. Puis l'hématome impressionnant sur la tempe du voleur.

— Quand ils trouveront le pot de confiture d'airelles, les policiers n'auront plus besoin de se demander ce qui l'a causé, dit-il. Comme ça, je pourrai peut-être garder mon nouveau casse-tête.

Hugo ne savait pas par où commencer. Ole Mbatian méritait une engueulade pour avoir agi trop tôt. Et des félicitations pour la précision du tir et l'idée de la caméra et de la confiture. Les deux dernières initiatives l'emportaient sur la première. À présent, à son tour de déverrouiller le téléphone et d'y faire le ménage.

— 04 12, lança Jenny.

— Quoi ?

— Le code du téléphone. C'est moi qui ai configuré l'appareil. Le 4 décembre. Je me disais qu'il se souviendrait de sa date d'anniversaire. La mienne, il l'oubliait tout le temps.

Hugo découvrit *deux* fichiers vidéo. Le premier était celui dont Alderheim les avait menacés au restaurant. Le deuxième, tout récent, montrait le marchand d'art frappé par un maillet en pleine tempe. Dans une séquence parfaitement nette, l'homme inconscient était ensuite dépouillé par un des plus célèbres publicitaires de la capitale, tandis qu'un homme noir en plaid rouge et noir ramassait le maillet et...

Le film s'arrêtait là.

Même incomplètes, les preuves seraient accablantes. Hugo supprima soigneusement les vidéos, les e-mails de notifications et l'application elle-même.

— Ralentis dès que tu vois de l'eau, Kevin. Nous avons un téléphone à faire disparaître.

— Et une caméra de surveillance en miettes, rappela Ole.

De l'eau, ce n'était pas ce qui manquait à Stockholm, sauf à Roslagstull, où ils se trouvaient en cet instant.

— Est-ce que c'est une option valable ? demanda le jeune homme en tendant le doigt vers la gauche.

Il venait de repérer un camion-poubelle, vraisemblablement en train d'effectuer son dernier circuit de la journée. Hugo donna la consigne à son chauffeur de ralentir, baissa la vitre et parvint à lancer le téléphone d'Alderheim dans la gueule béante du véhicule à plusieurs mètres de distance.

Ole lui passa la caméra en demandant s'il arriverait à reproduire l'exploit.

Encore dans le mille. L'homme-médecine fut impressionné.

— Je me demande s'il n'y a pas un Massaï en toi.

— Espérons que non, dit Hugo.

50

Les occupants de la voiture étaient tellement survoltés durant le trajet jusqu'à Lidingö qu'il fallut attendre qu'ils soient tous assis dans la cuisine pour que Kevin ose enfin poser la question qui, présumait-il, préoccupait également ses acolytes.

— Est-ce que ton casse-tête a fait beaucoup de dégâts, papa ? Alderheim n'est tout de même pas en train de...

— Mourir ? compléta Ole. Ne vous en faites pas. Un buffle aurait secoué la tête et passé son chemin.

Jenny confirma que ce porc, ce rat, ce serpent d'Alderheim pouvait aussi être comparé à un buffle, mais cela ne la convainquait pas. Elle avait trouvé Victor *très* immobile à terre.

Ole Mbatian chercha des arguments plus rassurants, qu'il énonça à haute voix. C'était de cette manière qu'on étourdissait les poules avant de les décapiter. Les volailles s'évanouissaient immédiatement, mais celles qui avaient la chance de garder leur tête – comme le marchand d'art – se réveillaient au bout d'un moment et s'éloignaient en trottinant.

Hugo objecta qu'il y avait une différence entre un cerveau de poule et celui d'un marchand d'art. Jenny marmonna que rien n'était moins certain. Kevin se vit confier la mission de suivre le fil d'actualité sur son téléphone.

Après ce touchant moment d'inquiétude pour la santé de Victor Alderheim, l'ex-publicitaire remercia tous les membres de l'opération. Ces brèves secondes, à la différence de presque tout le reste, avaient tourné à leur avantage. Leurs chances de s'en tirer à bon compte augmentaient, de 0 % à un peu plus.

Hugo déplora cependant que, dans la précipitation, la lettre de cession soit restée dans la poche intérieure de la victime. À son réveil, le marchand d'art aurait encore toutes les cartes en main, exception faite des vidéos de leurs tentatives d'effraction.

En revanche, aucun risque qu'Alderheim désigne Hugo comme son agresseur. Il avait été frappé à 60 mètres de distance.

— Qu'il sache que c'était nous n'a pas grande importance. La perte de conscience n'est que passagère, à présent il est sûrement fou de rage et il a un sérieux mal de crâne. Bien fait pour lui.

— Ça ne vaut pas tout à fait une fourmilière, estima Ole Mbatian. Mais on s'en approche.

Kevin, qui venait de consulter les dernières informations sur son téléphone, émit un « oh ». Suivi d'un « aïe ».

— Qu'est-ce qu'il y a ? demanda Jenny.

— La perte de conscience d'Alderheim a bien été passagère.

— Qu'est-ce que je vous disais, lança Hugo.

Kevin lut à voix haute.

— « Un homme d'âge moyen a été grièvement blessé aux alentours de 16 h 30 dans le centre de Stockholm. À l'arrivée des secours, l'homme ne réagissait plus. Il a succombé à un arrêt cardiaque dans l'ambulance. »

Hugo se sentit traversé par une vague glacée.

Jenny enfouit son visage dans ses mains.

— Quelqu'un est mort ? s'informa Ole.

Victor Alderheim avait été proprement assommé, grâce à Clas Ohlson. Le choc avait fendu l'os temporal juste au-dessus de l'oreille droite et perforé l'artère en dessous. Pour survivre à une hémorragie cérébrale de ce genre, mieux vaut se trouver à l'hôpital quand elle se produit, plutôt que sur un trottoir en plein hiver, au cœur de Stockholm.

Le saignement avait exercé une pression sur le cerveau du marchand d'art inanimé, entraînant un arrêt des fonctions vitales une à une, et un ralentissement de l'afflux sanguin aux poumons. Quand Alderheim fut chargé dans l'ambulance, vingt-trois minutes après l'agression, il était déjà trop tard.

Partie X

51

Maintenant, c'était sérieux. La vengeance accomplie n'était absolument pas plus douce, et les choses pouvaient encore empirer. Avec un coup moyen sur la tête, on aurait pu s'en tirer à bon compte, mais à présent il y avait meurtre. Ou violences ayant entraîné la mort. A minima homicide involontaire.

Ole Mbatian était ravi d'apprendre sans cesse de nouvelles choses au cours de ce voyage.

— Meurtre, je connais, et violence ayant entraîné la mort, c'est un meurtre, mais pas exprès, c'est ça ? Mais homicide… comment tu disais ?

— Involontaire, lui répondit Jenny. Comme les violences, mais encore moins intentionnel.

Ole Mbatian médita un instant.

— Je penche pour homicide involontaire.

Hugo s'emporta. Ole Mbatian n'avait pas l'air de comprendre la gravité de la situation. Ils étaient tous des meurtriers !

— Des entraîneurs de mort, non ? fit Ole. Ou des homicideurs.

Jenny et Kevin, assis côte à côte, éprouvaient les mêmes sentiments : soulagement, satisfaction, profonde inquiétude et mauvaise conscience infinie. Sur le plan émotionnel, Hugo s'en tirait mieux, étant focalisé sur la recherche d'une issue. Ole Mbatian le Jeune avait connu pire. Son plus gros chagrin était la perte de la confiture d'airelles censée accompagner les corn flakes. Il avait envie de demander à Hugo s'il avait des œufs à servir avec le kaviar en tube le lendemain matin, mais quelque chose lui soufflait que la question pouvait attendre.

Le cerveau génial d'Hugo moulinait à toute vitesse. C'était indiscutable, La Vengeance est douce SA avait investi beaucoup de temps et d'argent dans un projet à perte. À présent, le dossier était clos, il fallait boucler l'affaire dans son état catastrophique actuel, avant qu'elle s'aggrave encore.

— Pour le moment, la priorité, c'est que Jenny, Kevin et moi restions inconnus de la police.

Ce qui rappela à Ole Mbatian le message de l'inspecteur Carlander. Kevin et lui étaient attendus au commissariat le lendemain matin.

— Nous avons rendez-vous à dix heures et demie, si je me souviens bien. Il m'arrive de ne pas me souvenir du tout, mais normalement, quand je me souviens, je ne me trompe pas.

Les paroles du Massaï prenaient souvent deux fois plus de temps que nécessaire.

— Dix heures et demie, c'est la même chose que 10 h 30, continua Ole. J'ai promis d'emmener Kevin.

— Jamais de la vie, lança Hugo.

— Il faut tenir ses promesses, insista Ole.

52

Christian Carlander mit une barquette de steak haché et purée de pommes de terre au micro-ondes. Il était certes un peu tard – 22 heures –, mais l'inspecteur avait envie d'un repas réconfortant.

À mesure que la retraite approchait, il se remémorait de plus en plus souvent ses succès, teintés de mauvaise conscience en raison de toutes les fois où il s'était défilé ces dernières années. La semaine précédente, il avait séché l'espagnol. Il ne voyait pas ce que ce cours lui apportait. Si un Espagnol se présentait, Carlander pourrait débiter son « *El perro está bajo la mesa* ». Mais si le chien n'était pas sous la table ? Ou s'il y avait un chat ? Ou, tant qu'on y est, si l'Espagnol était un Portugais ? Ou bien qu'il parlait anglais ?

Carlander comprenait que ses réflexions flirtaient avec la dépression. Plus que trois jours à tenir. Et ensuite ? Encore des cours d'espagnol ? À quoi bon ?

Le téléphone sonna. Si tard ? Le commissaire !

— Salut, tu dormais ?

— Non, je mange un steak haché à la confiture d'airelles.

— Intéressant.

— Comment ça ?

— Quelqu'un a tué le type à la chèvre aujourd'hui. Avec un pot de confiture d'airelles.

— Je suis soupçonné ?

— Un peu de sérieux.

Jusqu'ici, Carlander avait de bonnes raisons pour clore l'affaire du galeriste faussaire. Peindre comme une artiste mondialement célèbre n'était pas un crime. Tant que vous ne plagiiez pas sa signature et que vous n'essayiez pas de vendre les toiles comme des vraies. Ce dont Alderheim ne s'était pas rendu coupable.

Le marchand d'art avait reconnu être le propriétaire des sex-toys, des sachets de farine et de la chèvre, ce qui n'était en rien illicite.

En revanche, Victor Alderheim avait continué à nier avec obstination avoir appelé Bukowski. S'il s'agissait d'un canular, qui en était l'auteur et pourquoi ? Manifestement, quelqu'un voulait attirer des ennuis à Alderheim, et Carlander était prêt à croire qu'il y avait un paquet de candidats.

Mais aucun véritable délit permettant de démarrer une enquête.

Sauf qu'à présent Victor Alderheim était mort. Agressé avec un pot de confiture devant sa galerie.

Le Massaï qui affirmait être le propriétaire originel des toiles l'avait renvoyé vers son fils suédois, Kevin, pour résoudre l'énigme de la découverte des peintures dans un sous-sol de Stockholm. Fils qui n'avait ni nom de famille ni numéro d'identité, du moins à la connaissance de son père.

Jusqu'ici, Carlander était simplement curieux de rencontrer ce Kevin pour lui poser quelques questions, même si cette entrevue bousculerait sa pause de la matinée. Parfois, il fallait serrer les dents.

Maintenant, le meurtre rebattait les cartes.

Carlander jeta le steak haché, la purée de pommes de terre et – surtout – les airelles à la poubelle. Tout ça lui avait coupé l'appétit.

53

Dire que la nuit porta conseil à Hugo serait exagéré. C'est tout juste s'il avait réussi à fermer l'œil. Cela lui suffisait toutefois pour voir les choses assez clairement. Kevin n'avait aucune chance de fournir à l'inspecteur Carlander une explication crédible, ni même de nier toute implication, puisque son père adoptif avait eu l'amabilité de lui refiler la patate chaude. Un père adoptif qui serait assis à côté de Kevin pendant l'entretien. Une grenade dégoupillée aurait été plus rassurante.

— Écoutez-moi bien, déclara Hugo au petit déjeuner.

— Tu peux me passer le kaviar en tube, Kevin ? demanda Ole Mbatian.

Hugo leur lança un regard d'avertissement avant de reprendre.

Ole et Kevin devaient quitter le pays *immédiatement*. Fuir en Afrique. Sans passer par la case Carlander. Si les policiers n'avaient pas déjà des preuves déterminantes, de mauvaises réponses à leurs questions feraient l'affaire. Sans elles, dans le meilleur des cas, ils devraient jeter l'éponge au bout de quelques mois ou années.

— Vous devez rester au Kenya jusqu'à ce que l'affaire se tasse.

Kevin acquiesça tristement.

— Et moi ? voulut savoir Jenny.

Elle n'avait pas l'intention de dire adieu à son fiancé.

À cet instant, Hugo comprit que les *trois* catastrophes ambulantes pouvaient disparaître le jour même sur un autre continent. Il pourrait alors reprendre le cours de sa vie, là où elle s'était arrêtée quelques secondes avant l'irruption de Jenny et Kevin dans son bureau.

Reprendre... le... cours... de... sa... vie.

Alors, pourquoi n'éprouvait-il aucune satisfaction ?

Juste après ce petit déjeuner stratégique, Kevin s'aperçut que son passeport avait expiré quelques jours plus tôt.

Hugo poussa un juron. Pourquoi tout devait-il être si compliqué ?

Tout n'était pourtant pas encore perdu. Kevin pouvait se procurer un passeport provisoire en quelques heures. Puis ils resteraient à distance prudente de l'inspecteur jusqu'au premier vol en partance pour le Kenya. Ensuite, Hugo envisageait de ne plus jamais se frotter au milieu de l'art, sous quelque forme que ce fût.

Il mit Kevin dans un taxi, direction le service des passeports en ville, tandis que les autres préparaient valises et voiture. Ses papiers obtenus, le jeune homme leur téléphonerait pour qu'ils viennent le chercher.

Hugo réfléchissait beaucoup, et ses décisions étaient généralement judicieuses.

Mais il n'était pas omniscient.

Une personne qui avait besoin d'un nouveau passeport pour voyager le jour même devait s'adresser au bureau dédié à l'aéroport d'Arlanda.

Cependant, le service des passeports auquel il venait d'envoyer Kevin jouxtait le commissariat où un certain inspecteur Carlander effectuait son avant-avant-dernier jour de travail.

Dernier détail, pour une demande de renouvellement, on ne peut s'identifier avec le document périmé. En bref : les choses ne se déroulèrent pas comme prévu.

Pendant ce temps, Hugo continua d'expliquer son plan aux deux autres : ils devaient rester cachés dans le village de l'homme-médecine jusqu'à ce qu'Hugo leur confirme qu'il n'y avait plus de danger.

Jenny et Kevin avaient déjà accepté l'idée de fuir à l'étranger, mais Ole Mbatian estimait qu'il y avait une autre solution.

— Comme quoi ?

— Chez moi, au village, nous avons un proverbe.

— Vraiment ? rétorqua Hugo.

— « Mieux vaut prévenir que guérir. »

Le visage de Jenny s'éclaira.

— On dit aussi ça en Suède ! Fantastique.

— Bien sûr, persifla Hugo. Ça change tout.

— Ah bon ? s'étonna Ole Mbatian.

Décidément, l'ironie n'était pas son fort. L'homme-médecine poursuivit.

— La dernière fois que j'ai involontairement causé la mort de quelqu'un, nous avons offert 10 kilos de viande séchée et une roue de secours au policier envoyé au village. Je ne crois pas que la viande l'intéressait beaucoup, mais la roue était presque neuve. L'enquête n'a jamais été rouverte au cours des quarante années qui se sont écoulées depuis.

Hugo demanda si Ole venait de proposer de corrompre l'inspecteur Carlander.

— C'était le mot que je cherchais.

Hugo était certain qu'aucune roue de secours ne ferait oublier à Carlander ce qu'il savait déjà peut-être. À présent, il fallait à tout prix empêcher ses soupçons de devenir des certitudes. La meilleure stratégie était de maintenir l'inspecteur dans l'ignorance. Et donc, de ne pas se rendre à l'entrevue.

À cet instant, le téléphone de La Vengeance est douce SA sonna. Jenny répondit.

— C'est Kevin. J'attends l'inspecteur Carlander au commissariat. Il veut te voir, et Ole aussi.

— Mais tu devais aller au service des passeports.

— C'est là qu'ils m'ont attrapé.

54

Selon le plan d'Hugo Hamlin, Ole Mbatian et Kevin auraient dû être en route pour Arlanda bien avant que Carlander commence à se poser des questions.

Il était environ 10 h 20 quand l'alarme du service des passeports se déclencha. Et précisément 10 h 30 quand Kevin franchit sous bonne escorte les portes du commissariat.

Carlander était déjà dans l'entrée pour accueillir le Massaï et son fils. Il ne fut pas peu surpris quand le second arriva seul, mais menotté.

— Qu'a-t-il fait ? demanda-t-il aux deux officiers qui poussaient le délinquant présumé devant eux.

— Soupçon de faux et usage de faux, ou un truc du genre, dit l'un d'eux. Il a tenté d'obtenir un passeport en fournissant des renseignements erronés.

Il n'en savait pas plus et n'était pas curieux. Il avait cueilli le délinquant. Son boulot s'arrêtait là.

Après avoir confirmé qu'il s'agissait bien du Kevin qu'il attendait, Carlander dit :

— Retirez-lui les menottes. J'assume la responsabilité du garçon.

Son collègue haussa les épaules. Si le vieux Carlander cherchait les emmerdes, cela le regardait. Il s'exécuta, tendit à l'inspecteur le sachet scellé contenant le passeport suspect et s'éloigna.

Carlander conduisit Kevin dans son bureau.

— Tu veux boire quelque chose ?

Kevin répondit que non merci, il ne voulait pas déranger, et entendit lui-même combien cela semblait idiot.

L'inspecteur demanda ensuite au jeune homme de lui raconter ce qui lui était arrivé.

Kevin se lança.

Il s'était rendu au service des passeports pour une demande de renouvellement et s'était identifié avec l'ancien. L'alarme s'était déclenchée. Il avait été arrêté.

En gros.

Carlander ouvrit le sachet scellé en faisant « hum » et sortit le passeport.

— Kevin Beck, lut-il. Pas Mbatian ?

— J'envisage de changer.

— À ce que je vois, tu as aussi un numéro d'identité. Douze chiffres, comme il faut.

Quoique interloqué, Kevin garda le silence tandis que l'inspecteur tapait sur son clavier.

— C'est pas possible, s'exclama Carlander.

Kevin demanda ce qui n'allait pas.

— Je lis ici que tu es mort.

55

Chostakovitch aurait dit un jour que seuls ceux qui attendent encore quelque chose de la vie peuvent éprouver le désespoir. C'était à peu près l'état d'esprit d'Hugo. Les chances que l'un d'eux s'en sorte étaient infimes. Surtout quand on savait avec quel soutien Hugo devait composer. Il pensait en particulier au Massaï.

Cependant, il était hors de question de s'allonger et d'attendre la mort. Pas encore. Sur la route du commissariat, il fit une ultime tentative.

— Ole, je sais que tu accordes une grande valeur à la vérité.

— C'est exact, dit l'homme-médecine.

— Je veux pourtant te supplier à genoux.

— Tu veux me supplier à... qu'est-ce que tu as dit ?

— À genoux. Je te supplie de mentir autant que tu peux à l'inspecteur Carlander. N'essaie pas de le corrompre. Mens. Le plus possible.

— À genoux...

Hugo n'avait pas besoin de supplier Jenny : silencieuse et triste à côté de lui, elle pressentait ce qui les attendait. Alors qu'ils étaient presque arrivés, elle ouvrit tout de même la bouche.

— As-tu des conseils, Hugo ? Sur la meilleure façon de mentir ?

Il n'en avait pas. Si ce n'est :

— Victor Alderheim est mort ? Mon Dieu, c'est terrible. Lui qui était si gentil.

Jenny hocha la tête. Restait à décider ce qui était pire : la perpétuité ou ce blasphème ?

Hugo déposa Jenny et le Massaï à un bon pâté de maisons du commissariat tant exécré. Leur souhaitant bonne chance, il demanda à Ole s'il comprenait bien que, aujourd'hui, il pouvait tout dire sauf la vérité. L'homme-médecine acquiesça. Il adorait essayer de nouvelles choses.

Quand Jenny et Ole se présentèrent à l'accueil du commissariat, ils furent orientés vers une salle d'attente où ils retrouvèrent Kevin.

— Où est notre inspecteur ? demanda Ole Mbatian. Celui dont je me rappelle presque le nom.

— Il revient tout de suite. Nous n'avons parlé que quelques minutes.

— Comment as-tu atterri ici ? demanda Jenny.

Kevin ne comprenait pas vraiment ce qui s'était passé. Il avait fait la queue un certain temps au service des passeports, puis attendu encore un moment. Son tour venu, il avait tendu son vieux passeport et présenté sa requête. On lui avait répondu qu'il avait besoin d'une pièce d'identité valide. Quand il avait expliqué qu'il n'en avait pas d'autre, la femme derrière la vitre avait consulté son ordinateur et... l'alarme s'était déclenchée.

Les portes s'étaient fermées, deux gardes lui avaient sauté dessus, puis la police était arrivée, et voilà, le commissariat n'était qu'à deux pas.

— Tu ne donnes pas l'impression d'être aux arrêts, objecta Jenny.

— C'est grâce à l'inspecteur. Il dit qu'on ne peut pas arrêter des morts. Ce que je suis, selon son ordinateur.

— Je croyais que c'était le marchand d'art que nous avions tué, s'étonna Ole Mbatian.

Jenny dit « chut » au Massaï et fit signe à Kevin de poursuivre.

Après avoir poussé moult soupirs de découragement, Carlander avait décrété qu'il était temps de démêler cette histoire une fois pour toutes. Il avait demandé à voir immédiatement Ole, mais aussi son amie, celle qu'il avait croisée la veille.

— Il a dit que l'amie du Massaï pourrait sans doute contribuer à la conversation. Il connaissait même ton prénom, Jenny.

— Je sais. Ole a eu l'amabilité de le lui apprendre. Que s'est-il passé ensuite ?

— Il a dit qu'il voulait faire une pause. Et il m'a conduit ici.

Ils se turent un bref instant, jusqu'à ce que Kevin reprenne la parole.

— Que dit Hugo de tout cela ?

— De mentir le plus possible, l'informa Ole
Mbatian. Ne pas corrompre, juste mentir.

— Comment ça ?

Ole était plus attentif qu'il n'y paraissait.

— Le colérique est mort ? Mon Dieu, c'est terrible.
Lui qui était si gentil.

56

La pause matinale s'achevait. Plus que deux jours et demi avant la retraite.

— Tout le monde est là, on dirait. Suivez-moi, je vous prie.

Carlander commença, mine de rien, par remplir des verres d'eau pour le trio de l'autre côté du bureau, et un pour lui-même.

— Voilà pour vous.

Et voilà pour les empreintes digitales. Non qu'il ait des soupçons particuliers mais, au moins, c'était fait.

Au départ, en les faisant venir, Carlander avait juste prévu de comprendre comment les Irma Stern s'étaient retrouvés chez Victor Alderheim. Mais il s'imaginait mal aborder le sujet de but en blanc, sans les mettre au courant des dernières nouvelles.

— Victor Alderheim est mort.

Il put admirer une rangée de visages pétrifiés.

— Mon Dieu, c'est terrible, dit Jenny.

Une petite partie d'elle le pensait vraiment. La plus grande partie pensait autre chose.

— Lui qui était si gentil, dit Ole Mbatian.

Tout son être pensait le contraire.

Kevin garda le silence. Carlander sentit que quelque chose clochait.

— J'aimerais commencer par toi, Kevin. Quelle est, ou plutôt quelle était, ta relation avec Alderheim ? Ton père Ole m'a dit de m'adresser à toi pour résoudre le mystère des deux peintures.

— Il a été mon tuteur pendant plusieurs années, murmura Kevin.

Oups, la gaffe. Carlander avait fait fausse route. Le garçon était triste, évidemment. Jusqu'ici, l'inspecteur avait découvert que Kevin ne s'appelait pas Mbatian mais Beck, comme sa mère décédée sept ans plus tôt. Kevin avait été déclaré disparu il y avait cinq bonnes années – et mort quelques jours après son retour en Suède. Le signalement avait sans doute été effectué par l'ancien tuteur. Qui à présent était mort lui-même, pour de bon. Et Carlander venait de balancer ça à la figure du pauvre Kevin. Il présenta ses condoléances et ses excuses.

Quelle était la consigne, déjà ? songea le garçon. Mentir autant que possible.

— Comment est-il mort ? Il était malade ?

— Non, il a été agressé. Nous ne savons pas encore par qui. La cause indirecte du décès semble avoir été un coup porté à la tempe avec un bocal en verre. Ça s'est passé devant sa galerie d'art.

À cet instant, Carlander se remémora un détail qu'il avait lu aux prémices de l'affaire Alderheim.

Il appuya sur quelques touches de son clavier, pour une rapide vérification.

— Alderheim était divorcé. Son ex-femme s'appelait Jenny Alderheim. Il y a beaucoup de Jenny dans notre pays, mais une longue expérience du métier m'a appris à creuser à mes pieds. Ai-je raison de conclure que c'est toi ?

— Mon cher Victor, acquiesça la jeune femme. Il ne voulait plus de moi.

Ole Mbatian n'avait jamais menti auparavant, sauf à ses femmes, ses enfants, au chef et à la sœur du forgeron. Il s'amusait comme un fou.

— Cet homme n'était que bonté, déclara-t-il.

Carlander se tourna vers le Massaï.

— Ne l'avez-vous pas décrit comme « désagréable » récemment ?

— Mais c'était *avant*, mon cher inspecteur.

— C'était hier.

— Voyez-vous cela. Cela me rappelle une fille dans ma jeunesse, celle de la hutte d'à côté. Je l'avais toujours trouvée cassante et pénible, mais un jour nous nous sommes mariés. Ce n'est pas un bon exemple, tout compte fait, car elle est restée cassante et pénible. Je crois que ce que je veux dire, c'est que vous auriez dû nous voir au restaurant, le marchand d'art et moi, après notre conversation d'hier. Quelle soirée agréable ! Et drôle ! Imaginez un peu, il y avait des tiges de bois à la place des couverts. Ça nous a bien fait rire.

Deux jours et demi.

Carlander revint à ses moutons.

— Comment les toiles se sont-elles retrouvées chez le défunt ?

Au milieu de ce cauchemar, Kevin avait trouvé en l'homme-médecine une certaine source d'inspiration. Parler d'abord et réfléchir ensuite, cela avait l'air de fonctionner.

— Victor a été comme un père. Il s'est occupé de moi, m'a offert un toit à Bollmora, m'apportait souvent des pizzas. Nous passions des heures à parler d'art. La dernière fois, la conversation tournait autour du couple Grünewald-Hjertén, si je me souviens bien. Ils ont été très critiqués en leur temps. Lui, parce qu'il était expressionniste et juif. Elle, parce qu'elle était expressionniste et dépressive. Ils ont lobotomisé Hjertén pour lui changer les idées, mais elle en est morte.

— Réponds à ma question, je te prie, lui rappela Carlander.

— C'était quoi, déjà ? Ah oui. Eh bien, quand je suis revenu d'Afrique, j'ai emporté les toiles pour faire une surprise à Victor. Je les ai déposées au sous-sol en cachette.

C'était la meilleure idée qui lui était venue.

— Donc tu as poussé la porte de la galerie d'art sans que ni lui ni personne ne te remarque, tu es descendu au sous-sol, tu as déposé les deux peintures et tu es ressorti, toujours sans être découvert ?

Kevin lui-même trouvait l'histoire peu crédible. Jusqu'à ce que Jenny ajoute :

— Quant à moi, j'ai détourné l'attention de Victor. Il parlait d'augmenter ma pension alimentaire. Je lui ai expliqué que c'était lui que je voulais, pas son argent.

— À combien s'élevait la pension ?

— À rien.

— Et il voulait l'augmenter ?

— La baisser aurait été difficile, commenta Ole Mbatian.

Bientôt plus que deux jours. L'inspecteur continua vaillamment.

— Victor a signalé ta disparition, et ta mort présumée, dit-il à Kevin.

— Oui, qu'aurait-il pu croire d'autre ? lança le jeune homme, cherchant fébrilement une explication cohérente.

— En-Kai, intervint Ole Mbatian.

— Pardon ?

— Notre dieu suprême. Kevin est venu en Afrique pour se trouver lui-même. Et nous a trouvés, le dieu suprême et moi. Grâce à Lui, il a pu renaître. Mais il a dû rompre avec le passé.

Kevin avait saisi.

— J'ai appelé mon tuteur pour lui faire mes adieux. Il est possible que j'aie dit adieu à l'existence, mais je parlais de la personne que j'étais *avant*.

— Victor était inconsolable, se souvint Jenny.

— Et maintenant, comment ça va, entre En-Kai et toi ? se renseigna l'inspecteur.

— Bien, merci. Notre relation est très amicale, pour ainsi dire. Je n'ai aucun mal à voyager entre les mondes.

— À ce propos, je voudrais souligner qu'En-Kai n'exige pas la circoncision, intervint Ole Mbatian.

— Ah oui, vraiment ? soupira l'inspecteur Carlander.

Deux jours. En comptant large.

— Monsieur Mbatian, vous avez donc retrouvé Victor Alderheim hier après-midi, aussitôt sorti de notre entrevue ?

— D'abord l'inspecteur, ensuite le marchand d'art. Un après-midi génial.

— Kevin et moi les avons accompagnés au restaurant, précisa Jenny. Un moment très agréable, comme vous le savez déjà.

L'inspecteur Carlander prit un document qu'il venait de recevoir de son commissaire.

— Et pendant cet agréable dîner, vous avez signé ceci ?

— Dîner, déjeuner, ou plutôt entre les deux, dit Ole Mbatian.

L'inspecteur rétorqua que l'homme-médecine pouvait employer le terme qu'il voulait. L'essentiel était la lettre de cession. M. Mbatian y avait-il réellement apposé sa signature, ou était-ce une imitation ?

Ole regarda le papier et, pour la première fois depuis leur arrivée, il dit la vérité.

— Bien sûr que j'ai signé. Avec joie ! Ou peut-être pas tout à fait : nous autres Massaï sommes fidèles à notre parole, le papier et le crayon nous paraissent inutiles. Mais il faut respecter les traditions locales. Si les feuilles brunes se mangent avec du lait, c'est comme ça.

— Les feuilles brunes ?

— Les corn flakes, expliqua Jenny.

L'inspecteur se sentait-il la force pour un autre tour de piste ? Il le fallait.

— Après votre dîner anticipé – ou déjeuner tardif ! –, Alderheim s'est rendu à sa galerie d'art, devant laquelle il a été attaqué. Où vous trouviez-vous à ce moment-là ?

— Je vous en prie, inspecteur, dit Kevin. Nous venons juste d'apprendre… À quelle heure a eu lieu l'horrible événement ?

— En fin d'après-midi, début de soirée. Alderheim n'aura pas eu le temps de faire grand-chose entre le repas et sa mort.

— Dans ce cas, je présume que nous étions en route pour Lidingö, dit Jenny, qui s'en mordit immédiatement les doigts.

— Qu'alliez-vous faire là-bas ?

Oui, bonne question.

Ole Mbatian décida de donner un peu de temps à ses compagnons.

— En-Kai est lumière et amour, est-ce que je l'ai dit ?

— Quoi ?

— Il vit sur le Kirinyaga, la montagne qu'il a façonnée de ses propres mains. Beaucoup croient qu'au commencement du temps il s'est uni à la déesse de la Lune, Olapa. Ils ont donné naissance à Gikuyu et Mumbi, les deux premiers humains, qui ont à leur tour eu neuf filles. Vous imaginez un peu.

Moi, j'en ai seulement huit, mais je ne suis pas un dieu. Juste un homme-médecine.

— Quel est le rapport avec notre affaire ?

Kevin était prêt à prendre le relais.

— Victor adorait les pizzas. Il m'en apportait souvent à Bollmora pour me faire plaisir. Il paraît qu'il y a une pizzeria fantastique à Lidingö, c'est là que nous allions.

Hugo n'avait eu de cesse de leur vanter ses mérites, mais Kevin avait refusé catégoriquement d'y aller. Plus jamais de pizzas.

— Vous veniez juste de manger !

Mais Ole Mbatian était vraiment imbattable.

— Manger ? Vous avez déjà essayé de manger avec des bâtons ? J'avais aussi faim après le repas qu'avant.

— Vous avez donc mangé une pizza à Lidingö ?

— Non, répondit Jenny. Nous avons changé d'avis et nous sommes rentrés à Bollmora.

— Et c'est tout, conclut Kevin.

— Pourquoi avais-tu besoin d'un nouveau passeport ?

— L'autre venait d'expirer.

— Tu avais l'intention de partir en voyage ?

— Nous envisageons de rentrer en Afrique avec Ole. Si vous le permettez, bien sûr, inspecteur.

Dans trois jours, il se ficherait de ce qu'ils faisaient. D'ici là... il avait besoin d'en savoir plus. Mais sur quel point ?

Ah oui. Dans la poche du veston d'Alderheim, ils avaient trouvé une vieille carte d'embarquement pour un vol Nairobi-Francfort-Stockholm. Kevin et Ole pouvaient-ils expliquer ce qu'Alderheim était allé faire dans le pays natal de l'homme-médecine, au moment précis où eux-mêmes étaient en Suède, pour autant que Carlander avait compris ?

Kevin était lancé.

— Un hasard incroyable. J'avais appelé Jenny depuis Nairobi, pour lui demander de prévenir Victor que je reviendrais à Stockholm dès que j'aurais économisé assez d'argent pour payer le billet. Je ne savais pas qu'il me croyait mort. Il était bouleversé et il a sauté dans l'avion pour venir à ma rencontre. Mais avant qu'il soit arrivé, j'étais déjà rentré. J'avais réussi à vendre un collier en or de papa Ole.

— Un collier en or ? s'étonna ce dernier, avant de se rappeler que plus rien n'était vrai.

Jenny prit sur elle afin de distraire l'enquêteur.

— Parmi les plus belles qualités de Victor, il y avait son grand cœur et sa simplicité.

Les mots lui écorchaient la bouche.

L'inspecteur de police, soudain pensif, manqua la réaction d'Ole au sujet du collier. Il songeait à la colère de son ex-femme, quand il n'était pas venu la chercher à l'aéroport alors qu'elle avait passé deux semaines à New York pour un congrès. Alderheim, lui, avait fait l'aller-retour en Afrique pour son protégé. Visiblement, il savait entretenir des relations saines.

Carlander recommanda à Kevin de contacter l'administration pour revenir parmi les vivants. D'ici là, qu'il évite de faire une nouvelle demande de passeport s'il ne voulait pas être de nouveau arrêté sur-le-champ.

— Une dernière chose, Kevin. Quand tu t'es introduit dans le sous-sol avec les toiles, as-tu vu une chèvre ?

— Non.

— Des poupées gonflables ? D'éventuels sachets d'héroïne ?

— Non.

L'interrogatoire non officiel était clos. Viendraient ensuite le déjeuner, la pause de l'après-midi, puis une visite auprès du médecin légiste. S'il raccourcissait un peu sa pause, il aurait peut-être le temps d'établir une liste de suspects. Il n'excluait pas qu'une des personnes présentes y figure.

— Sur ce, je vous remercie pour cette conversation très instructive. Je vais enquêter sur les circonstances de la mort de Victor Alderheim, et je vous demande de rester disponibles en cas de questions complémentaires.

— Bien sûr, répondit Kevin.

— Absolument, renchérit Jenny.

— Ce sera un plaisir de vous être utile, ajouta Ole Mbatian le Jeune.

57

Hugo attendait dans sa voiture à deux pâtés de maisons du commissariat. Les chances étaient infimes, mais il n'était pas impossible que l'un des trois ressorte libre. Du moins temporairement.

Moins d'une demi-heure s'était écoulée, et pourtant cela lui semblait une éternité. Kevin et Jenny arriveraient-ils à taire le nom d'Hugo ? Le Massaï ne l'inquiétait pas autant, il ne savait pas distinguer Lidingö de Bollmora, ni comment Hugo s'appelait, sauf peut-être son prénom. Ce qui serait déjà bien assez compliqué comme ça.

Son téléphone sonna. La police l'avait-elle déjà trouvé ?

C'était Malte.

— Tu tombes mal. Je peux te rappeler ?

— Elle m'a foutu dehors, dit son frère aîné, sans lui prêter attention.

— Qui ça ?

— À ton avis ? Karolin.

Voilà un sujet qu'Hugo ne voulait pas aborder. Surtout pas maintenant.

— Je peux dormir chez toi ce soir ? poursuivit Malte.

Comme s'il n'y avait pas déjà assez de monde.

Malte et Karolin s'étaient rencontrés dans un couloir d'hôpital huit ans plus tôt. Elle était oto-rhino-laryngologiste. L'ophtalmologue et elle se complétaient donc à merveille.

Karolin possédait déjà une maison à Lidingö, non loin de celle des Hamlin. Au bout de trois ans, son petit ami avait emménagé chez elle. Cependant, le mariage n'était pas si important, et avoir des enfants pouvait attendre.

Les années avaient passé. La relation ne faisait plus d'étincelles, mais elle fonctionnait. Malte et Karolin savaient en quelque sorte fusionner, ce qui était plutôt agréable.

Croyait Malte.

Quelques jours auparavant, Karolin s'était rendue à une conférence à Sundvoll et avait eu le coup de foudre pour un confrère, le plus drôle et joyeux urologue du monde. Elle était immédiatement rentrée annoncer la nouvelle à Malte. Dans l'intérêt de tous, elle suggérait qu'il quitte la maison. De préférence tout de suite, car l'urologue devait passer après le travail. L'atmosphère risquait d'être un peu tendue entre eux trois serrés sur le canapé, à regarder une série tout en mangeant du pop-corn. Pas vrai ?

— Un urologue ? répéta Hugo.

Il ne savait que dire d'autre.

— Je n'ai nulle part où aller, Hugo ! Tu comprends ?
Elle m'a foutu dehors !

— Oui, tu l'as déjà dit.

À cet instant, Jenny, Kevin et le Massaï apparurent
au bout de la rue. Tous les trois. Comme dans un
rêve.

— J'ai du monde à la maison, je t'en ai parlé.
Mais, bien sûr, tu peux venir chez moi. Le canapé
est libre. Tu sais où est la clé. À tout à l'heure.

Hugo était convaincu d'assister au plus grand
miracle de tous les temps. Jenny, Kevin et l'homme-
médecine venaient de monter dans la voiture.

— Comment, au nom du ciel... ? Que s'est-il
passé ? Qu'a dit l'inspecteur ?

— De nous tenir à sa disposition, le renseigna
Jenny.

— À sa disposition ? C'est tout ?

C'était la dernière chose qu'ils feraient.

Aucun d'eux n'était interpellé, ni même soupçonné. Et lui-même était passé sous les radars.

Cependant, impossible de savoir ce que Carlander
découvrirait au cours de son enquête, qui avait à
peine commencé. Peut-être les empreintes digitales
de l'homme-médecine sur le pot de confiture d'airelles, réalisa soudain Hugo.

— Je dors avec mes gants, le rassura Ole. Je les ai
enlevés juste avant l'entrevue avec l'inspecteur, celui
qui s'appelle machin quelque chose. Je me disais que
pour paraître innocent comme le guépard qui vient

de naître, mieux valait s'avancer les mains nues. Mais pendant l'histoire des airelles, ils étaient à leur place.

Et voilà, un petit miracle de plus. Cela ne signifiait pas pour autant qu'ils pouvaient changer de plan : Jenny, Kevin et le Massaï devaient s'envoler au plus tôt pour l'Afrique. La priorité absolue du lendemain matin serait de convaincre l'administration que Kevin était encore de ce monde.

— Par ailleurs, nous avons un petit problème. Karolin a plaqué Malte.

— Qui est Karolin ? demanda Jenny.

— Et Malte ? ajouta Kevin.

— Ça fait beaucoup de noms, tout ça, soupira Ole Mbatian.

58

L'inspecteur Carlander occupa son avant-avant-dernier après-midi plus activement qu'il ne l'avait fait depuis de nombreuses années. Il alla voir le corps de Victor Alderheim à la morgue, ou plutôt le docteur Eklund. Carlander doutait d'apprendre quoi que ce soit de plus sur l'affaire, mais il ne manquait jamais de consulter le légiste à l'époque où il faisait son boulot correctement.

Le décès avait été causé par un arrêt des fonctions respiratoires, dû à une hémorragie cérébrale.

— Il faut que tu respires, et ça c'est rien de le dire, lança Eklund avec un sourire.

Carlander ne l'avait jamais aimé.

— Qu'est-ce qui a provoqué l'hémorragie ?

— Un coup violent contre la tempe. Avec un objet contondant. Je dirais un bocal en verre. Confiture d'airelles Felix, 410 grammes. La peau et les cheveux de notre ami sentent les airelles.

— Pourquoi justement de la confiture d'airelles Felix ? demanda Carlander, tombant dans le piège d'Eklund.

— Comment veux-tu que je le sache ? Tu n'apprendras donc jamais, Carlander.

Plus que deux jours.

Cette entrevue avait été une perte de temps. Carlander n'avait rien récolté de plus que de la mauvaise humeur. Une consolation toutefois : il venait vraisemblablement de croiser son dernier cadavre, hormis le sien quand son heure viendrait.

L'inspecteur sauta sa pause afin de rentrer chez lui bien avant la clôture officielle de sa journée de travail. Il passa chercher un café et s'installa à son bureau pour établir une liste de suspects et de leurs mobiles.

La première hypothèse était celle de l'assaillant spontané X. Personne ne planifiait une agression à coups de bocal en verre, ni ne se baladait en ville avec des pots de confiture dans les poches. X avait donc fait des courses juste avant l'attaque, par exemple dans la supérette située à quelques centaines de mètres du lieu du crime.

En sortant, X avait aperçu l'abject type aux chèvres. Il avait fouillé ses sacs de courses à la recherche d'une arme, écartant peut-être un concombre ou un paquet de pain de mie, privilégiant le lourd bocal d'airelles.

Si c'était le cas, les débris porteraient sans doute les empreintes digitales de X. Avec un peu de chance, peut-être même s'était-il coupé.

X risquait pourtant d'être difficile à identifier si c'était son premier crime, qui plus est non prémédité. Le magasin pourrait en tout cas fournir les ventes de confiture pour l'après-midi en question, et sûrement les enregistrements des caméras de surveillance. Si X avait fait ses courses chez Hemköp. Sinon, Carlander pouvait essayer le Coop à quelques rues de là, sur Sveavägen. Et le 7-Eleven un peu plus loin sur le trottoir d'en face. Et la centaine de commerces divers et variés du voisinage.

L'inspecteur décida de laisser X tranquille.

Le suspect Y appartenait au cercle d'amis d'Alderheim, mais difficile de se faire une idée de celui-ci tant que les techniciens n'avaient pas reconstitué la vie de la victime grâce à ses e-mails, SMS, MMS, comptes WhatsApp, Instagram, Facebook, Twitter et autres réseaux pour asociaux, dont Carlander savait trop peu de choses.

Carlander s'intéressa ensuite à la famille de la victime : son ex-femme Jenny et son ancien protégé Kevin. Ils avaient semblé vraiment tristes d'apprendre le décès d'Alderheim, et l'inspecteur ne voyait pas de motif flagrant pour qu'ils le souhaitent mort. Le divorce était officiel, la séparation constatée. Jenny n'avait rien à gagner. Si l'explication se trouvait dans la lettre de cession trouvée dans la poche du marchand d'art, celle-ci aurait été emportée.

Et Ole Mbatian, alors ? Il avait la manie de taper les gens sur la tête. Mais pas avec de la confiture d'airelles. Et s'il s'agissait des toiles, le Massaï aurait pu refuser de signer la vente pendant leur agréable déjeuner, dîner ou entre les deux, seulement quelques heures plus tôt.

Jusqu'ici, X était le suspect le plus probable. Ou peut-être Y.

59

Malte était dans un état pitoyable après avoir perdu sa Karolin. Après une nuit agitée sur le canapé d'Hugo, il appela la clinique ophtalmologique où il travaillait pour annoncer sa démission avec effet immédiat. Le directeur fut stupéfait.

— Mais qu'est-ce qui se passe, nom de Dieu ? Tu veux une augmentation ? On peut arranger ça !

Ce n'était pas cela. Malte s'était aveuglé au point de ne rien voir venir, or un aveugle n'aurait pas dû exercer le métier d'ophtalmologue. Il déclara qu'il échangeait les sept mois de temps de travail qu'il devait récupérer contre son préavis de rupture de contrat.

Le frère aîné sans emploi d'Hugo trouva tout de même du réconfort dans la compagnie de l'homme-médecine. Ils avaient commencé à bavarder la veille, tandis que les trois autres se lamentaient au sujet d'une histoire peu claire, et ils avaient repris leur discussion juste après le petit déjeuner.

Ole Mbatian raconta tout ce qu'il savait sur ces mystérieuses créatures qu'étaient les femmes. Certes, on pouvait emprunter l'épouse d'un autre en certaines occasions, si elle était d'accord, mais jamais dans le dos du mari !

Pour sa part, il avait double ration de problèmes. Au début, la première épouse râlait quand il dormait chez la seconde, et la seconde quand il dormait chez la première. Puis les choses s'étaient calmées un temps avant de prendre une autre tournure. Les deux épouses s'étaient alliées et lui avaient demandé d'emménager dans la troisième hutte sur la colline. À croire qu'elles s'étaient lassées de lui.

Malte se consola d'entendre qu'il n'était pas le seul à avoir été rejeté. Cependant, Ole et lui partageaient aussi leur vocation : soigner les gens. L'homme-médecine jugeait que, pour un domaine aussi restreint que le sien, l'ophtalmologue cumulait un immense savoir. Malte le remercia pour ce compliment et expliqua qu'en Suède on devenait d'abord homme-médecine avant de choisir une spécialité. Au fait, quelle était celle d'Ole ?

Ole Mbatian réfléchit. Il avait plusieurs cordes à son arc, mais était surtout célèbre pour son talent à aider les femmes à ne plus enfanter.

Malte l'interrogea sur la composition de son remède, mais Ole Mbatian ne voulut rien lui dire. C'était une concoction secrète dont la patiente devait prendre quelques gorgées à chaque ovulation. L'homme-médecine l'appelait *inatosha*, ce qui signifiait à peu près « ça suffit maintenant » en swahili. Avec un nez fin et des papilles aiguisées, on pouvait identifier certains des ingrédients, mais de là à recréer un remède efficace, le chemin était long. Un charlatan du village voisin s'y était essayé. Il se faisait payer la moitié de ce que demandait Ole, alors qu'il n'avait même pas mis de melon amer dans son mélange.

— La saison des grandes pluies n'était pas terminée qu'il s'était fait 200 ennemies dans le Masai Mara. Deux cents ! C'est autre chose que les deux miennes. Et la tienne, maintenant que j'y pense.

— Je n'ai même plus la mienne, lui rappela Malte.

À la lumière des histoires d'Ole Mbatian, cela ne lui semblait plus aussi terrible.

60

La version moderne du travail d'investigation ne consistait plus à enfoncer des portes ou à poser des mouchards. À présent, c'était une affaire de technologie. L'enquêteur récalcitrant Carlander obtint le rapport exigé juste à temps pour son café du matin, l'avant-dernier jour.

Jusqu'ici, le plus intéressant était ce que les techniciens n'avaient *pas* trouvé, ni sur la victime ni à son domicile. Son téléphone portable.

Un galeriste à Stockholm sans Smartphone, c'était tout bonnement inimaginable. Les techniciens de la criminelle confirmèrent l'existence d'un abonnement à son nom et fournirent même le relevé de ses appels téléphoniques.

Alderheim n'avait presque pas téléphoné au cours des dernières semaines. N'avait-il pas d'amis ? Les quatre serruriers qu'il avait contactés comptaient pour du beurre. Manifestement, aucun d'entre eux n'avait installé le cadenas retrouvé sur la porte d'entrée.

Et d'ailleurs, un cadenas… De qui ou de quoi Alderheim avait-il peur ? De celui qui avait tracé un PERVERS d'un mètre de haut sur la devanture ?

Les réflexions de Carlander furent interrompues par sa collègue préférée, qui venait de franchir la porte : la technicienne de la crim' et experte en informatique Cecilia Hulth, célèbre pour sa capacité à débloquer les téléphones portables, tablettes tactiles et ordinateurs prétendument impossibles à hacker.

Parmi les rares choses qui résistaient à Hulth figuraient les téléphones introuvables. Pourtant, elle fut en mesure de lui apprendre où le Master 4G s'était baladé pendant les quelques heures précédant la mort d'Alderheim, en se fondant sur les données de l'opérateur mobile.

— L'appareil est passé sur Kungsholmen, à proximité du commissariat.

Jusqu'ici, rien de très surprenant.

— Puis il s'est déplacé vers le quartier de la galerie d'art.

Toujours logique.

— De là, il a continué vers Högdalen.

— Högdalen ? Qu'est-ce qu'il faisait là ?

— C'est là qu'il a arrêté de communiquer avec les satellites.

La vérité était que l'appareil était parti en fumée. Le camion-poubelle avait gagné la station d'incinération de déchets à Högdalen, 5 petits kilomètres au sud du centre de Stockholm. Le téléphone s'était retrouvé enseveli sous 5 mètres et quelques tonnes d'épluchures de pommes de terre et de filtres à café usagés, avant d'être brûlé avec le reste.

Presque rien ne résiste à une température de 960 °C. Ni les épluchures de patates ni les filtres à café, et certainement pas un téléphone portable.

De l'avis de Hulth, Alderheim était un type bizarre. Il n'y avait aucun contact dans la sauvegarde de son répertoire, et rien de bien intéressant dans sa boîte mail. Hormis un billet d'avion aller-retour récent pour Nairobi.

— Je suis au courant, dit Carlander.

En dehors de cela, la technicienne avait découvert un grand nombre de factures pour des pédicures chez une prostituée de luxe.

— Pédicures ? s'étonna l'inspecteur.

— La chose a de nombreux noms, dit Cecilia Hulth.

Et merde. Il se retrouvait avec un nouvel interrogatoire sur les bras.

— Autre chose ?

— Une brève correspondance avec un expert en art new-yorkais, ou plutôt son assistante. Alderheim voulait sans doute faire authentifier ses faux.

Carlander ne se donna pas la peine de détromper la technicienne. Cette affaire ne les concernait plus.

— Rien d'autre ?

— Eh bien, un unique appel entrant la semaine dernière. Depuis une carte prépayée anonyme. D'une durée d'une minute vingt.

L'inspecteur savait que le gouvernement envisageait d'interdire les téléphones à carte prépayée. La question étant sur la table depuis quinze ans, la décision pouvait être prise à tout moment de la prochaine décennie. Mais en cet instant, cela n'avançait pas Carlander.

— Autre chose ?

Cecilia Hulth était connue pour avoir toujours autre chose.

— Nous sommes dessus depuis moins d'une journée, Carlander. À quoi tu t'attendais ? Il y avait d'infimes empreintes digitales sur le bocal en verre, mais aucune correspondance avec les trois que tu nous as fournies. Aucune vente de confiture d'airelles dans les trois supérettes les plus proches le jour du meurtre, et donc inutile de visionner leurs vidéos de surveillance. Si tu veux, je peux creuser encore dans les e-mails. Il peut en avoir supprimé. Normalement, on peut les restaurer, même si c'est un peu fastidieux. Très fastidieux, en fait.

L'inspecteur voulait boucler l'enquête au plus tard le lendemain à 17 heures précises. Si Alderheim ne s'était même pas donné la peine d'effacer ses échanges avec la prostituée de luxe, qu'aurait-il eu à cacher ?

— On s'en fout. Je veux que tu trouves les numéros et les noms de tous ceux qui ont menacé Alderheim sur ce forum haineux.

— Tous ?

— Il y a à peu près 500 contributions, et peut-être 300 menaces différentes. Tu peux me fournir une liste complète dans une heure ?

Hulth, qui connaissait Carlander depuis vingt-cinq ans, ne se gêna pas pour demander si le coup de casse-tête du Massaï n'avait pas fait plus de dégâts que ce qu'ils croyaient.

— Sélectionne 3 posts parmi les 500 et je verrai ce que je peux faire, ajouta-t-elle.

Le concept de ce forum haineux était de protéger les comptes de ses adhérents à tout prix, obstacle que même Cecilia Hulth ne pouvait franchir. Mais aucune chaîne n'était plus forte que son maillon le plus faible. Elle avait un contact parmi les membres. Cela lui coûtait généralement 1 500 couronnes par adresse IP, mais c'était faisable.

À un jour et demi de la retraite, la présomption de fraude devenue meurtre ou homicide involontaire commis par un agresseur inconnu commençait à prendre trop d'ampleur pour le futur ancien inspecteur de police. Depuis une journée, il n'arrivait plus à prendre ses pauses correctement.

Carlander choisit quatre des pires messages du forum haineux, qu'il envoya à Hulth. Puis il tenta de convaincre le commissaire de repasser le cas à Gustavsson, qui aurait dû en écoper depuis le début s'il n'avait pas simulé un rhume. Son chef lui signifia toutefois que, mort ou pas, le violeur de chèvres lui resterait sur les bras.

— Occupe-toi plutôt de trouver le coupable, tu as encore quelques jours devant toi.

— Un jour, pour être précis, dit Carlander.

— Un et demi.

Carlander comprit qu'il pouvait faire une croix sur sa pause de l'après-midi. Il décida d'effectuer une visite en ville, pour discuter pédicure.

Elsa-Stina Lövkvist se présentait sous le nom de Lola. Carlander la trouva dans le hall de l'hôtel que lui avait indiqué Cecilia Hulth.

Au début, Lola fit mine de ne pas comprendre mais, quand elle s'aperçut que Carlander n'était pas là pour une affaire de mœurs, elle se transforma en Elsa-Stina et commença à parler franchement. Alderheim avait été un client régulier pendant plusieurs années. Pas un homme agréable, mais pas pire que d'autres. Pourtant, Elsa-Stina avait coupé les ponts quand elle avait lu ce qu'il trafiquait avec des chèvres. Qui savait quelles maladies les animaux risquaient de traîner ?

— Avez-vous appelé Alderheim depuis votre téléphone avec une carte prépayée pour lui expliquer pendant une minute vingt qu'il n'était plus le bienvenu ?

Elsa-Stina ne s'était pas chronométrée, mais elle confirma les autres éléments.

Sinon, elle n'avait aucune information intéressante. Elle avait pris en charge ce client une bonne centaine de fois. Ils n'avaient jamais bavardé avant, ni pendant.

— Est-ce qu'il etait marié ? demanda-t-elle.

— Divorcé depuis plusieurs années.

— Mes félicitations à l'ex-femme.

Carlander promit de les transmettre. Il se leva, récupéra la bouteille d'eau qui portait à présent les empreintes digitales de Lola et Elsa-Stina, dit qu'il y avait d'autres métiers que pédicure dans la vie, mais que cela ne le regardait pas.

— Au revoir, Lola.

— Au revoir, répondit Elsa-Stina.

61

Kevin se rendit à l'état civil à Södermalm, où il dut attendre son tour si longtemps qu'il commença à redouter de se prendre une contravention. Ç'aurait été le pompon.

Finalement, un officier du nom de Kjell l'appela dans son bureau.

— Bonjour, monsieur. Je m'appelle Kevin. J'espère que vous pourrez m'aider rapidement, parce que l'horodateur tourne.

Kjell promit de faire de son mieux et s'enquit du problème de Kevin.

— Le truc, c'est que je suis mort. Vous pourriez me ressusciter, s'il vous plaît ?

Kjell répondit que, pour ce genre d'affaire, il valait mieux s'adresser à Jésus. Malheureusement, celui-ci ne s'était pas montré depuis un bon moment.

— Nous pourrions commencer par établir ton identité. Une nécrologie ne suffit pas.

Kjell était de ceux qui aimaient bien s'amuser au boulot.

Kevin proposa de montrer son passeport, si Kjell lui promettait de ne pas déclencher d'alarme. L'officier répondit qu'il n'en avait eu besoin qu'une fois en dix-huit ans de carrière. À l'époque, le client n'avait pas sorti ses papiers, mais une grenade. Une histoire extrêmement désagréable.

Le document sous les yeux, Kjell entra les informations sur Kevin Beck, 23 ans. Les rumeurs de la mort du jeune homme n'étaient pas exagérées.

— Cependant, je constate que tu es toi, et tout indique que tu es en vie. Le problème, c'est que tu dois en apporter la preuve irréfutable afin que je puisse agir. As-tu une autre pièce d'identité ?

Kevin secoua la tête.

— Et ton permis de conduire ?

— Je n'ai pas le permis.

— Alors, qui a conduit jusqu'ici et garé la voiture ?

Enfoiré de Kjell.

— J'étais pressé. Difficile de poursuivre un mort en justice, pas vrai ?

Kjell sourit, admettant que la mort avait ses avantages. De toute façon, il travaillait à l'état civil, pas dans la police.

— Je vais avoir besoin d'un témoignage sous serment d'une personne de ton entourage immédiat en possession d'une pièce d'identité. À en juger par les informations sur mon écran, le choix est limité. Mais tu as un père. Il est dans les environs ?

Ole Mbatian ? Que pouvait valoir sa parole ?

— Je ne vois pas d'Ole machin chose, je lis « Victor Alderheim ».

Kevin se sentit tout étourdi.

— Premièrement, ce n'est pas mon père. Deuxièmement, il est mort. *Mort mort.*

L'officier Kjell trouvait ce cas de plus en plus intéressant.

— Victor Alderheim est ton père, aucun doute là-dessus. La paternité n'ayant été reconnue qu'à tes 15 ans, je comprends que vous ne soyez pas très proches. Les parents le sont rarement quand ils ont besoin d'un si long délai de réflexion. Je vois que tu n'es pas mort de chagrin, si je puis me permettre ce jeu de mots.

Victor, le père de Kevin ? Pour de vrai ?

— Quoi qu'il en soit, il n'est plus là. C'était même écrit dans le journal.

L'officier hocha la tête, songeur. Il ne fallait pas croire tout ce qu'on lisait dans la presse, mais si le décès était récent, peut-être les fichiers de l'administration n'étaient-ils pas encore à jour. Ils n'étaient pas en contact direct avec la morgue.

— Alors, que faisons-nous ? demanda Kevin.

Kjell n'en avait aucune idée.

— Reviens demain. D'ici là, j'aurai trouvé une solution. N'hésite pas à ramener tes proches, si tant est que tu en aies.

62

Pour résoudre un meurtre insoluble en l'espace d'une journée, il fallait un suspect et suffisamment de preuves pour le faire passer aux aveux au plus tard le jour même à 17 heures. Concrètement, Carlander devait faire craquer Kevin Beck, Jenny Alderheim, Ole Mbatian le Jeune – ou les trois. Le problème, c'était que l'inspecteur ne voyait pas par quel moyen. Les relations entre les protagonistes semblaient très enchevêtrées, mais aucun n'avait de motif apparent. Les empreintes digitales retrouvées sur les débris du bocal ne correspondaient pas aux leurs, ni à celles de la pédicure Lola, d'ailleurs.

Elles appartenaient donc à l'agresseur X. Ou à l'employé de supermarché Z. Qui ne travaillait dans aucune des trois supérettes proches de la galerie.

Mais si X vivait à Högdalen ? Peut-être passait-il en voiture dans la rue Birger-Jarlsgatan, quand il avait aperçu l'homme sur lequel ses co-forumeurs et lui s'étaient déchaînés. Impossible de se tromper, l'individu se trouvait devant la devanture de sa galerie d'art, sur laquelle était peint le mot PERVERS.

Le conducteur avait arrêté sa voiture, peut-être même trouvé une place de stationnement, même si cela risquait de lui faire perdre du temps. Puis il était descendu, avait ouvert le coffre et, à défaut de clé à molette, s'était rabattu sur le pot d'airelles. Il s'était faufilé jusqu'à Alderheim, avait levé le bras, dit « Prends ça, espèce de sale... », sur quoi Alderheim s'était retourné, recevant le coup de bocal à un endroit plus critique que prévu.

Le PERVERS inconscient à ses pieds, X avait découvert le téléphone portable de la victime et l'avait ramassé. Pourquoi ? Un moment de panique ? Alderheim avait-il pris une photo compromettante ? Quelles qu'aient été ses raisons, l'homme de Högdalen avait emporté le téléphone et était rentré chez lui.

Carlander avait un peu honte. Ce n'était pas comme ça qu'on enquêtait correctement. Mais, au faîte de sa carrière, il avait attrapé plus de tueurs qu'il n'en avait laissé filer. L'inspecteur estimait qu'il avait fait plus que sa part, même si cette époque était depuis longtemps révolue.

À moins que... Cecilia Hulth revenait avec les renseignements sur les auteurs des quatre pires posts du forum haineux.

L'éventuel suspect numéro 1, pseudo Uzi1970, s'appelait en réalité Lennart Helmersson. Il avait publié sa contribution depuis sa maison forestière près de Jukkasjärvi, à 1 300 kilomètres au nord de Stockholm. Électricien, il avait une femme et deux enfants. Un personnage tranquille, mais accablé depuis cinq ans par une lourde dette auprès du Trésor public. Cela pouvait expliquer pourquoi la majorité de ses messages traitaient du sort à réserver aux locaux du Trésor et à leur personnel. Inscrit sur le forum juste après la première mise en demeure. Avec le temps, Uzi1970 avait étendu sa haine à d'autres corps de métiers.

Son post au sujet du violeur de chèvres se résumait à ce qu'il faudrait introduire dans le postérieur de l'individu pour que justice soit faite. Lennart Helmersson n'ayant pas une imagination très fertile, il hésitait au fil de sept posts entre une batte de base-ball et une crosse de hockey.

Carlander n'était pas certain que la première ou la seconde ait la circonférence adéquate, mais peu importait. L'essentiel était qu'Uzi1970 vivait au nord du cercle polaire où, à cette période de l'année, la nuit durait vingt-quatre heures. Il y avait de quoi devenir aigri.

— Non, ce n'est pas lui, trancha Carlander. Au suivant.

Le suspect numéro 2 s'appelait Kilkrevtous. À en juger par la photo de profil, il s'agissait d'un homme, mais la piste conduisait à une Helena Segerstedt, domiciliée rue Centrumslingan à Solna, à moins de vingt minutes du lieu du crime.

— Une philosophie du monde assez négative, observa Carlander, songeant qu'il tenait peut-être quelque chose. Que savons-nous de la belle Helena ?

— Militante pour les droits des animaux. Une condamnation après des menaces trop fréquentes et exhaustives envers un éleveur de visons du Blekinge. Il y a sept ans. A depuis retenu la leçon. Ou pas. Veut castrer Alderheim. L'exprime de cinq manières différentes, mais c'est le dénominateur commun : son appendice doit disparaître.

Carlander, qui était parti du principe que le coupable était un homme, avait du mal à voir plus loin que ce préjugé. Qu'est-ce qui ne tournait pas rond chez les gens ? L'un voulait lui enfoncer des trucs dans le derrière, l'autre lui couper le devant. Après une brève réflexion, il conclut qu'Helena Segerstedt aurait eu recours à une confiture d'airelles bio, et qu'elle aurait délivré des coups de pied dans l'appendice susmentionné.

— Suspect numéro 3, s'il te plaît.

— Il habite à Buenos Aires. Tu veux l'adresse ?

— Numéro 4, s'il te plaît.

Le numéro 4 avait choisi le pseudo HellHell84, dont le sens était assez sibyllin. Un hommage à l'enfer ? Derrière lui se cachait un certain Linus Forsgren, 38 ans, discret sacristain célibataire, domicilié route Trollesundsvägen, au sud de la ville. Aucun cadavre dans le placard, mais le plus assidu des quatre membres du forum. Inscrit depuis 2009, et encore plein d'ardeur.

— A-t-on discerné un schéma récurrent dans ses anciens posts ? demanda Carlander.

— De manière générale, il veut que sa cible du moment soit torturée.

— Il veut tuer ?

— Plutôt faire souffrir. Remuer un couteau dans les intestins, ce genre de chose.

Carlander songea que l'issue serait fatale pour moins que ça. Par exemple, un bocal d'airelles en pleine tempe.

— C'est où, Trollesundsvägen ?

— À Högdalen.

63

Kevin revint à l'état civil, accompagné de son père et de sa petite amie. Le témoignage de Jenny pourrait faire la différence. Avec Ole, c'était moins sûr.

La démarche occupa une bonne partie de la matinée. L'officier Kjell avait décidé de consulter un collègue à Karlstad, expert en problèmes d'état civil inextricables. En principe, il fallait un témoignage sous serment de la part d'un frère, d'une sœur, d'une mère ou d'un père. Dans le cas présent, il n'y avait pas de fratrie, la mère était morte depuis des années, et le père venait de l'imiter.

L'officier de Karlstad était sur haut-parleur. Autour du bureau se pressaient Kjell, Kevin, Jenny et Ole. Ce dernier était de mauvaise humeur, car Kevin l'avait obligé à laisser son casse-tête dans la voiture.

— Ne viens pas te plaindre s'ils font des histoires et que je ne peux pas argumenter.

— Ton casse-tête a suffisamment argumenté comme ça, papa. Mais merci quand même.

Avant tout, Kjell voulut en savoir un peu plus sur les témoins et leur relation au principal intéressé. Jenny ouvrit la bouche, quand l'homme-médecine la devança. Il avait fini de bouder et, à présent, il voulait raconter qu'il n'y avait pas plus doué que son Kevin pour ce qui était de nager parmi les crocodiles.

Ni Kjell ni son collègue ne comprirent ce que cela venait faire là-dedans. Le Massaï rétorqua qu'ils n'avaient qu'à lui indiquer un fleuve infesté de reptiles.

Kjell demanda à son collègue à combien s'élevait la population de crocodiles du Klarälven. Le collègue, qui n'avait pas d'humour, répondit qu'ils feraient mieux de se concentrer sur la jeune femme.

Jenny se présenta comme la petite amie de Kevin. Ils se connaissaient depuis peu de temps, mais assez pour s'être déjà fiancés, et elle pouvait attester son identité.

Toutefois, nul n'a de secret pour les ordinateurs de l'administration. Kjell fut très amusé de constater que Jenny avait été mariée à Victor Alderheim : la future épouse de Kevin était donc également sa belle-mère.

Un soupir s'éleva du téléphone sur le bureau. Le collègue à Karlstad était trop empreint de la solennité de leur fonction pour rire de sujets si sérieux. Ou pour rire tout court. En outre, il connaissait le mythe d'Œdipe, qui avait épousé sa mère. Il ne manquerait plus, pour parfaire le tableau, que Kevin ait tué son père.

Aucune des personnes réunies dans le bureau à Stockholm ne releva la remarque de l'officier d'État civil de Karlstad. Kevin suggéra de téléphoner à l'aéroport d'Arlanda. Si le policier qui l'avait contrôlé à son arrivée en Suède pouvait déclarer sous serment qu'il était bien la personne qu'il prétendait être, l'administration pourrait déduire qu'il n'était pas devenu une autre personne entre-temps.

— Si nous nous donnons tous la main et adressons nos prières à En-Kai, nous aurons peut-être une révélation, proposa Ole Mbatian.

Il n'y croyait pas lui-même. Il souhaitait juste participer à la conversation.

Était-ce En-Kai, la police des passeports, les crocodiles du Klarälven ou le spectre d'Œdipe ? Kevin et les autres ne le sauraient jamais, mais ce fut la goutte d'eau qui fit déborder le vase. L'expert à Karlstad décréta soudain qu'il en avait assez entendu. Il demanda à Kjell s'ils ne pouvaient pas trancher en faveur du jeune Kevin, avant que l'un d'entre eux devienne fou.

— Bonne idée, dit Kjell.

À défaut de parent proche, Jenny dut signer une déclaration sur l'honneur attestant que le passeport expiré était bien le document encore valide quelques jours plus tôt. Ole Mbatian demanda où il devait signer, mais Kjell répondit que c'était inutile, avant de se lever. Tendant la main à Kevin par-dessus le bureau, il ne put s'empêcher de citer James Bond.

— On ne vit que deux fois. Fais bon usage de ta seconde chance.

Kevin promit d'y veiller.

64

Une percée dans l'enquête à seulement quatre heures de sa retraite ! Christian Carlander ressentait la satisfaction du travail bien fait, sensation qu'il n'avait pas connue depuis... combien de temps, au juste ? Était-ce en 1991, quand sa femme et lui étaient en vacances à Torekov ? Il avait oublié leur anniversaire de mariage et elle lui avait fait la tête pendant deux jours. Par miracle, il avait alors été rappelé à Stockholm pour un double meurtre dans une boîte de nuit.

L'inspecteur envoya une voiture chercher HellHell84 sur son lieu de travail.

Cet après-midi-là, Linus Forsgren projetait de graisser les charnières des portillons du cimetière. Huit portillons comportant chacun quatre charnières, soit trente-deux charnières. Il en aurait pour un moment.

Alors qu'il ne lui restait plus que sept portillons et demi, deux agents de police s'approchèrent, s'enquirent de son nom et lui demandèrent de les suivre,

d'un ton si impérieux que même les charnières n'auraient pas osé protester.

Tout alla si vite que Linus Forsgren n'eut pas
le temps d'avoir peur avant de se retrouver face
à l'inspecteur Carlander, au commissariat de
Kungsholmen.

— Vous savez pourquoi vous êtes ici, n'est-ce
pas ?

Linus Forsgren n'en avait pas la moindre idée.

— Si je vous dis HellHell84, qu'est-ce que ça vous
évoque ?

Linus Forsgren écarquilla les yeux. Il répondit
qu'il ne savait pas de quoi l'inspecteur parlait.

— De votre goût pour la torture, je me trompe ?

Le sacristain nageait en plein cauchemar.

Carlander poursuivit : ils disposaient de preuves
que Linus Forsgren et HellHell84 du forum haineux
n'étaient qu'une seule et même personne, et que le
second, c'est-à-dire le premier, avait exprimé le désir
d'étriper un certain marchand d'art ayant un pen-
chant pour les quadrupèdes.

— Et comme par hasard votre souhait a été
exaucé.

Linus Forsgren, au bord des larmes, protesta que
ce n'était qu'un horrible malentendu. Il ne menaçait
ni ne haïssait personne, parole d'honneur. Il était un
serviteur de Dieu, sacristain d'une paroisse vivante
et chaleureuse.

Quand le sacristain persista à nier, l'inspecteur
dit qu'il respectait sa réponse. Malheureusement, la
haine propagée par le compte de Linus Forsgren

avait bien été déversée depuis un ordinateur de son église.

— Je ne vais pas vous importuner plus longtemps. En revanche, afin de tirer cette affaire au clair, je vais être contraint de convoquer tous les membres actifs de la paroisse, pasteurs, diacres, chefs de chœur, organistes et catéchistes. Je promets de tout mettre en œuvre pour découvrir lequel d'entre eux a piraté votre compte.

Cette fois, Linus Forsgren avoua.

Et éclata en sanglots.

65

Sans cette foutue conférence de sacristains, Carlander aurait pu résoudre une affaire de meurtre ou d'homicide involontaire le dernier jour avant sa retraite.

Profitant de ce que Linus Forsgren était encore sous le choc à l'idée que sa paroisse apprenne ses activités sous le pseudonyme de HellHell84, Carlander avait porté le coup de grâce. Énonçant le jour et l'heure de l'agression rue Birger-Jarlsgatan, il avait recommandé à Forsgren de reconnaître sa présence sur le lieu du crime à l'heure dite, s'il voulait éviter la peine maximale pour meurtre.

À la surprise de Carlander, le désespoir de Forsgren s'était envolé. Était-il censé avoir tué quelqu'un ? Impossible.

Linus Forsgren avait affirmé avec vigueur qu'il avait un alibi : il se trouvait sur une scène à Göteborg pour parler de méthodes écologiques de désherbage des allées de gravier, à l'instant précis où un pot de confiture d'airelles fracassait le crâne de Victor Alderheim, à 470 kilomètres de là.

Carlander avait déjà vu des suspects inventer n'importe quoi en désespoir de cause. « Je n'ai pas pu braquer la banque mercredi, je promenais mon chien, vous n'avez qu'à lui demander. » Un alibi lamentable. Mais quelle personne avec une once de jugeote aurait menti au sujet d'une salle comble ? Il y avait peu de choses plus faciles à vérifier. Sauf peut-être : « Je ne peux pas être le tueur, j'étais en train de disputer la finale de la Coupe du monde de football. »

Linus Forsgren était coupable de bien des choses.

Mais pas du meurtre de Victor Alderheim.

— Je te remercie pour toutes ces années, dit Carlander à son chef, à 17 h 01.

Néanmoins, le commissaire ne comptait pas le laisser filer aussi facilement.

— Tu ne vas pas t'en tirer comme ça, Christian, lança-t-il avec un sourire.

Quand il appelait Carlander par son prénom, les choses prenaient un tour personnel.

— Il y a un gâteau, des bulles et tout le tintouin dans la salle de réunion. Tout le monde est là, sauf ceux partis pincer des voyous.

— Vous ne m'avez pas fait ça ? soupira Carlander.

— Avant cela, nous avons une minute pour nous, Carlander, poursuivit le commissaire. Raconte-moi ce qui s'est passé avec le type de Högdalen. Ça tenait à un cheveu, si j'ai bien compris. C'était Forsgren, son nom ?

— Je croyais que je le tenais. Tout collait, jusqu'à ce qu'on arrive aux circonstances du crime. À cet instant, Forsgren a affirmé qu'il se trouvait à Göteborg, à une conférence de sacristains, à l'heure où il était censé avoir écrasé un bocal d'airelles sur la tempe d'Alderheim.

— Et ?

— J'ai vérifié séance tenante, pour ainsi dire. Résultat : 400 sacristains de tout le pays étaient en train d'écouter religieusement Forsgren et peuvent témoigner en sa faveur. Cerise sur le gâteau, l'intervention est sur YouTube.

Son chef sourit. Les sacristains pouvaient être sournois. Carlander avait-il cherché à en savoir plus ? Qu'est-ce que ça pouvait bien être, une conférence de sacristains ? Et qui organisait des bêtises pareilles ?

À présent, les 17 heures étaient dépassées de plusieurs minutes. Le commissaire souhaita à son collègue de longue date de bien s'amuser à nourrir les pigeons ou autre loisir du même acabit.

— Comment avance l'espagnol, au fait ?

— Le chien n'a toujours pas bougé de sous la table.

— Hein ?

Carlander préféra revenir au sujet précédent. Le cas du galeriste et du pot d'airelles ne serait sans doute pas classé avant un moment. Était-il de retour sur le bureau de Gustavsson ? Carlander expliqua qu'il avait déjà contrôlé quatre suspects du très populaire forum haineux. Gustavsson n'avait plus qu'à se charger des 496 restants.

— Est-ce que tu ne serais pas en train de te réjouir du malheur de ce pauvre Gustavsson ? demanda le commissaire.

— Absolument. Le connaissant, il n'arrivera pas à boucler l'affaire avant que le crime soit prescrit.

— Il n'y a plus de prescription pour les meurtres.

— Je sais.

Le commissaire songea qu'il avait peut-être les employés qu'il méritait. Il se leva, contourna le bureau et déclara qu'il était grand temps d'aller déguster le gâteau.

— Ta toute dernière pause ici.

Cela faisait un drôle d'effet. Pendant de nombreuses années, Carlander avait fui le boulot en prenant des pauses le matin et l'après-midi, sans oublier une longue pause déjeuner entre les deux. Qu'allait-il fuir maintenant qu'il n'avait plus de boulot ? C'était ce qu'il allait découvrir. La fuite devait continuer.

66

Ignorant que la plus grande menace planant sur eux venait de partir à la retraite, Jenny et Ole Mbatian se rendirent au centre commercial pour se procurer le nécessaire à leur déménagement – ou fuite – en Afrique. Kevin devait recevoir son nouveau passeport sous quelques jours.

Tout d'abord, deux colliers en argent de la bijouterie Albrekts Guld.

— Tu entres ou j'entre ? demanda Ole.

— Je m'en charge, dit Jenny.

Ensuite, Ole voulait racheter quelques exemplaires du casse-tête de chez Clas Ohlson. L'arme avait ses défauts, elle faisait un bruit énervant pendant le vol, mais il y avait matière à travailler dessus. Son frère Uhuru saurait apprécier le cadeau.

Enfin, le Massaï avait demandé à rapporter des corn flakes et de la confiture d'airelles à la maison. Quant au lait, de chèvre comme de vache, il y en avait plus qu'assez sur place.

Le monde était vaste, et pourtant si petit. Jenny venait de déposer quatre pots de confiture d'airelles dans le caddie quand elle se retrouva nez à nez avec...

— Inspecteur Carlander ? Quelle surprise !

Ole Mbatian ne faisait pas toujours preuve du meilleur jugement, mais une seconde plus tard il rejoignit Jenny, le caddie et l'inspecteur, les bras encombrés de six paquets de corn flakes, qu'il déposa prestement sur les pots en verre. Inutile de donner des idées à l'inspecteur.

— Oui, en effet, dit Carlander. Je vous renouvelle mes condoléances pour le décès de votre ex-mari.

— Une pénible épreuve, acquiesça Jenny. L'enquête avance bien ?

Une question osée, mais il fallait bien qu'elle dise quelque chose.

— Elle piétine, plutôt. J'ai pris ma retraite hier et mon successeur s'occupe des suspects d'un forum haineux. Mais ce n'est pas simple dans le cas des crimes sans préméditation. Il ne faut pas trop espérer.

— Je suis navrée de l'apprendre, dit Jenny.

— Le marchand d'art était un brave homme, ajouta Ole Mbatian. Il me manque.

Nouvelle assemblée générale chez Hugo. Pour la première fois, sous la direction de Jenny. Elle relata comment Ole et elle avaient croisé le tout récent ex-inspecteur, la réaction instantanée de l'homme-médecine pour dissimuler ce que celui-ci ne devait pas voir, et le tour qu'avait pris la conversation.

— Nous ne sommes plus suspects, si nous l'avons seulement été. Dans ce cas, pourquoi fuir dans la savane ?

— C'est joli, là-bas, avança Ole Mbatian.

Jenny n'en doutait pas et serait ravie d'aller la découvrir, mais la question était : pourquoi fuir ?

Hugo n'avait pas de réponse toute prête. Soudain, le souhait de se débarrasser du Massaï et des autres ne servait plus le but de la survie pure et simple. Sa vie pouvait revenir à la normale. La Vengeance est douce SA repartirait de zéro et recommencerait à rapporter de l'argent.

Il avait des missions en attente. Pas plus tard que la veille, il avait reçu un message d'une riche veuve à Séoul. Elle vivait dans une des résidences pour personnes âgées les plus en vue de la ville, mais le directeur l'avait informée qu'elle devrait se séparer de son spitz nain de 9 kilos, au prétexte qu'il effrayait les autres résidents. La veuve souhaitait qu'Hugo effraie à son tour fatalement le directeur pour un tarif de 25 millions de wons sud-coréens. Le chien aurait pu le faire gratuitement, s'il avait eu une once de talent pour cela.

La somme n'était pas aussi élevée qu'il y paraissait. Après conversion, cela donnait environ 20 000 euros. Assez, toutefois, pour flanquer la trouille de sa vie à n'importe qui.

Enfin, envoyer les gens ad patres ne devait pas devenir une habitude. Sans compter qu'Hugo était occupé à mettre de l'ordre dans ses affaires. Il déclina l'offre de la veuve, expliquant qu'il était surbooké. Ce qui, en un sens, était parfaitement exact.

S'ils restaient en Suède, que leur réservait l'avenir ? Jenny et Kevin n'avaient plus de raison de travailler gratuitement. À présent, Malte faisait aussi partie de l'équation. Son frère aîné pourrait vivre de ses économies un an ou deux et, s'il ne trouvait rien de mieux à faire, Hugo pourrait le former à l'art de la vengeance.

Mais où serait le plaisir ? Hugo n'avait pas anticipé que la vengeance impliquerait une totale démesure. Si untel marchait sur le pied d'un autre, la victime exigeait que le coupable perde un pied. Ensuite, l'amputé réclamait que son ennemi soit raccourci d'une tête. Très lucratif, certes, mais cela ne contribuait nullement à l'amélioration du genre humain. En fait, cela atteignait même des profondeurs abyssales, pire que la marmelade au goût d'umami.

— Je pourrais vous accompagner ? lança soudain Malte, bousculant les plans d'Hugo comme un chien dans un jeu de quilles.

— Accompagner ? s'étonna l'ex-publicitaire. Où ça ?

— En Afrique. Qu'est-ce que je ferais ici ?

Kevin n'avait pratiquement pas prononcé un mot de la journée. Au lieu de suivre Jenny et Ole dans leur virée shopping, il avait marmonné qu'il avait besoin de réfléchir. Jenny pensait reconnaître ce besoin de solitude qu'on éprouve parfois. Son Kevin adoré avait en outre trouvé et perdu son père en l'espace d'une journée, quoique dans l'ordre inverse.

À présent, il voulait prendre la parole. Hugo espérait que cela lui changerait les idées, car il se sentait d'humeur maussade. Était-ce d'ailleurs pour ça qu'il voulait garder près de lui les trois catastrophes ambulantes ? Ou bien son humeur avait-elle un rapport avec la décision de Malte ? Hugo se retrouverait seul, avec pour unique compagnie des clients qui voulaient s'entre-tuer.

— Victor Alderheim est mort, commença Kevin.

Hugo répondit qu'il avait lu quelque chose là-dessus dans le journal.

— Au moment de son décès, il possédait des ressources non négligeables, poursuivit Kevin. Dont deux authentiques Irma Stern.

— Oui, on sait, fit Hugo. Et ensuite ?

Kevin arriva à la question qui avait été au cœur de ses réflexions.

— Son fils unique ne devrait-il pas en hériter ?

Partie XI

67

La disparition de Victor Alderheim fournit à Kevin l'occasion d'apprendre plein de mots intéressants. Par exemple : acte de décès, recherche d'héritiers, inventaire de succession, cohéritiers et mandataire successoral.

Kevin avait l'administration de son côté mais, en Suède, tous les aspects de la mort sont réglementés, jusqu'à la responsabilité d'éventuels défauts de paiement pour le ramassage des ordures, étant donné qu'aucun défunt n'avait jamais réglé la note depuis l'au-delà.

En un mot comme en cent, Kevin n'avait qu'à faire valoir ses droits légitimes, épaulé par Jenny, pendant qu'Hugo ruminait sur le sens de sa vie.

Avec tout l'argent qui pleuvrait bientôt sur le garçon, il était peu probable que Jenny et lui choisissent de rester à La Vengeance est douce SA, même si leur patron augmentait leurs indemnités journalières, voire leur offrait un salaire. Non, ils allaient suivre Ole Mbatian en Afrique. Le plus ennuyeux dans cette histoire, c'était que Malte partirait aussi.

L'arrangement avec Jenny et Kevin stipulait que La Vengeance est douce SA travaillerait gratuitement sur le cas Alderheim, à condition que les éventuelles recettes incombent à la firme. Longtemps, la mission n'avait engendré que des frais. Mais maintenant ? Hugo ne pouvait naturellement pas réclamer l'héritage, ni même une part de celui-ci. En vérité, il n'était pas à l'aise avec l'idée d'exiger quoi que ce soit. Ils avaient tué le père biologique de Kevin, un geste pour lequel il serait inconvenant d'envoyer une facture.

Pendant ce temps, l'homme-médecine et l'ophtalmologue faisaient plus ample connaissance. Ils instaurèrent un rituel tous les après-midi, consistant à s'asseoir sur le canapé d'Hugo pour parler médecine autour d'une bouteille de Glenfiddich.

Malte se remémora ce qu'il avait appris au cours de ses études au sujet des médecines naturelles et du respect qu'elles méritaient, même sans preuves scientifiques de leur efficacité. Les plantes contenaient de grandes quantités de composés phytochimiques et métabolites secondaires. En revanche, Malte ignorait comment cela fonctionnait au juste.

— J'ai cru comprendre que les molécules présentes dans les plantes médicinales agissent en catalyse et synergie pour un effet combiné où 1 + 1 est censé faire 3. Vous pouvez m'en dire plus, Ole ?

— Non, je ne peux pas.

Ole Mbatian appréciait l'ophtalmologue, mais parfois il le trouvait un peu insistant.

Après deux verres, il arriva ce qui arrivait toujours quand Ole Mbatian s'approchait trop d'une bouteille de Glenfiddich : il devenait sentimental. Pour la énième fois, il exprima sa tristesse que son fils ne veuille pas prendre sa suite. Kevin avait dégringolé du ciel trop tard pour acquérir des connaissances médicinales. La formation de guerrier massaï passait avant tout. Sans elle, il n'aurait pas pu cueillir des herbes et des racines dans la savane. Pas si on voulait – et c'était le cas – qu'il revienne.

Au troisième verre, l'apitoiement s'intensifia. Pauvre de lui, avec ses huit filles et son fils qui était tout sauf homme-médecine. Impossible de déterminer l'âge exact d'Ole Mbatian le Jeune ; Wilson et lui avaient tenté d'estimer, au mieux, son année de naissance sur la route de Nairobi. Mais il ne rajeunissait pas. Si seulement les circonstances l'avaient permis, il aurait passé le flambeau à la génération suivante et pris sa retraite.

Au lieu de ça, il allait devoir assurer le service jusqu'à sa mort. Il ne supportait pas l'idée qu'un amateur d'un village voisin récolte les fruits de sa réputation.

Malte hochait la tête, compatissant.

Depuis l'étage, Hugo écoutait. Parfaitement sobre.

Il réfléchissait. Il imaginait.

Sans s'en apercevoir, il avait commencé à planifier l'avenir pour ses compagnons ct lui-même. Pièce après pièce.

68

L'héritage du défunt marchand d'art aurait dû revenir au Fonds national de succession si son fils n'était pas revenu de justesse d'entre les morts, échangeant sa place avec son père.

Il fallut quelque temps à Kevin pour clarifier l'inventaire de succession, puis ce fut son tour de convoquer une assemblée générale.

Jenny et Ole étaient assis d'un côté de la table de la cuisine, Hugo et Malte de l'autre, et Kevin se tenait debout à une extrémité. Il arborait une expression qu'on ne lui avait jamais vue. Concentré. Solennel.

— Mes chers amis…, commença-t-il.

Mais il se reprit immédiatement.

— Chère Jenny. Je sais que nous sommes fiancés. Mais es-tu encore certaine de vouloir te marier avec moi ?

Jenny adressa un sourire tendre à son petit ami.

— Tu sais que je le veux.

Kevin avait simplement besoin de l'entendre avant de poursuivre. Il lui prit la main, y déposa un baiser, et se fit à nouveau grave.

— C'était tout ce que je voulais savoir. Point suivant à l'ordre du jour : le développement récent de nos ressources conjuguées. Car c'est ainsi que je vois les choses. Nous tous, qui sommes réunis ici, devons partager équitablement les recettes engendrées si soudainement. Tout le monde est d'accord ?

Hugo flairait une ruse. Il ne serait pas surpris que les frais dépassent les recettes, selon la loi de l'emmerdement maximal. Mais si tel était le cas, ainsi soit-il. On ne prenait pas la vie des gens, même par accident, pour espérer ensuite toucher le gros lot.

Kevin lut l'assentiment général dans les brefs hochements de tête autour de la table et commença son bilan comptable.

D'abord, le local et l'activité. Victor avait fait beaucoup de dégâts pendant ses années à la tête de la galerie. Le lot, qui se composait du local commercial et d'un appartement, était estimé à 32 millions de couronnes. Il était placé sous le contrôle d'une société par actions elle-même en faillite, car la promotion de la peinture nationaliste du XIXe siècle avait fait un flop. Lors de l'inventaire, on avait répertorié 120 œuvres appartenant au nationalisme romantique d'une valeur totale de 1 200 000 couronnes, acquises pour 20 fois plus. Le bien était hypothéqué au-delà du raisonnable. Les premiers calculs annonçaient qu'il resterait environ zéro couronne quand Kevin aurait fini de mettre de l'ordre, avec l'aide de Jenny. Les chiffres auraient été un peu plus reluisants si Alderheim ne s'était pas accordé des pédicures à hauteur de 25 000 couronnes par an.

— Un jour, je me suis fait moi-même une pédicure dans un lavabo à l'aéroport d'Istanbul, se souvint Ole Mbatian. Ça ne m'a coûté qu'une engueulade.

Kevin préféra ne pas commenter l'intervention de son père.

— Nous avons aussi quelques lignes de frais privés. Alderheim louait l'appartement par le biais de sa propre entreprise. De ce fait, il était personnellement redevable, entre autres, de la taxe d'enlèvement des ordures.

Douze jours s'étaient écoulés entre le dernier paiement d'Alderheim, juste avant sa mort, et le moment où Kevin avait été considéré comme habilité à décommander les prochains ramassages. Soit 12/365 de taxe impayée. Au vu des frais annuels de 2 400 couronnes, cela signifiait une dette totale de 88 couronnes.

— C'est tout ? demanda Hugo.

Kevin poursuivit.

— S'ajoute aussi une redevance modulable. Chaque abonné doit payer 1,75 couronne par kilo de déchets, pour dissuader les gens de jeter tout et n'importe quoi par paresse. Malheureusement, c'est sans doute ce qu'a fait Alderheim, car il avait 36 kilos d'ordures sur son compte.

Un poids respectable pour les sex-toys avec des chaînes, le chevalet replié, et peut-être une peau de banane.

— Trente-six kilos à 1,75 couronne ? demanda Jenny.

Kevin acquiesça. Soixante-trois couronnes en sus des 88.

— C'est tout ? répéta Hugo.

— En gros, oui.

— N'y a-t-il pas quelques œuvres expressionnistes plus récentes que tout ce fatras nationaliste romantique ?

Ah oui, c'est vrai. Les Irma Stern accompagnés des lettres et photographies étaient la propriété privée de Victor Alderheim. Pas plus tard que la veille, son fils-malgré-lui avait proposé l'ensemble sur le site de Sotheby's, à Londres, pour une mise à prix de 8 130 000 livres anglaises.

— Environ 100 millions de couronnes suédoises, précisa Kevin.

— Moins les 150 couronnes pour les ordures, lui rappela Jenny.

— Un peu plus.

Hugo tenta alors de convertir mentalement la somme en wons sud-coréens, mais cela faisait tellement de zéros qu'il s'emmêla les pinceaux.

Le bilan comptable de Kevin, couplé à sa proposition de partager les recettes équitablement, était tout ce qui manquait pour que les pièces du puzzle finissent de s'imbriquer. Hugo remercia le jeune homme et, avec la permission des autres, prit la parole à son tour, car il venait d'avoir une idée de génie.

Le groupe se composait d'un homme-médecine africain avec le mal du pays, d'un ancien ophtalmologue avec une envie d'ailleurs, de deux amoureux multimillionnaires qui ne désiraient rien, puisqu'ils s'étaient trouvés l'un l'autre, et d'un ex-publicitaire encore désabusé quelques jours plus tôt, qui savait à présent ce que l'avenir exigeait.

— Ole, cher ami.

Ces mots étaient un peu exagérés, mais Hugo était sensible à l'ambiance particulière du moment.

— Je veux que tu emportes tes casse-tête, tes gants, tes paquets de corn flakes et je ne sais quoi, et que tu rentres en Afrique – via Londres.

— Londres ? dit l'homme-médecine. J'en ai entendu beaucoup de bien. C'est où ?

— Nous autres avons une galerie d'art à vendre et des ordures à débarrasser. Cela peut prendre quelques semaines, mais nous nous retrouverons dès que possible dans la savane.

69

En écoutant d'une oreille les conversations de Malte et de l'homme-médecine dans son salon à Lidingö, Hugo avait commencé à voir le potentiel d'une activité médicale professionnelle en Afrique. Ole Mbatian était incapable d'expliquer en termes cliniques ses compétences médicales, mais il avait clairement obtenu de meilleurs résultats que d'autres. Il jouissait d'une excellente réputation. Soit, dans la langue d'Hugo Hamlin, d'une forte image de marque.

Or, celle-ci était sur le point de s'éteindre. Ole voulait prendre sa retraite, et il n'y avait aucun Mbatian pour lui succéder. Pour Hugo, cela reviendrait à fermer Adidas juste parce que le boss était devenu trop vieux.

Ole dominait le marché dans de grandes parties du Masai Mara, mais dans la région du Serengeti officiait un incapable qui tenterait immanquablement d'occuper la place vide tôt ou tard. Cet incompétent notoire s'appelait Kamunu et ne distinguait pas un rhume d'une jambe cassée.

En revanche, s'il y avait un homme qu'Ole Mbatian avait appris à respecter presque autant que lui-même, c'était Malte. L'ophtalmologue n'était pas homme-médecine au sens strict du terme, et il était trop blanc de peau pour passer pour un Mbatian, sans compter qu'il ne parlait ni le swahili ni le maa. Cependant, Kevin avait ce qui faisait défaut à Malte, et Malte avait ce qui faisait défaut à Kevin. Mais autre chose leur faisait défaut à tous les deux : le sens des affaires.

Et cela, Hugo l'avait.

70

Étant donné l'émoi universel provoqué par *Femme à l'ombrelle* et *Garçon près d'un ruisseau*, Sotheby's décida de les vendre ensemble, avec les lettres et photographies. Juste avant le début des enchères, le commissaire-priseur prit l'initiative, on ne peut plus inhabituelle, de présenter un des sujets, à savoir le garçon près du ruisseau, en chair et en os.

— Soyez le bienvenu, monsieur Ole Mbatian le Jeune.

Hugo était vraiment un publicitaire hors pair. En amont de la vente, il avait fait répéter son texte à l'homme-médecine pendant trois jours.

L'événement était diffusé en direct sur Internet. Le public dans la salle et dans le monde entier put entendre l'homme-médecine décrire sa rencontre avec Irma Stern, ses séances de pose près d'un ruisseau quand il était enfant, celles de sa mère avec son ombrelle, et l'exécution des présentes peintures.

Jusque-là, tout se déroulait comme prévu. Mais c'était sans compter sur la propension de l'homme-médecine à palabrer. Voilà comment le monde entier apprit que la première épouse d'Ole Mbatian l'Ancien, celle immortalisée sur le tableau, était la plus irritable des trois, et aussi les défauts de son mari qui lui donnaient des raisons de l'être. Ensuite, Ole entreprit d'expliquer au public britannique le fonctionnement d'un escalier roulant, puis il raconta que le bétail était une monnaie encombrante et que la circoncision comme rite de passage avait fait long feu. Il allait exprimer son avis sur le Kalles kaviar quand, au soulagement d'Hugo, le commissaire-priseur intervint. Ole fut conduit poliment jusqu'à un siège au premier rang. Dix minutes plus tard, la vente était conclue.

Les toiles et le trésor culturel que représentaient les photographies et les lettres furent vendus pour la somme sensationnelle de 12 millions de livres.

Cent cinquante millions de couronnes suédoises.

Plus de 15 millions de dollars.

Dix-sept milliards et demi de wons sud-coréens.

Quinze mille vaches.

Partie XII

71

Avril, mai, juin

Quand le gouvernement à Nairobi décida d'installer une ligne à haute tension entre Lolgorien et Talek, le tracé s'approcha dangereusement de la vallée sur laquelle régnait le chef Olemeeli le Voyageur et qu'il ne quittait que rarement, voire jamais. Le chef y vit une déclaration de guerre. Il se rendit sur place à vélo pour convaincre les ouvriers d'aller construire leurs lignes ailleurs. Mais il découvrit alors, épouvanté, que l'électricité était déjà là : des ampoules luisaient partout, alimentées par un groupe électrogène diesel. Olemeeli arracha une barre de fer des mains d'un des ouvriers et, en un seul coup, sectionna le câble partant du groupe électrogène.

Geste aussi héroïque que stupide. Quatre cents volts remontèrent le long de la barre de fer jusqu'à l'homme qui la maniait. Le cœur d'Olemeeli fit un saut périlleux dans sa poitrine, avant de s'arrêter définitivement.

Il n'y eut pas grand monde pour déplorer la mort du chef. Ses soutiens, qui avaient toujours été peu nombreux, s'étaient encore raréfiés avec l'interdiction de l'électricité. La seule femme siégeant au conseil du village avait avancé des arguments de poids : machine à laver, four et sanitaires. Quand elle avait mentionné Netflix, elle avait mis tous les hommes de son côté. Sauf le chef.

Olemeeli ayant décidé que seule sa voix comptait, l'interdiction avait duré jusqu'à sa mort. À présent se posait la question de l'avis de son successeur, son premier et unique fils. Ou pas. Car le fils en question avait découvert qu'il nourrissait des sentiments pour les hommes plutôt que les femmes, et il avait trouvé un charmant camarade au village. Tous les deux avaient dissimulé leur secret, qui pouvait leur valoir cinq à sept ans de prison au Kenya, ou la perpétuité s'ils fuyaient dans n'importe lequel des pays frontaliers. La rumeur disait qu'en Afrique du Sud on pouvait aimer qui on voulait : un périple de 4 000 kilomètres à travers les territoires hostiles. Cela en valait la peine, mais excluait de succéder à Olemeeli.

Pour la première fois en neuf générations, le prochain chef serait donc désigné par un vote du conseil. La majorité l'emporterait. Six hommes et une femme représentaient six voix et demie, impossible d'avoir un résultat ex aequo.

C'est au milieu de tout ce chambardement que l'homme-médecine revint au pays, pour la plus grande joie de tous. Son nom avait été évoqué au sein du conseil et il fut convoqué à un entretien d'embauche. Au cours de l'entrevue, il annonça son intention de faire construire un escalier roulant vers sa hutte médicinale sur la colline (ou plutôt à partir de la hutte). Quand, après un moment, les sages cernèrent ce qu'était ce dispositif, ils comprirent qu'il exigeait de l'électricité. Et qu'il y en aurait assez pour d'autres choses. Comme des machines à laver et – surtout – Netflix.

Grâce à son programme, Ole fut désigné nouveau chef, à six voix et demie contre zéro. Désormais, il s'appellerait Ole Mbatian le Moderne.

La vie réservait tant de belles surprises à Ole Mbatian le Moderne. Les deux colliers en argent rapportés de Suède eurent un effet magique. Tandis qu'une épouse l'embrassait sur la joue, l'autre observait d'une voix douce que, pour la première fois, leur époux leur montrait de l'affection. Mieux valait tard que jamais. Si d'aventure il passait près de sa hutte en soirée, il serait le bienvenu.

Ole célébra l'union entre son fils Kevin et Jenny. Un grand moment pour tous les trois. Le chef songea qu'il ferait bien de continuer à consulter discrètement sa belle-fille sur la question des relations. Après tout, c'était elle qui avait choisi les colliers. Jenny pensait-elle qu'il devrait offrir de jolies choses à ses femmes de temps en temps, entre les petites et les grandes pluies ? Il n'avait que l'embarras du choix, maintenant qu'ils avaient l'électricité. Lave-vaisselle, frigo, grille-pain .

Jenny lui expliqua qu'il raisonnait bien, mais mal. Si elle avait bien compris, il avait un demi-siècle d'égards à rattraper. Or les appareils ménagers appartenaient à la catégorie des objets utiles, pas à celle des cadeaux.

— Un aspirateur ?

— Réfléchis encore un peu, beau-papa. Sérieusement.

Ole médita un instant.

— Des boucles d'oreilles ?

— Tu apprends vite.

Dans un premier temps, le nouvel homme-médecine rencontra une certaine méfiance. Toute la vallée connaissait son histoire. Certes, Kevin était un Mbatian, qui plus est tombé directement du ciel, mais aussi ignorant qu'un nouveau-né. Il ne maîtrisait pas les armes, ne parlait qu'une de leurs trois langues et ne connaissait rien aux forces médicinales de la nature. Son prédécesseur s'était plaint des lacunes médicales de son fils chaque fois qu'Olemeeli et lui se réunissaient avec Glenfiddich – les murs avaient des oreilles dans le village.

Cependant, maintenant qu'il était chef, Ole Mbatian le Moderne affirmait que son fils avait appris tout ce qu'il devait savoir, et même plus, au cours de son voyage. Au point d'accepter des apprentis. Un, du moins. Un *mzungu* du nom de Malte.

Kevin fit immédiatement ses preuves. Contre les infections bactériennes, il prescrivit de l'aloès du Cap importé du Lesotho. La plante était censée avoir des propriétés anti-inflammatoires. La véracité de cette rumeur importait peu, puisque Malte additionnait en secret à la décoction une quantité adéquate d'anti-biotiques. Le résultat était sensationnel.

La spécialité d'Ole Mbatian le Jeune, le traitement des grossesses trop nombreuses, devint aussi celle de son successeur. La préparation d'Ole était longue à obtenir, et ni Malte ni Kevin n'auraient réussi à trouver les composants dans la savane. Le nouveau remède était tout aussi secret que l'ancien, seuls l'homme-médecine et son assistant en connaissaient le détail : jus de tomate, basilic, ail et une pilule contraceptive par dose. Une fois écrasée, la pilule ressemblait à s'y méprendre à du fruit de baobab en poudre.

— Un apport quotidien de vitamine C est essentiel pour un meilleur effet, recommandait Kevin avec autorité à la patiente. Avec l'aide d'En-Kai, vos sept enfants ne dépasseront pas ce nombre. Prenez soin de les aimer d'autant plus.

— Qu'En-Kai vous bénisse, répondait la femme.

— Comment voulez-vous payer ? demandait Malte. Carte de crédit, PayPal, dollars ou bétail ?

Le cerveau de l'opération s'appelait Hugo Hamlin. Sa firme, basée à Nairobi, La Vie est douce Ltd, commercialisait en parallèle des remèdes naturels et synthétiques. Il engagea son frère aîné en tant que conseiller médical.

Malte dut batailler une semaine pour obtenir la reconnaissance de ses diplômes de médecin par l'Union africaine. Chaque jour, il alla voir une femme intraitable, qui avait le pouvoir et les tampons officiels entre les mains.

Elle répondait au doux prénom d'Almasi et, sa sévérité initiale dépassée, elle était plutôt charmante. Malte se noyait dans son regard.

— Les chambres antérieures de vos yeux sont parfaitement équilibrées, mademoiselle Almasi, disait l'ophtalmologue.

— Quel joli compliment, remerciait Almasi. Je crois.

De là à accepter une invitation à dîner, il n'y avait qu'un pas. Le lendemain soir, elle lui retourna l'invitation. Et le troisième jour, les documents nécessaires étaient tamponnés.

Depuis, ils formaient un couple à l'essai. Almasi prit un congé sabbatique. Malte acquit une voiture électrique. D'abord parce que le chef Ole Mbatian le Moderne avait fait installer dans son village la première borne de recharge rapide de la savane. Ensuite parce que l'ophtalmologue, autrefois si coincé, avait remarqué qu'il se sentait rajeunir chaque fois qu'il enfreignait la limitation de vitesse (Nairobi-la savane en trois heures et quarante-quatre minutes), et encore plus quand il mettait à mal son serment d'Hippocrate. Nommer vitamine C la pilule contraceptive était une autre façon de continuer à servir l'humanité, se convainquait-il.

72

Juillet, août, septembre

L'ambition d'Hugo, étendre son emprise sur l'ensemble du Masai Mara et du nord du Serengeti, était contrariée par le fait que Kevin ne pouvait se trouver qu'à un endroit et ne soigner qu'un patient à la fois. Il imagina donc une extension à la hutte médicinale, avec trois salles de consultation. Quand la salle d'attente était pleine, l'homme-médecine recevait trois patients avant d'en diriger deux vers Jenny ou vers Malte. Chacun disposait de dix minutes pour raconter ce qui le tracassait. Puis l'homme-médecine et ses assistants s'entretenaient à l'extérieur de la hutte, en suédois pour plus de sûreté. Kevin passait ensuite une minute dans chaque salle de consultation pour délivrer son ordonnance, Malte ou Jenny sur les talons pour s'occuper du règlement.

L'efficacité se vit triplée, mais Hugo en voulait toujours plus. Il aurait été rongé par la frustration, sans l'escalier roulant et un coup de pouce du destin.

Au premier abord, l'escalator menait vers la hutte médicinale. Ou dans l'autre sens, au pied de la colline. La copine de Kevin, la Norvégienne du WWF qui lui avait appris à conduire, posta une photographie de l'escalator sur Facebook, en insistant sur le sens de fonctionnement de l'installation. En quelques jours, la photo devint virale.

Hugo séjournait principalement dans la capitale kényane, mais le hasard fit qu'il livrait des médicaments à Kevin et Malte quand les premiers touristes s'approchèrent prudemment de l'escalier roulant. Un Blanc ? Était-il responsable du dispositif ?

Les touristes, deux hommes et deux femmes, venaient de Nouvelle-Zélande et effectuaient en réalité un voyage à visée artistique de six semaines en Europe.

Paris, bien sûr. Rome. Florence. Madrid. Londres.

Le but du voyage était d'admirer des œuvres dont ils étaient déjà tombés amoureux, mais aussi de se lancer un défi. Léonard de Vinci, après tout, était Léonard de Vinci. Monet et Seurat apportaient la paix de l'âme, et les expressionnistes maintenaient le spectateur éveillé et en alerte.

Mais ils avaient également l'intention d'affronter l'abstraction postmoderne. Aucun d'eux ne ressentait de grand intérêt pour ce mouvement, mais qui s'adonnait au jeu de l'art devait garder l'esprit ouvert.

Soudain, ils avaient vu apparaître sur Facebook une photographie de l'installation la plus étrange qu'on puisse imaginer : un escalier roulant, parfaitement fonctionnel, dans un village africain au cœur d'une vallée isolée en pleine savane. Et qui roulait à contresens.

C'était si sensationnel qu'ils avaient aussitôt changé leurs plans. Dès l'atterrissage à Londres, ils avaient modifié leurs billets.

— Peut-on circuler à sa guise dans le village, ou faut-il payer l'entrée ?

Hugo Hamlin eut besoin de trois secondes de réflexion.

— Trente dollars par personne, 100 dollars pour un groupe de quatre. Moitié prix pour les enfants de moins de 12 ans.

73

Octobre, novembre, décembre

Hugo fut si enthousiasmé par le succès de l'installation qu'il révisa l'organisation. Kevin et Malte se débrouilleraient pour le pôle médecine, avec le concours d'Almasi. Jenny était nommée directrice artistique en vue du développement futur du site.

La jeune femme fit le tour du continent pour acquérir quelques-unes des plus belles œuvres d'art africain contemporain. Le budget était généreux, et le résultat à la hauteur de celui-ci.

Jenny revint au village avec des meubles du Mozambique, construits avec des débris glanés sur les champs de bataille. Et un tableau montrant des femmes sud-africaines en bleu, inspirées de Francis Bacon. Et des étoffes nigériennes tissées à partir de fibres naturelles et de racines. Et bien d'autres choses encore.

L'art africain moderne était si varié qu'on ne pouvait le faire entrer dans une seule catégorie. Il s'engageait contre la guerre, le post-colonialisme, la dégradation de l'environnement et la discrimination à l'égard des femmes – tout ce qui lui tombait sous la main. Il n'était ni dirigé ni codifié par personne, que ce soit dans sa forme ou dans ses couleurs.

Hugo intégra l'exposition au village massaï d'une façon si subtile que la vie quotidienne de ses habitants devint un élément de l'ensemble artistique. Dans le même temps, le chef Ole Mbatian le Moderne fit installer une antenne au sommet d'une colline pour offrir un accès Wi-Fi gratuit dans toute la vallée. Enfin, gratuit, jusqu'au moment où Hugo le découvrit. Les villageois purent continuer à surfer de façon illimitée, tous les autres durent payer selon la tarification en vigueur : 3 dollars de l'heure, 10 dollars les cinq heures, 20 dollars la journée.

La première et unique exposition permanente du Masai Mara rapportait entre 2 000 et 4 000 dollars par jour. Le ticket d'entrée ouvrait une porte sur l'âme artistique contemporaine de l'Afrique. Pour 10 dollars de plus, on pouvait faire un tour d'escalator à contresens.

Le succès fut immédiat. Le directeur commercial de l'installation, Hugo Hamlin, n'était pourtant pas satisfait (il l'était rarement). L'ancien publicitaire désirait aller toujours plus loin dans l'audace, ce qui ne voulait pas nécessairement dire qu'il souhaitait réinjecter plus d'argent. Il convoqua la directrice artistique et déplora que l'exposition manque de masques africains. Il suggéra que les femmes du chef en produisent dans une hutte à l'abri des regards. En les enfouissant dans la terre et en les arrosant d'une eau ferrugineuse, on pouvait les faire vieillir de 200 ans en une semaine.

Jenny secoua la tête. Pour autant, Hugo ne baissa pas les bras.

— L'œuvre inachevée d'Irma Stern, alors ?

La directrice artistique sentit un instant son pouls accélérer, avant de se rappeler à qui elle parlait.

— Et où vas-tu trouver cette œuvre inachevée ?

— Je me disais que tu pourrais en réaliser une.

Jenny promit à Hugo qu'à l'occasion elle lui rafraîchirait la mémoire au sujet des questions de provenance des œuvres et d'authentification. Cependant, elle n'aimait pas jouer le rôle d'éternel rabat-joie.

Voilà comment, cinq semaines plus tard, Hugo put dévoiler la toute nouvelle œuvre de l'exposition, disposée sur un piédestal à côté de l'escalier roulant.

À fleur de peau, un épluche-patates doré. Acheté dès le lendemain par un touriste américain, pour la modique somme de 80 000 dollars.

Tandis que l'exposition atteignait de nouveaux sommets, l'activité de Kevin et Malte se développait elle aussi. Almasi reprit de façon permanente le rôle de Jenny. Elle parlait swahili, avait la bonne couleur de peau et trouvait, comme Malte et Kevin, que le résultat importait plus que la vérité.

Cependant, le mécontentement couvait en coulisses. Kamunu, l'homme-médecine qu'Ole Mbatian avait décrit comme incompétent, se sentait menacé par ces nouveaux concurrents. En peu de temps, il avait perdu la moitié de ses patients. Il s'en tirait cependant mieux que certains confrères.

Homme-médecine était une position influente. Homme-médecine sans patients, c'était la disgrâce.

Kamunu arrangea une réunion de crise avec 15 guérisseurs du Masai Mara et du Serengeti. Ils devaient trouver un moyen de briser le monopole des Mbatian sur la région. Les patients les plus fringants faisaient presque des slaloms entre les hommes-médecine des environs pour consulter celui qui guérissait tout.

Après une brève discussion, tout le monde fut d'accord pour rétablir l'équilibre originel. Mais ils conclurent aussi que le problème ne pouvait être réglé sur la base d'arguments médicaux, car les satanés patients guérissaient presque sans exception après une visite chez le jeune Mbatian et ses assistants.

Il fallait tenter une autre approche. Les 16 hommes-médecine soupçonnaient le garçon de verser dans la sorcellerie, rien que par sa naissance mystérieuse. Qui pouvait jurer que le jeune homme venait bien du ciel et pas plutôt de l'autre direction ?

Il n'y avait aucun véritable indice de sorcellerie, mais quand on veut, on peut.

Un des 16 hommes-médecine évincés avait suivi une formation de quatre ans à l'université d'Abuja, où il avait appris le fonctionnement d'Internet. Avant, une rumeur pouvait mettre des mois, voire des années, à circuler suffisamment loin pour faire des dégâts. Aujourd'hui, presque chaque gardien de chèvres avait un Smartphone, même dans la vallée où ce réfractaire de Chef édenté régnait encore jusqu'à récemment. Dans les pays pervertis par Internet, les chercheurs affirmaient que le niveau d'intelligence global avait baissé au cours des vingt dernières années. Dans la savane africaine, on constata une explosion du nombre de décès par bêtes sauvages. Impossible de garder un œil sur les chèvres et les éventuels buffles ou rhinocéros tout en regardant *Game of Thrones*.

Quoi qu'il en soit, l'homme-médecine d'Abuja proposa de lancer une rumeur via les réseaux sociaux, portant sur des soupçons de xénophobie et de décadence culturelle.

Personne d'autre que lui ne comprit pleinement le sens de ces mots, mais quand Kamunu acquiesça, les autres l'imitèrent.

Après cette réunion entre hommes-médecine, on vit émerger prudemment un début de protestation contre ce qu'Almasi, Jenny, Hugo, Kevin, Malte et Ole avaient initié avec les villageois.

Ce mouvement s'appelait « Sauver le royaume massaï ». Ses membres arguaient que *l'authentique* art puisait son inspiration dans le bouclier et la lance du guerrier massaï, la parure nuptiale de la femme massaï, les coiffes, colliers et coupes ornées. L'introduction d'éléments du Nigeria, d'Afrique du Sud et du Mozambique était une hérésie. En particulier ces derniers : on savait comment étaient les Mozambicains.

De plus, on affirmait que des escaliers roulants représentaient une menace envers la culture massaï pluriséculaire. Il y aurait même eu un épluche-patates scandinave doré. Et, pire que tout, des œuvres originaires de Somalie ou d'Égypte étaient en route. Si personne ne mettait le holà, toute la savane parlerait bientôt arabe. Ou une langue européenne, il y avait des indices dans ce sens. « Sauver le royaume massaï » n'ignorait pas que l'homme-médecine avait pris un *mzungu* pour assistant.

Tout cela n'était qu'une manœuvre savamment orchestrée par un homme-médecine possédé par des esprits malveillants, visant à asservir à nouveau l'âme du peuple massaï. En bref, il fallait tout brûler !

Adolf n'aurait pas dit mieux.

Cependant, dans le Masai Mara et le Serengeti, les réseaux sociaux n'en étaient qu'à leurs balbutiements. Le plan des hommes-médecine pour se venger d'Ole Mbatian et de ses compagnons était comparable à l'idée de planter une haie de genévriers le long du potager du voisin. Néanmoins, la haie était plantée, et arrosée quotidiennement.

La conspiration était tout de même vouée à l'échec. Tel le Phénix, le modernisme a la capacité de renaître de ses cendres. Mais là où l'oiseau fabuleux ressuscite identique à lui-même, dans le cadre du modernisme personne ne sait à quoi s'attendre.

74

Janvier, février, mars

Le chef Ole Mbatian décida que la seule femme du conseil du village méritait une voix à part entière lors des votes.

Le forgeron, qui avait peur des femmes en général et de son épouse et de sa sœur en particulier, protesta. Il argua que cela risquait de causer des résultats ex aequo lors de votes importants, car Ole Mbatian le Moderne avait déjà introduit le principe de vote à la majorité au lieu de tout décider seul.

Le chef écouta l'argument et résolut le problème en retirant une demi-voix à tous les membres du conseil exerçant le métier de forgeron.

Le même soir, Jenny Mbatian loua le courage de son beau-père.

— Au fait, tu vas être grand-père, annonça-t-elle.

Ole Mbatian le Moderne se figea.

— Un petit-fils ! s'écria-t-il.

Mais Jenny était déjà allée passer une échographie à Nairobi avec Kevin. Ils attendaient une future femme-médecine.

— Elle sera aussi guerrière massaï, ajouta la jeune femme.

Ole réagit bien mieux que ne l'auraient cru Jenny et lui-même.

— Soit on est moderne, soit on ne l'est pas. Vous avez déjà choisi un prénom ?

— Irma.

Épilogue

Quinze mois après le crime de la rue Birger-Jarlsgatan, l'inspecteur Gustavsson avait vérifié les alibis de 25 des 496 suspects du forum haineux. Pour autant, il n'était pas plus avancé. Quand le public avait appris le sort du galeriste, on avait vite vu émerger un nouveau fil de discussion sur le thème « Bien fait pour lui ». Trois cents suspects de plus.

— Est-ce qu'on peut clore le dossier, maintenant ? demanda Gustavsson.

— Non, répondit le commissaire.

C'était marrant de voir Gustavsson bosser.

Le prédécesseur de Gustavsson avait inauguré sa retraite par deux grandes mesures. Un : il avait abandonné son sempiternel cours d'espagnol pour débutants, et deux : il avait achevé la lecture du García Márquez entamé pendant qu'il s'appliquait à parfaire son rôle de tire-au-flanc.

Ce faisant, la vie avait définitivement perdu tout son sens. Après *Cent ans de solitude*, Carlander avait pour seule perspective cent ans de plus. À moins de se ressaisir.

Choisissant la seconde option, il s'inscrivit à un cours d'études politiques et de développement international contemporain. Il ne savait pas trop pourquoi il avait opté pour celui-ci. Peut-être parce que l'association avait casé ce cours parmi l'offre d'ateliers divers, entre la céramique et la découverte de soi à travers les thérapies énergétiques.

L'animateur, un ancien professeur de sciences sociales d'Örebro, était si flegmatique qu'il s'était immédiatement fait voler la direction du cours par Juanita, une Espagnole divorcée au tempérament de feu.

De l'espagnol à l'Espagnole, songea Carlander. Quelqu'un là-haut avait de l'humour.

Dès les quarante premières minutes, Juanita expliqua que tout allait dérailler. Elle évoqua un certain Adolf, ajoutant que ce qui était arrivé autrefois en Allemagne n'avait rien à voir avec les Allemands. Mais que tout recommencerait, ailleurs.

— Recommencer ? répéta Carlander, qui voulait avant tout que Juanita continue de parler.

Elle avait de belles lèvres, encore plus belles quand elles s'animaient.

Le flegmatique avait alors tenté de reprendre les commandes, disant qu'avec tout le respect qu'il devait aux victimes des événements passés la discussion devait revenir à leur époque, de préférence au présent immédiat.

— Oui, *recommencer* ! asséna Juanita, ignorant le flegmatique. Il y a toujours une seconde fois. Les gens ne voient pas plus loin que le bout de leur nez !

Le sien était joli, avec ça, songea Carlander, qui cherchait un moyen de poursuivre la conversation. Mais Juanita n'avait pas besoin d'aide.

— Regardez tous ces foutus présidents, par exemple.

Elle entreprit de les démolir l'un après l'autre. L'un, soi-disant leader du monde libre, alimentait l'esprit « eux-contre-nous » sur Twitter. Le dirigeant du pays le plus peuplé du monde affirmait que l'art avait pour mission de servir la nation et le Parti. L'homme à la tête du pays abritant le poumon vert de la planète avait inauguré son mandat présidentiel en démembrant le ministère de la Culture et en projetant de confier à un ancien acteur de films porno la sauvegarde culturelle et morale de la nation.

— Un acteur porno ? s'étonna le flegmatique, qui avait totalement perdu le contrôle de son cours avant même de l'avoir commencé.

Juanita, qui avait déjà changé de continent, s'attaquait maintenant au président de la superpuissance prétendument démocratique, qui avait créé son propre Internet en parallèle à celui qui existait déjà.

— Pour quoi faire ? demanda Carlander, qui s'aperçut immédiatement que la question était idiote.

Il devait se ressaisir. Jusqu'à récemment, sa vie était finie. À présent, il était assis en face d'une femme si vivante qu'il sentait des étincelles. Il se demandait ce qui arriverait s'ils dînaient ensemble.

Juanita répondit à Carlander sans lâcher le flegmatique des yeux.

— Pour arracher le câble du véritable Internet quand les faits sont trop gênants pour lui et ses plans.

Carlander acquiesça. Il tenta d'arborer une expression de profonde sagesse. Effort stérile si l'Espagnole s'entêtait à regarder dans une autre direction.

— La démocratie que nous connaissons semble menacée, commenta-t-il.

Il était sur la bonne voie.

Juanita poursuivit en Europe centrale, où certains avaient entrepris de réécrire l'histoire, de fermer les universités vues d'un mauvais œil, de réorganiser la Cour suprême et de faire figurer au début des films un message d'avertissement s'ils ne remplissaient pas les nouvelles exigences patriotiques du gouvernement.

— Comme si un film n'était pas une œuvre d'art, mais un vulgaire paquet de cigarettes, s'emporta Carlander.

Ça y est, il avait attiré son attention !

Les deux autres participants du groupe d'études ne prononçaient pas un mot. Le flegmatique était dépassé, mais il avait au moins réussi à ramener la conversation (ou plutôt le monologue) au présent.

— Tu sais le pire, Börje ? lança Juanita au flegmatique.

— Je m'appelle Bengt, répondit celui-ci.

Mais Juanita n'avait pas le temps pour ces broutilles. La politique du « eux-contre-nous » se répandait sur toute la surface de la Terre ! Des partis politiques insignifiants et antisociaux, que personne n'avait jamais pris au sérieux, avaient peaufiné leurs programmes et trouvé un second souffle. Ici et là.

— Bientôt, ils auront pris le contrôle – souvenez-vous bien de ce que je vous dis – et nous serons renvoyés aux années trente ! Ils vont d'abord censurer l'art, puis l'architecture et les médias, un à un !

À présent, Juanita avait les joues presque aussi rouges que ses lèvres. Carlander avait intérêt à se dépêcher de l'inviter à dîner si ces prédictions étaient vraies. Il fallait qu'il place au moins une bonne réplique avant la fin de la séance.

Fouillant sa mémoire, il se rappela le marchand d'art victime d'un pot de confiture, l'année précédente. Comment s'appelait, déjà, l'auteure des deux peintures retrouvées dans son sous-sol ?

— C'est terrible, lança-t-il. Une Irma Stern censurée, par exemple, serait une lourde perte pour le monde.

Juanita s'apaisa.

— Tu aimes l'art ?

Cette fois, il avait gagné des points !

— Que serait l'humanité sans l'art ? dit Carlander, en songeant que s'il parvenait à décrocher un premier rendez-vous, il aurait de la lecture en perspective.

Juanita accepta sans hésiter son invitation à l'issue de la deuxième séance du groupe d'études.

Un autre dîner suivit.

Puis encore un. Avec une nuit chez lui.

L'Espagnole n'était pas seulement feu et politique. Elle avait un rire divin et mordait la vie à pleines dents. Carlander n'avait jamais vu cela que dans des films. Elle rit encore plus quand l'ancien inspecteur de police, entre leur deuxième et troisième rendez-vous, avoua qu'il savait à peine épeler « expression-nisme ». En amour comme à la guerre, n'est-ce pas ? Et il ne pensait pas en premier lieu à celle que Juanita prédisait.

Le groupe d'études périclita quand Börje – ou plutôt Bengt – sécha les séances, comme les deux autres participants qui n'avaient de toute façon jamais contribué à la conversation. Il ne restait que Carlander et Juanita. Ils décidèrent de poursuivre à deux, de préférence dans la chambre de Carlander. Six semaines plus tard, elle le disait pour la première fois, mais pas la dernière :

— *Te quiero.* Je t'aime.

— *El perro está bajo la mesa*, répondit Carlander.

Remerciements

Je tiens avant tout à remercier mon éditrice Sofia Brattselius Thunfors et ma relectrice Anna Hirvi Sigurdsson des éditions Piratförlaget. Vous avez lu mon humble déclaration d'amour à l'art encore et encore (et encore !) sans vous fatiguer (ou alors vous êtes de bonnes actrices). Votre travail a beaucoup contribué au résultat final.

Je voudrais également remercier mes premiers lecteurs : mon oncle Hans (qui l'âge aidant est devenu plus indulgent dans ses critiques), mon copain Rixon (qui l'a toujours été) et mon grand frère Lars. Pour la paix des familles, il vaut mieux que je remercie également mon frère Martin, même s'il n'a pas lu une traître ligne du manuscrit.

Mes remerciements les plus enjoués sont adressés à ma consœur, l'écrivaine Sara Lövestam, pour ses connaissances en swahili. Elle a elle-même fait appel à Bakari Mngazija et Aisia Nyirenda et sa famille (notamment à son père Robert !). À eux, je ne dis pas merci, mais *asante sana*.

Merci également aux experts qui ont donné leurs conseils et tuyaux tout au long du périple. L'expert en art Mikael Karlsson, le juriste Sten Bergström, l'ancien policier et expert en sécurité Björn von Sydow, l'expert en sécurité informatique Jonas Lejon, les médecins Erik & Lotta Wåhlin et – non des moindres – l'expert clandestin Joakim. J'ai écouté vos avis, les ai assimilés et, en fin de compte, j'ai fait ce que je jugeais le meilleur pour le récit. L'essentiel pour un roman n'est pas la véracité à tous crins, mais de procurer un plaisir de lecture.

Merci également à mon agent Erik Larsson de Partners in Stories, qui a réussi à vendre *Douce, Douce Vengeance* à la moitié de la planète avant même qu'il y ait un manuscrit.

Quelques autres remerciements sont de mise. L'un d'eux est adressé à vous, lecteurs, qui m'avez envoyé vos encouragements du Pakistan, du Canada et de presque tous les pays entre les deux. Je ressens toujours la même joie et la même fierté.

Le dernier remerciement t'est réservé, Irma Stern. Avec la liberté de l'écrivain, j'ai brodé un peu autour de ta vie incroyable, pourtant rien n'est plus vrai dans ce livre que ta grandeur artistique. Tu nous as quittés en 1966, mais ton esprit nous accompagne toujours. Tant que les nationalistes ne prennent pas le pouvoir et ne t'interdisent pas.

Stockholm, automne 2020

Jonas Jonasson

Composition et mise en pages
Nord Compo à Villeneuve-d'Ascq

MARQUIS

Québec, Canada

Imprimé au Canada